BRETZEL ET BEURRE SALÉ

Enquête 2

Paru au Livre de Poche :

BRETZEL ET BEURRE SALÉ

1. Une enquête à Locmaria

MARGOT ET JEAN LE MOAL

Bretzel et beurre salé

Une pilule difficile à avaler

CALMANN-LÉVY

ISBN : 978-2-253-19547-4 – 1re publication LGF

À notre cousin Jean-Baptiste.

AVERTISSEMENT

Ce livre est une œuvre de fiction. En conséquence, toute homonymie, toute ressemblance ou similitude avec des personnages existants ou ayant existé ne saurait être que coïncidence fortuite et ne pourrait en aucun cas engager la responsabilité de l'auteur.

Ce village de Locmaria est issu de l'imagination des auteurs. Il se situe « quelque part » entre Quimper et Concarneau.

1

Le *Galaad*

Les étoiles tapissaient le ciel de cette nuit d'été, veillant sur l'océan endormi. Endormi ? Pas totalement, car au large d'un village breton, à quelques milles de la côte, un yacht glissait doucement sur les flots. Un rayon de lune attrapait par instants les chromes impeccables du luxueux navire.

Sur le pont du *Galaad*, une table était couverte des restes d'un repas. Les cadavres de bouteilles côtoyaient les reliefs d'un buffet qui avait fait la part belle aux produits de la mer. Si l'alcool peut délier les langues et créer des conditions de convivialité, il a aussi la capacité d'exacerber les passions et les colères. Cette nuit-là, il avait sans hésitation choisi la seconde option. Plusieurs silhouettes gesticulaient, et les voix avinées montaient dans les cieux finistériens.

— T'as essayé de nous baiser, fils de pute !

La boule à zéro et un tee-shirt sans manches moulant un ventre qui avait ingurgité trop de bière, l'homme furieux attrapa son adversaire qui se dégagea violemment de l'étreinte.

— J'ai rempli le deal ! Tu m'as demandé d'écouler

ta came et d'en tirer au moins vingt mille euros. C'est ce que j'ai fait. Alors tu me lâches, connard ! se justifia le passager agressé.

Un troisième individu s'approcha. Plus âgé, cheveux longs et veste blanche à franges d'une autre époque. Il saisit brusquement le type mis en cause.

— C'est pas bien de manquer de respect au boss, minot !

Le minot en question tenta à nouveau de se libérer, mais la poigne le maintenait contre le bastingage.

— Qu'est-ce que vous avez à me casser les couilles ? Je lui ai pas manqué de respect. Je t'ai rapporté les vingt mille balles, Doumé.

— C'est vrai, minot, reprit le dénommé Doumé d'une voix calme. Mais tu vois, on est repassé derrière toi.

L'obscurité ne cacha pas l'expression d'angoisse qui se dessinait sur le visage du minot.

— On est repassés derrière toi, et on s'est rendu compte que tu t'étais fait une petite marge sur les ventes. Tu t'es tranquillement mis cinq mille balles dans les poches en pensant qu'on verrait rien.

Il se tut, et le murmure de la mer parut soudain assourdissant.

— Tu connais la règle, minot. Ton boss t'a offert sa confiance, mais il fallait en être digne. Pas vrai, Jacky ? souligna-t-il se tournant vers son acolyte au tee-shirt sans manches.

— J'ai respecté le deal, insista l'autre en se débattant et en balançant ses pieds et ses poings dans tous les sens.

Surpris, Doumé relâcha sa prise et ne put éviter l'uppercut de son adversaire excité par la rage et la peur.

Les deux brutes maîtrisèrent le forcené en le rouant de coups.

— Qu'est-ce qu'on en fait ? interrogea Doumé en s'adressant aux deux personnes restées à l'avant du bateau.

Rapide conciliabule, puis une voix lâcha la sentence :

— Jordan, je t'ai offert une occasion unique de te sortir de tes petites magouilles, de devenir quelqu'un. Et toi, tu as trahi ma confiance !

— Pardon, supplia Jordan maintenu à genoux. J'ai été tenté, mais je vous promets que je vais tout vous rendre. J'ai retenu la leçon. Vous allez voir, je vais déchirer !

— Non, Jordan, tu ne vas pas déchirer. La chance ne passe qu'une fois. Et là, non seulement tu l'as laissé passer, mais tu vas servir d'exemple. Adieu, Jordan, et ne considère pas que ta mort me fera plaisir !

La sentence mit quelques secondes à atteindre le cerveau du jeune homme. Il hurla en comprenant que sa vie prendrait fin sur ce yacht luxueux à cause de quelques milliers d'euros. Doumé le fit taire d'un violent coup de poing et, sans état d'âme, les deux truands le basculèrent par-dessus bord. Un plouf… puis le corps s'enfonça comme une pierre dans les eaux noires. Doumé examina sa veste à franges, furieux.

— Putain ! La même veste que celle de Johnny pendant son concert de 1979 à Paris. J'ai mis des mois pour dénicher ce trésor à Aix, et ce con a réussi à m'arracher des franges !

— Allez, *vai*, le calma l'individu qui n'avait pas encore ouvert la bouche. On va déboucher une bouteille de Dom Pérignon pour fêter notre coopération. Te gâche pas le gosier pour trois lanières de cuir.

Amateur de champagne dans l'âme, Doumé apprécia la nouvelle à sa juste valeur et se dirigea vers l'avant du bateau.

— Un Dom Pérignon, ça se refuse pas… mais quand même, merde, la même veste que Johnny !

2

Locmaria

En ce mois de juillet, seuls quelques nuages s'effilochaient dans le ciel bleu azur. Éclats étincelants dans le soleil levant, les mouettes survolaient déjà leur zone de pêche, guettant les poissons imprudents trop proches de la surface. Quand la journée serait avancée, elles escorteraient les chalutiers de retour du large. Un festin s'offrirait alors à elles. À cette heure matinale, les bateaux avaient déjà quitté le port. En fin d'après-midi, les langoustines fraîches, ou demoiselles comme on les appelait dans la région, orneraient les étals des poissonneries… avant de finir leur aventure dans un autoclave à vapeur, puis, moins d'une minute après, dans le panier d'un gourmet.

La mer se retirait lentement, découvrant des grèves de sable fin et des blocs de granit qu'on aurait juré éternels. Il n'était pas rare que les habitants baptisent des amas rocheux aux formes évocatrices : la Tête de lion, le Chapeau du recteur, la Sirène… Dans ces terres de Bretagne, l'imagination et la tradition restaient des vertus mises à l'honneur. Ces plages vierges se couvriraient un peu plus tard de baigneurs à la recherche de soleil et de calme. Jamais encore on ne s'était battu à Locmaria pour disposer d'un mètre carré pour poser sa serviette… sauf peut-être lorsque les marées à fort coefficient venaient repousser les vacanciers le long des digues ou sur les rochers qui bordaient les plages. Dans ces cas extrêmes, les crêperies et les bars accueillaient ceux qui n'avaient pas trouvé de place sur le sable.

Locmaria, village du Finistère sud, voyait, comme beaucoup de municipalités côtières, le nombre de ses résidents croître singulièrement durant les mois les plus chauds. La quiétude hivernale était alors remplacée par une animation bon enfant qui permettait aux commerçants d'appréhender avec sérénité la basse saison. Tout était là pour que les touristes et visiteurs occasionnels se sentent bien reçus : un cadre naturel envoûtant, des activités nautiques ou pédestres, une palette de restaurants, des produits tout droit sortis de la terre ou de la mer, et, pour les adeptes d'un mode de vie moins contraint, une plage réservée aux naturistes. Pour celui qui souhaitait se cultiver, la librairie *Lire au large* proposait de quoi trouver son bonheur pour tout son séjour. Enfin, en ultime recours pour les quelques jours de pluie, un salon de coiffure et beauté offrait ses services aux vacancières. Tout récemment, le salon avait surfé sur la mode écolo en proposant des soins aux algues biologiques ramassées au large de Locmaria. Les rares hommes qui dominaient leur appréhension pour franchir le pas de la porte étaient aussi accueillis à bras ouverts par Rose, l'accorte propriétaire.

Ce matin-là, la plupart des touristes dormaient encore, les boulangeries et les bars servaient les premiers croissants et les cafés crème, voire un petit blanc pour ceux qui avaient commencé le travail dès l'aube. Sur la place du marché, les premiers étals s'élevaient, prêts à accueillir fruits, légumes, volailles et cochonnailles… sans oublier les vendeuses de crêpes qui faisaient déjà chauffer leurs billigs tout en remuant consciencieusement la pâte. Tous les signaux étaient au vert pour démarrer une belle journée.

3

Macabre découverte

Catherine Wald jeta un œil vers l'écran de son téléphone : huit heures. Elle s'assit sur son lit et s'étira longuement en bâillant. Les rayons du soleil s'étaient faufilés à travers les persiennes pour piqueter les draps de points lumineux. Elle y vit la poudre magique de la fée Clochette, une des héroïnes de son enfance.

Allez ! Elle s'était déjà réveillée plus tard que d'habitude, plus le temps de rêvasser. En fait, rien ne pressait vraiment Catherine mais, tous les matins, elle s'imposait un planning strict, incluant des longueurs dans la piscine qu'elle avait fait installer dans sa maison. C'était raté pour aujourd'hui, mais elle s'offrirait quelques brasses au large après un indispensable et roboratif petit déjeuner.

Catherine, ou Cathie pour ses amis… et pour plus de la moitié de Locmaria, s'arracha de son lit et se dirigea vers la salle de bains.

« Miroir, mon beau miroir, dis-moi à quoi je ressemble ce matin… »

La fin de soirée de la veille avait été arrosée, mais sa peau n'avait pas trop pâti des outrages de l'alcool. Une petite touche de maquillage, et il n'y paraîtrait plus. Cathie bâilla une nouvelle fois, se malaxa les joues, remarqua des ridules et quelques cheveux gris, mais décida de superbement les mépriser du haut de sa cinquantaine rugissante.

Sa chemise de nuit vola à travers la pièce. Sous quelques rondeurs que les plus flatteurs qualifiaient d'appétissantes, son corps avait été forgé par des heures de natation et de course à pied. En y regardant de plus près, elle ne pouvait pas non plus ignorer ses capitons aux hanches, mais c'était un cadeau de naissance de ses enfants dont elle ne se séparerait jamais. Un maillot de bain, un paréo, et en route vers la cuisine !

Cathie avait cédé à la pression de sa fille, et à la mode, en remplaçant son café par un grand bol de thé sencha. Pas question, par contre, d'échanger le muesli, qui lui remplissait l'estomac jusqu'au déjeuner, par des graines exotiques cultivées à l'autre bout du monde.

Elle emporta son thé sur la terrasse, s'installa et admira une nouvelle fois le paysage qui s'offrait à elle tous les jours depuis maintenant six mois.

En ce matin de juillet, les feuilles bruissaient sous l'effet d'une brise douce et tiède et les premiers insectes stridulaient dans l'herbe de la propriété. L'océan l'appelait ! Cathie adorait se baigner, et la température vivifiante de la mer bretonne ne l'avait jamais arrêtée. Certains mauvais esprits décrétaient qu'elle était gelée, mais tous ceux qui savaient l'apprécier proclamaient : « Elle est bonne ! » Les presque courageux tempéraient en déclarant : « Elle est bonne… une fois qu'on est dedans. » Personne n'est parfait !

Cathie traversa son jardin. La maison, pompeusement

surnommée le domaine de Kerbrat par le précédent propriétaire, était bâtie sur une presqu'île balayée par les vents les jours de tempête. Une haie de genêt, quelques arbres torturés et de valeureux hortensias particulièrement résistants recouvraient l'ouest du terrain alors que la végétation de la partie est, mieux protégée, se parait de touches méditerranéennes. Au bout de la propriété, un escalier taillé dans la roche offrait l'accès à une splendide petite crique. Inatteignable à pied et défendue par quelques récifs que les plaisanciers évitaient, cette plage était son bout de paradis. Cathie descendit prudemment et installa son paréo au soleil. Elle marcha lentement vers la mer, profitant de la sensation du sable qui crissait sous ses pieds : divin. Elle trempa un orteil… il se passa quelques secondes avant que le second suive. Cathie avança dans l'océan jusqu'en haut des cuisses, se mouilla le ventre, les avant-bras et la nuque : *chi va piano va sano*. Comme elle s'apprêtait à s'immerger totalement, une forme sur un amas de granit, près de la grotte marine, attira son attention. Intriguée, elle regagna la berge. Qu'est-ce qui était venu s'échouer là ? Elle s'arrêta brusquement, incrédule ! Non, ce n'était pas possible ! Malgré le soleil déjà haut, un frisson glacial la secoua violemment. Elle parcourut les quelques mètres qui la séparaient de l'inconnu allongé sur le récif. Sa position était étrange. Partagée entre la frayeur et la curiosité, Cathie l'observa. « Monsieur, ça va ? » essaya-t-elle en sachant pertinemment que celui qui semblait regarder le ciel était mort depuis un moment. Pantalon, chemise, chaussures aux pieds. Soit il s'était suicidé, soit il était malheureusement tombé à l'eau… Dans tous les cas, il s'était noyé.

Cathie prit soudain pleinement conscience de la situation. Elle venait de découvrir un cadavre sur la plage de Kerbrat. Elle repartit en courant, attrapa son paréo et remonta jusque chez elle. Prévenir la gendarmerie et son ami Yann ! La marée descendait et le corps était bien coincé entre les rochers. Il ne disparaîtrait pas.

4

Début de l'enquête

Un quart d'heure plus tard, Yann Lemeur poussa le portail du domaine de Kerbrat. Même si la situation prenait un tour dramatique, le journaliste ne pouvait s'empêcher de se réjouir à l'idée de revoir Cathie. Il appréciait le caractère entier et enjoué de l'Alsacienne… et plus si affinités. Mais, comme sa fille, Alana, le lui avait expliqué, Cathie l'avait classé dans la *friend zone*, cette sorte d'état où vous vous retrouvez quand la femme de vos rêves vous considère comme un très bon copain… sans plus. Yann s'était fait une raison, sans pour autant se résoudre à étouffer la petite étincelle qui se rallumait chaque fois qu'il l'apercevait ou qu'il entendait le son de sa voix.

Yann évacua ses fantasmes d'amours d'adolescent en découvrant Cathie, assise dans un siège de jardin, le visage encore blême.

— Merci d'être venu aussi vite, lâcha-t-elle, soulagée.

— C'est normal. Je roulais vers Concarneau, je n'ai eu qu'à faire un petit détour. Alors, il est où ?

— Échoué à côté de la grotte, en bas ! Il est mort, tu imagines ? Mort !

— On va aller voir ça, proposa le journaliste.

— Ça ? Mais c'est une personne, Yann ? Et puis tu ne crois pas que ce serait mieux d'attendre les gendarmes ?

— Tu as eu qui ?

— Le major Julienne. Il m'a dit qu'ils arrivaient sans tarder. Je préfère descendre avec eux.

— Si ça te rassure, accepta Yann, après tout, il ne va pas s'enfuir en courant.

— Hilarant ! Tu veux un café pour patienter ?

— Très volontiers, et si je te demande de quoi grignoter avec, j'abuse ? Je me suis levé de bonne heure ce matin et je n'ai encore rien avalé.

— Non, bien sûr. J'ai fait du *streusel* hier au restaurant et j'en ai rapporté un morceau : tu auras de quoi te revigorer avec ça.

— Oh, le beau *streusel*, je le mangerai le dimanche, grimaça Yann en parodiant Rabbi Jacob.

Cathie ne put s'empêcher de rire en voyant son ami faire le clown. Elle connaissait ses sentiments pour elle, mais, si elle l'appréciait beaucoup, elle n'avait pas envie de se lancer dans une aventure pour lui faire plaisir. Yann avait compris cela, et elle lui en était reconnaissante. Le journaliste l'avait bien aidée quand elle avait été soupçonnée de meurtre quelques semaines plus tôt. Malgré les apparences qui la desservaient, Yann l'avait crue dès le début, et grâce à son enquête, elle s'était retrouvée totalement disculpée.

Un bruit de voix les tira de la cuisine. Yann essuya d'un revers de manche sa bouche constellée de sucre avant de saluer les gendarmes.

— Major Julienne, mes respects, s'amusa-t-il en tendant la main au sous-officier.

Le fonctionnaire sembla nettement moins satisfait.

— Je vois que la presse est déjà sur place, remarqua-t-il en serrant mollement la main offerte.

— La presse qui vous a quand même donné quelques tuyaux quand vous avez dû coincer l'assassin de Quéré, rappela Yann sans lâcher le militaire des yeux.

— C'est vrai, c'est vrai, reconnut Julienne de mauvaise grâce.

— Sûr que Yann nous a aidés, insista l'adjudant Salaün.

— N'en rajoutez pas, Ronan ! On le trouve où, ce noyé, madame Wald ?

— Dans la crique de Kerbrat. Suivez-moi.

Cathie, qui avait enfilé un short et un tee-shirt avant l'arrivée des gendarmes, les précéda jusqu'à la grotte marine. Quand ils furent à proximité du corps, elle ralentit le pas et laissa passer les militaires et le journaliste. Elle avait déjà côtoyé la mort, mais pas de façon aussi brutale. Les trois hommes s'approchèrent du cadavre, mais prirent garde de ne pas le déplacer.

— Vous le reconnaissez ? s'enquit le major auprès de l'adjudant Ronan Salaün et de Yann Lemeur.

Les deux Bretons secouèrent négativement la tête.

— Je lui donne entre vingt-cinq et trente ans, commença Salaün. Il est marqué par des hématomes, mais même si la mer était plutôt calme cette nuit il a quand même dû être bien contusionné en frappant les rochers.

— Je vais prévenir le légiste et la scientifique, les coupa Julienne en s'éloignant.

Salaün et Lemeur, qui entretenaient des relations amicales depuis des années, poursuivirent leurs observations, écoutés par Cathie restée en retrait.

— Je me demande depuis combien de temps il est dans l'eau ?

Lemeur détailla très précisément le visage.

— Il est mort récemment. Les chairs n'ont pas encore eu le temps de gonfler. Je dirais qu'il s'est noyé cette nuit, hier soir au plus tard. Le toubib le confirmera.

— Comment tu sais ça ? s'étonna Cathie.

Yann se retourna vers elle, le profil grave.

— Plus jeune, j'étais marin pêcheur. La tempête a emporté certains de mes camarades… alors quand on les retrouvait…

Ronan Salaün hocha la tête et continua sa description :

— Une chemise noire à manches longues avec un sigle que je n'arrive pas à décrypter.

Réticente, l'Alsacienne s'approcha du cadavre.

— Un « D » et un « G » entremêlés : Dolce & Gabbana, expliqua-t-elle. Ça vaut une petite fortune.

— Intéressant… Un jean, noir lui aussi, et… Cathie, vous pouvez nous apporter votre expertise sur ses chaussures ?

En peau, sans doute du daim, mais déjà abîmées par l'eau salée. Elle n'allait pas les lui retirer pour trouver la marque, mais tout comme la chemise elles avaient été achetées dans un magasin haut de gamme.

— Bon, j'ai eu Quimper, annonça Julienne en revenant vers eux. Ils seront là dans moins d'une heure. Et de votre côté ?

— Des vêtements de prix, mort cette nuit, résuma Salaün. Le légiste nous apprendra si ce pauvre gars avait de l'alcool ou des psychotropes dans le sang.

Comme ça, je dirais qu'il a trop fait la fête et qu'il est tombé à l'eau.

— Si c'est le cas, enchaîna Éric Julienne, on devrait le savoir rapidement et identifier notre victime.

— Et un suicide ? osa Cathie.

— Vous aimez le romantisme ? se moqua Julienne.

— Romantisme ! Ça ne va pas, major ? Le suicide est tout sauf romantique, s'indigna l'Alsacienne.

— Oui, évidemment, reconnut le gendarme en se raclant la gorge d'un air gêné. Ce serait surprenant, mais il ne faut rien écarter. On va demander à Quimper de nous fournir la liste des personnes manquantes. Par contre, ça peut prendre un peu de temps avant que la disparition soit signalée.

5

Bretzel et beurre salé

Seize heures : Cathie attacha son vélo à un poteau devant le restaurant et admira son œuvre. Qui eût cru que cet établissement au décor intérieur digne des plus belles tavernes bas-rhinoises n'était encore qu'une pizzeria abandonnée l'hiver dernier ?

Avant d'arriver à Locmaria en février, Catherine Wald, mystérieuse inconnue qui avait aiguisé la passion et les fantasmes des habitants, avait fait réaliser des travaux pharaoniques. D'abord sa résidence : un an plus tôt, elle avait acheté le domaine de Kerbrat. Cette propriété au panorama exceptionnel l'avait séduite au premier coup d'œil. Certes, la maison était une vieille bâtisse du début du XXe siècle qui exhalait l'humidité et n'était plus entretenue depuis une dizaine d'années. Cependant, une unique visite avait suffi à Cathie pour la visualiser en palais de ses rêves. Un architecte avait relevé le défi et le résultat avait dépassé ses espoirs. Elle adorait sa maison !

Cathie n'avait pas quitté son Alsace natale uniquement pour profiter des bienfaits de l'iode marin. C'est une promesse faite à sa sœur Sabine disparue qui l'avait poussée à traverser la France et à ouvrir un établissement de spécialités alsaciennes en terre bretonne. Ce projet avait permis à Cathie de faire son deuil. De cette façon, sa sœur était toujours à ses côtés.

Cathie avait investi une grande partie de sa fortune dans l'achat et la remise à neuf des deux bâtiments, mais elle pouvait maintenant lever les yeux vers les étoiles en sachant que, là-haut, Sabine lui adressait l'un de ses éclatants sourires.

Elle écarta ces souvenirs qui lui tiraient chaque fois quelques larmes et entra d'un pas décidé dans le restaurant.

— Bonjour Erwan, déjà au boulot ?

Un homme d'une trentaine d'années, cheveux courts et veste blanche passa la tête dans l'entrebâillement de la cuisine.

— Salut, Cathie. Je suis arrivé en avance pour préparer les tourtes. Et je me suis arrêté chez Malo Micolou chercher les lardons pour les flammekueches. On joue encore à guichets fermés ce soir, et j'ai eu peur qu'on soit limite sur les stocks.

Cathie se félicita d'avoir embauché ce garçon. Après des débuts difficiles, il était devenu une vraie perle qui ne jurait plus que par elle et le restaurant.

— Je suis venue l'aider à confectionner des tartes meringuées à la rhubarbe pour le dessert. J'adore ça, et j'en profite pour apprendre la recette, ajouta une voix féminine.

Cathie rejoignit les deux jeunes gens. S'ils étaient techniquement ses salariés, Erwan Lagadec et Julie Fouesnant représentaient bien plus que cela. Elle les considérait comme des amis : pas de ceux à qui on confie tous ses secrets, mais de ceux dont on sait qu'ils ne nous trahiront jamais. Erwan Lagadec, après des années de galère, avait enfin trouvé sa voie en prenant la direction de la cuisine de *Bretzel et beurre salé*. Julie Fouesnant avait intégré la petite équipe plus récemment. Cathie lui avait délégué l'organisation du service et la gestion des réservations. En embauchant Julie, Cathie avait rapproché deux amis d'enfance qui vivaient depuis plus de vingt ans une relation platonique. Poursuivis par le destin, ils n'avaient toujours pas réussi à assumer leur attirance mutuelle.

— Et vous, Cathie, comment allez-vous ? s'inquiéta Julie. Vous avez l'air préoccupée.

— Un peu, oui. Vous n'avez pas appris la nouvelle ? Ce matin, j'ai découvert un cadavre échoué dans la crique de Kerbrat. Un pauvre garçon qui doit avoir votre âge.

Les deux femmes sursautèrent en entendant le fracas d'une casserole en cuivre qui venait de s'écraser sur le carrelage. Erwan, livide, observait alternativement Cathie et le récipient qui lui avait échappé des mains. Il s'accroupit pour ramasser ce qui était récupérable.

— Je suis désolé, Cathie. La viande n'était pas encore cuite. Je vais pouvoir en sauver la plus grande partie.

— C'est d'apprendre qu'un homme s'est noyé à Locmaria qui t'a mis dans cet état ? s'étonna Cathie.

Une fois le sol nettoyé, Erwan demanda avec un air de ne pas y toucher qui attira tous les soupçons sur lui :

— Ce type, vous vous souvenez à quoi il ressemble ?

Cathie et Julie échangèrent un regard surpris.

— Brun, taille moyenne, à peu près ton âge, habillé en noir avec une chemise Dolce & Gabbana. Pourquoi ?

Erwan se referma sur lui-même et marmonna :

— Excusez-moi, mais les tourtes ne vont pas se faire toutes seules.

Julie attrapa Cathie par la main et la conduisit hors de la cuisine en lançant :

— Erwan, je reviendrai m'occuper des tartes à la rhubarbe quand tu auras terminé !

Elles s'assirent à une table, contrariées.

— Tu as réussi à savoir ce qui lui arrive ? questionna Cathie. Moi, il ne me dit rien, mais ça se voit qu'il n'est pas dans son assiette. Ça a commencé le jour du barbecue chez moi. Je ne sais pas si tu te souviens, mais quand il est arrivé il donnait l'impression d'avoir vu un revenant. J'ai essayé plusieurs fois d'en parler avec lui, mais il n'a rien voulu me dire, soi-disant qu'il n'était pas prêt à en parler.

— Il ne m'a rien lâché non plus ! Chaque fois que je l'interroge, il s'énerve. Je crois qu'il a peur. Quand on sort, il regarde toujours furtivement derrière lui. Il fait des efforts pour ne pas m'inquiéter, mais c'est raté. Et sa réaction à l'instant n'est pas très rassurante.

— Mais il a peur de quoi ?

— Je vais tâcher d'en apprendre plus, Cathie. Mais quand Erwan est buté, autant essayer de faire boire un âne qui n'a pas soif. En attendant, vous pouvez m'aider à dresser les tables ?

— Évidemment. Aujourd'hui, on est toutes les deux de service. Avec le dernier article dithyrambique de Yann sur le restaurant, on est déjà complets pour les trois prochains soirs.

— Les tartes flambées ont touché le cœur des Bretons.

— Et aussi celui des touristes allemands, s'amusa Cathie.

6

Jordan

Le Timonier oriental, bar du port de Locmaria, accueillait dès sept heures du matin les habitués, qui venaient commenter les nouvelles de la veille en buvant un café. Certains l'arrosaient déjà d'un lambig ou l'accompagnaient d'une charcuterie et d'un verre de blanc. Émile Rochecouët, le patron, veillait à ce que ses clients ne manquent de rien, partant du principe qu'un client satisfait est toujours plus enclin à mettre sa main au portefeuille.

Plus de vingt ans après son ouverture, le nom de l'établissement revenait régulièrement comme sujet de discussion dans le village. Pourquoi Timonier ? Émile Rochecouët n'avait pas servi dans la marine, mais comme rampant dans l'aviation à la base aérienne d'Entzhcim, proche de Strasbourg. Pourquoi oriental ? Le cafetier se plaisait à raconter qu'il n'avait jamais franchi le Rhin, préférant le charme et la douceur des Vosges à la rigueur de la Forêt noire. Même s'il est géographiquement exact qu'Entzheim est situé à l'est de la Bretagne, le terme oriental apparaît un peu excessif pour définir l'Alsace. L'explication politique avait été étudiée en suggérant que le Timonier oriental aurait pu être un hommage discret à Mao Tsé-toung, le Grand Timonier par excellence. Cette hypothèse avait été rapidement écartée : l'amour d'Émile Rochecouët pour son tiroir-caisse excluait irrémédiablement toute possibilité d'accointance avec l'idéologie communiste. D'ailleurs, avait conclu le plus fidèle client du bar : « T'as déjà mangé des nems chez Émile ? » Cette évidence avait définitivement enterré la piste chinoise. C'est donc avec ce mystère en suspens que les habitants et les touristes venaient boire un verre ou déguster les spécialités, toujours succulentes, d'Annick Rochecouët, la femme du patron.

Ce matin-là, Cathie s'était levée à l'aube pour nager ses longueurs quotidiennes et profiter des premiers rayons du soleil. Après son muesli et son yaourt rituels, elle avait enfourché son vélo pour descendre au village. *Bretzel et beurre salé* n'ouvrait que pour le dîner et il était trop tôt pour préparer les plats du soir, mais elle avait prévu de mettre à jour sa comptabilité et de passer ses commandes. Et aujourd'hui, Cathie voulait surtout faire un détour par *Le Timonier oriental* pour prendre le pouls de Locmaria. Cette histoire de noyé et la réaction d'Erwan la tracassaient. Yann avait rédigé un article paru le matin même dans *Ouest-France*. Le papier était factuel et n'avançait aucune hypothèse, mais le lieu de la découverte avait été précisé, et les villageois la harcèleraient forcément de questions. Tant pis. Peut-être une information pertinente jaillirait-elle des conversations ?

À peine la porte poussée, un brouhaha envahit la pièce. À croire que toutes les commères s'étaient donné rendez-vous pour l'attendre.

— Laissez-lui le temps de respirer ! intervint Émile d'une voix forte en levant le bras. Cathie, un petit café ? Il est pour moi, offrit-il, magnanime. Après ce que vous avez vécu, vous devez bien en avoir besoin. Si ça vous fait plaisir, j'y ajoute même une goutte de remontant.

— C'est gentil, Émile, mais un expresso suffira.

— Tout de même, insista Annick Rochecouët, qui avait quitté sa cuisine en remarquant que le volume sonore avait soudainement augmenté, ça doit pas être rien. Ça fait quoi de voir un cadavre juste devant soi ? interrogea-t-elle en tordant son torchon entre ses mains.

— C'est assez effrayant et tellement inattendu, la mort qui s'invite comme ça !

— Et ce pauvre gars, intervint Alex Nicol en posant la question que tous attendaient, on a trouvé qui c'est ?

Responsable du bagad de Locmaria et joueur de cornemuse émérite, cet ancien professeur de français était une des sommités du village. Comme tous les lecteurs matinaux, il avait noté qu'aucun détail sur l'identité de la victime n'avait été donné dans le journal.

La dénégation de Cathie alimenta les spéculations.

— Yann Lemeur ne l'a pas reconnu ? insista Nicol.

— Ni Yann ni les gendarmes. L'adjudant Salaün était avec nous !

— Alors c'est certain qu'il est pas du coin ! conclut Émile. Peut-être un marin ?

— Vu comment il était habillé, indiqua Cathie, sûrement pas.

— Un touriste, alors ! proposa un retraité. Il était français ?

Un éclat de rire collectif succéda à la question.

— Pas facile à deviner juste en le regardant, répondit

gentiment Cathie pour tenter d'effacer la gêne sur le visage empourpré. La gendarmerie travaille à son identification avec la brigade de Quimper. On disposera bientôt de plus d'informations. J'espère surtout que la famille pourra être rapidement prévenue.

— Vous n'avez pas une photo ? insista Annick.

— Non, mentit Cathie en pensant à celle que Yann, à sa grande surprise, lui avait envoyée. Mais dès que j'apprendrai quelque chose, je vous tiendrai au courant, lança-t-elle pour atténuer la frustration de l'auditoire.

— Vous savez que vous pouvez compter sur nous, affirmèrent de conserve Émile Rochecouët et Alex Nicol.

Elle répondit par un large sourire à la ronde.

En quittant le bar, Cathie se réjouit de bénéficier du soutien d'une partie de la population : un mauvais pressentiment lui susurrait que ce noyé allait lui apporter des ennuis.

Comme elle se rendait à son restaurant, Cathie aperçut Erwan au loin. Au pas de course, elle le rejoignit sur la place de l'Église. Le garçon se retourna brusquement en l'entendant arriver. Le soulagement se lut sur son visage quand il la reconnut. Cathie l'embrassa et évita tout commentaire.

— Vous êtes pas chez vous ? s'étonna Erwan. Il est bien trop tôt pour ouvrir.

— J'avais deux ou trois choses à faire ici. Dis, est-ce que tu peux m'accorder quelques minutes ?

— Pour vous, toujours, lui assura son employé avec un pauvre sourire.

Son allure abattue attrista Cathie. Erwan se montrait d'habitude tellement vivant, voire impulsif. Que lui arrivait-il ? Elle allait tenter l'électrochoc, quoi que cela lui en coûte. Elle se dirigea vers le porche de l'église Saint-Ternoc. Erwan la suivit sans un mot et fut surpris en la voyant sortir son téléphone portable.

— Le noyé, c'est lui, annonça-t-elle abruptement en lui mettant sous le nez la photo transmise par Yann.

Erwan blêmit et s'apprêta à partir. Cathie l'attrapa fermement par le bras, décidée à ne pas le laisser s'enfuir une fois de plus.

— Erwan, fais-nous confiance. Dis-moi ce qui se passe. J'ai toujours été à tes côtés, non ?

— Il s'appelle Jordan Kalfon, murmura Erwan d'une voix trop faible... un type que j'ai croisé plusieurs fois à Quimper.

— Et ?

— Et, c'est tout, Cathie. Je vous aime beaucoup, et je me rends bien compte que vous essayez de m'aider. Pareil pour Julie. Mais là, faut me lâcher... Vous savez pas dans quoi vous mettez les pieds !

— On peut en discuter avec Yann, ou avec l'adjudant Salaün. Tu les connais bien !

— Les flics ? éclata Erwan d'un rire froid. Vous voulez que je parle aux flics ? reprit-il en s'éloignant de l'église.

Cathie comprit qu'elle n'en apprendrait pas plus aujourd'hui... et que le temps pressait.

Toujours à l'abri de la chaleur sous le porche de l'église, Cathie composa le numéro de Yann.

— Bonjour, Cathie. Tu as bien reçu la photo ?

— Oui, c'est pour ça que je t'appelle. Le noyé s'appelle Jordan Kalfon et habite sans doute à Quimper.

— Excellent. C'est Erwan qui t'a balancé son nom ?

— Évidemment.

— Et qu'est-ce qu'il t'a dit de plus ? insista Yann.

— Que je devais arrêter d'essayer de l'aider, car je ne savais pas dans quoi je mettais les pieds.

— Ça a l'air sérieux.

— On dirait bien. Il s'est ensuite refermé comme une huître, se désola Cathie.

— Bon, je vais en informer Salaün. Ça leur permettra d'accélérer un peu l'enquête.

— Surtout, ne cite pas Erwan ! le prévint Cathie. Il m'en voudrait à mort s'il pensait que je l'ai impliqué dans cette histoire !

— T'inquiète, je n'ai jamais balancé mes sources : principe de base d'un journaliste. Et si je donne des billes à Ronan, il me tuyautera à son tour discrètement.

7

Natacha

La supérette de *L'Aven*, installée au cœur du village de Locmaria, appartenait maintenant à Natacha Prigent, selon les volontés testamentaires de son grand-oncle Jean-Claude Quéré. Le magasin de l'explosive quadragénaire fournissait le village en denrées alimentaires, en produits de droguerie, mais surtout en ragots croustillants qui réjouissaient ses clientes et leurs proches. En l'absence d'affluence, la gérante de ce temple du commérage n'hésitait pas à grossir les faits divers, voire à les déformer à sa guise. « Ce qui intéresse les gens, ce n'est pas ce qu'on raconte, mais comment on le raconte », répétait-elle à qui voulait bien l'entendre. Natacha Prigent disposait de sa cour d'admiratrices et d'admirateurs. Les femmes appréciaient son caractère entier et son franc-parler. Les hommes préféraient la poitrine largement entrevue ou les jupes qui dévoilaient en toute saison des cuisses généreuses.

Bref, elle attirait l'attention.

Et ce matin, elle était servie côté ragots. Natacha Prigent tremblait encore d'excitation en refermant le journal. L'article fraîchement imprimé prouvait qu'elle avait du flair, qu'il fallait se méfier de cette sainte-nitouche de Catherine Wald ! La gentille Alsacienne, qui venait ouvrir son restaurant à Locmaria et prendre le travail des Bretons, était une nouvelle fois impliquée dans une affaire louche.

Elle hésita un instant à se rendre à *La Frégate*. Le bar était tenu par son frère, Gérard, et elle y avait toujours été la bienvenue… jusqu'à ces derniers jours. Gérard l'adorait et par ailleurs, la présence de Natacha lui apportait quelques clients supplémentaires. Son frère avait toujours régné en maître, reléguant sa femme, Victoire, à la cuisine, au service ou derrière le tiroir-caisse les bons jours. Cependant, celle-ci s'était récemment rebellée. Du coup, Gérard s'était transformé en serpillière pour ne pas la perdre. Et Victoire n'appréciait pas beaucoup les frasques de sa belle-sœur. Tant pis ! Au diable la rabat-joie ! La nouvelle qu'elle venait de lire méritait un auditoire.

Elle confia la garde du magasin à son apprentie, non sans distiller quelques recommandations et menaces voilées, et traversa la place de l'Église. Natacha ne remarquait plus les platanes centenaires, la façade de la vénérable église Saint-Ternoc, ni le magnifique calvaire rapporté de la proche abbaye. Seule la bombe médiatique qu'elle allait lâcher occupait ses pensées. Devant l'entrée du bar, Natacha réajusta sa queue-de-cheval, tira sur sa jupe dans une vaine tentative pour couvrir le haut de ses cuisses. Elle hésita à reboutonner son chemisier, mais se dit que la vision de sa poitrine rendrait le sourire à quelques mâles en manque de tendresse. Elle se sentait d'humeur badine et encline à leur offrir cette gourmandise.

Les clochettes de la porte et l'arrivée de la sculpturale épicière instaurèrent quelques secondes de silence. Natacha en profita pour jauger l'assemblée. La grisaille matinale avait attiré plus de consommateurs qu'un grand soleil : excellent ! Comme les conversations reprenaient, elle se dirigea vers sa belle-sœur occupée avec le percolateur derrière le comptoir. Elle se pencha au-dessus du zinc pour l'embrasser.

— Où est Gérard ? s'étonna-t-elle en n'apercevant pas son frère.

— Il est parti chez Esturillo, l'électricien. On a un problème avec le tableau électrique : sans doute la machine à laver. Sinon, qu'est-ce qui me vaut le plaisir de te voir ici à cette heure ? s'enquit Victoire, toujours méfiante à propos des initiatives de sa belle-sœur.

— T'as lu le canard, ce matin ?

— Pas vraiment eu le temps.

— T'as raté quelque chose ! Un article de fou sur la Wald !

— Encore Masselier ?

— Heureusement que ce journaliste intervient pour tenter de lever le voile sur la vérité, déclara sentencieusement Natacha.

— Mais il peut pas lui foutre la paix ! s'exaspéra Victoire. Elle a monté son restaurant, on y mange bien, et elle a réussi à remettre au boulot l'Erwan Lagadec, ce qui n'était pas gagné. Elle ne vole rien à personne !

Victoire Prigent, contrairement à son mari et sa belle-sœur, n'avait pas de grief particulier contre Cathie. La patronne de *Bretzel et beurre salé* était une commerçante honnête et qui menait bien son affaire. Cela suffisait à Victoire pour la considérer comme une personne fréquentable.

— Elle ne vole rien à personne ? Eh bien, ça reste à prouver, ma grande ! s'exclama Natacha en secouant le journal au-dessus de sa tête. Ça ne te gêne pas si je fais la lecture de l'article ? demanda-t-elle assez fort pour que les clients donnent leur accord avant la patronne.

Victoire haussa les épaules. Si cela n'avait tenu qu'à elle, elle aurait refusé. Mais Gérard lui en aurait voulu d'avoir rabroué sa petite sœur chérie devant la clientèle. Elle venait de le reprendre en main et devait lui laisser quelques miettes d'autorité.

— D'accord, mais vas-y mollo, accepta-t-elle.

— Tu ne le regretteras pas !

Natacha se redressa et, après avoir jeté un regard circulaire sur l'assemblée, claironna :

— Mesdames et messieurs, des événements graves pourraient concerner Locmaria. Je sollicite quelques minutes de votre attention, s'il vous plaît.

Un brouhaha d'acquiescement s'ensuivit aussitôt.

— Bien, ajouta-t-elle, ceux qui ont envie de commander quelque chose d'autre à boire avant que je commence, c'est maintenant ou jamais ! Je vais aider la patronne à vous servir.

La quinzaine de consommateurs obéit comme un seul homme, rejointe par des curieux qui avaient deviné en apercevant Natacha dans le bar qu'un spectacle se préparait. Victoire ne put s'empêcher de sourire. Sa belle-sœur lui tapait régulièrement sur les nerfs, mais elle possédait un don pour le cinéma et pour les affaires.

8

L'article

Natacha s'assit sur un tabouret de bar, croisa les jambes et, d'une voix grave savamment étudiée, entama la lecture de l'article.

— « Le village de Locmaria est une nouvelle fois au centre des regards à la suite de la découverte d'un noyé sur le littoral, hier aux alentours de dix heures. Les enquêteurs ont révélé ce matin l'identité de la victime. Il s'agit de Jordan Kalfon, Quimpérois de trente et un ans. Employé dans une entreprise de la grande distribution, Kalfon n'était pas inconnu des services de police. Il avait déjà été arrêté deux fois pour revente de cannabis et avait été condamné à deux mois de prison avec sursis. La question sur la cause de sa mort est évidemment au cœur de l'enquête : noyade accidentelle ou règlement de comptes ? »

En bonne conteuse, Natacha laissa planer un moment de silence. Elle prit sa tasse de café, en but lentement une gorgée et la reposa dans un mouvement gracieux. Elle tenait son public, et même Victoire avait cessé de s'activer pour l'écouter. Elle pouvait continuer.

— « D'après les informations communiquées par le

procureur, les hématomes relevés sur le corps au cours de l'autopsie seraient liés aux chocs sur les rochers et non pas à des coups. Mais aucune certitude n'a pu être établie. Les vêtements portés par la victime poussent à penser qu'il participait à une fête qui aurait mal tourné, hypothèse corroborée par le taux d'alcool élevé dans le sang de Kalfon. La piste d'une chute accidentelle dans la mer est donc privilégiée. La justice poursuit son enquête auprès des proches du défunt pour déterminer son emploi du temps.

« Ce qui est considéré par l'instruction, de prime abord, comme un fait divers est maintenant à remettre en perspective avec des événements récents.

« *Primo*, le lieu-dit "la crique de Kerbrat" se situe au pied du domaine de Kerbrat, dont la propriétaire n'est autre que Catherine Wald. Cette Alsacienne s'était, souvenez-vous, retrouvée mêlée au drame de la mort de Jean-Claude Quéré.

« *Secundo*, la victime, Jordan Kalfon, était impliquée dans un trafic de drogue. Or, surprise, le cuisinier de Mme Wald, Erwan Lagadec, a lui aussi eu affaire il y a quelques années à la police de Quimper pour trafic de stupéfiants.

« *Tertio*, Mme Wald n'a jamais voulu dire d'où lui venait l'argent qui lui a permis d'acheter un splendide domaine en Bretagne et d'installer un luxueux restaurant à Locmaria. Pourquoi un tel mutisme ? Pourquoi ne pas le raconter pour éviter de faire courir des bruits sur l'origine de sa fortune ?

« Et *in fine*, soyons exhaustif, le trafic de drogue dans notre belle région explose depuis le début de l'année, ce qui correspond, peut-être par hasard, à l'arrivée de

Mme Wald à Locmaria. N'ayant aucune preuve, il n'est pas question de faire le lien entre les événements. Je me contente d'énoncer des faits. Cependant, quand les coïncidences se multiplient à l'envi, peut-on encore parler de coïncidences ? L'enquête en cours apportera sans aucun doute sa part de lumière. En ce qui me concerne, soyez certains que ma quête de la vérité ne sera entravée par aucune pression ni aucun journaliste, trop proche de certains protagonistes de cette affaire. Donner l'information aux lecteurs et les aider à la décrypter, voilà mon seul objectif. »

Quelques murmures enflèrent. Natacha conclut avant de perdre l'attention de ses auditeurs.

— Masselier n'accuse personne mais, comme dit la sagesse populaire : il n'y a pas de fumée sans feu.

— Oui, mais quand même, maugréa Émeline Guillou, la bouchère, il abuse, le Masselier. Bon, c'est de notoriété publique que l'Erwan a un peu traficoté de l'herbe au cours de ses mauvaises années, mais quel rapport avec ce Kalfon ? La nuit du drame, il faisait ses tartes flambées chez *Bretzel et beurre salé* !

— Le soir du drame, précisa un client entré pendant la lecture. Mais que savez-vous de sa nuit ?

Des yeux surpris se levèrent vers un homme élégant à l'allure de séducteur méditerranéen. Ceux de Natacha brillèrent plus encore en reconnaissant celui qui était intervenu en sa faveur. Gaël Delpiero se rendait très rarement dans les bars locaux. De père italien et de mère bretonne, c'était un habitant de Locmaria qui avait, comme on dit, réussi. Il était le propriétaire du grand hôtel du village, d'un restaurant en bord de mer et de la paillote proche de la plage naturiste. Il n'avait jamais renié ses origines et était devenu le principal mécène des activités culturelles locmariaistes.

— J'en ai aucune idée de ce qu'il a fait de sa nuit, s'agaça la bouchère, insensible au charme transalpin de Delpiero. Mais des gars qui touchent à la fumette, ça doit pas manquer dans la région.

— De toute façon, Émeline, tu crois que ce que tu vois, et encore… coupa Natacha. Le mot imagination ne fait pas partie de ton vocabulaire !

— Oh, tu me parles meilleur, Natacha ! s'insurgea Émeline Guillou. C'est sûr qu'avec tes tenues ras la touffe, toi, tu sais faire travailler l'imagination de tous ces messieurs.

Au vu du visage empourpré d'Émeline et des tremblements de Natacha, Victoire comprit qu'elle devait rapidement intervenir pour conserver un minimum de sérénité à l'ambiance de son bar.

— Laissons Erwan de côté, s'interposa-t-elle. Et je suis d'accord, Masselier y va un peu fort. Je ne dirais pas qu'il fait du délit de sale gueule, mais presque !

— Détrompez-vous, releva un petit homme aux lunettes rondes assis sur une banquette en moleskine. Son analyse est très perspicace. Rien de ce qu'il énonce n'est faux, et je confirmerais même qu'il expose des vérités.

— Et alors, Jean-Louis ! rugit Émeline, sérieusement agacée par le numéro de la gérante de *L'Aven* et prête à se défouler sur ce pauvre contradicteur. Si je dis que tu es à moitié chauve, c'est une vérité. Si je dis qu'y a des cons qui sont chauves, c'est une vérité aussi. Donc si j'en déduis que tu es à moitié con, ce que j'énonce n'est pas complètement faux, n'est-ce pas ?

Assommé par cette attaque inattendue, l'homme se recroquevilla sur son siège. Une Émeline Guillou en colère avait de quoi effrayer, moralement et physiquement.

— Effectivement, rebondit Delpiero, ce Masselier est assez direct dans ses propos. J'en conviens avec vous, chère amie. Son style est par ailleurs trop pompeux à mon goût. Mais je suis certain que la suite de son enquête nous apportera son lot de surprises.

— Vous savez que je n'ai jamais eu confiance en cette Wald, conclut solennellement Natacha sur un regard insistant de sa belle-sœur. Soyez vigilants, ajouta-t-elle avec un trémolo parfaitement maîtrisé dans la voix, nous avons peut-être réchauffé une vipère en notre sein.

9

Schlappe

Les averses nocturnes avaient nettoyé l'atmosphère, et seuls quelques nuages blancs déchirés par le vent traînaient encore dans le ciel bleu azur. La luminosité presque parfaite conférait à la nature un éclat magique.

Exceptionnellement, Cathie avait remplacé sa baignade matinale par une randonnée. Sa discussion de la veille avec Émeline Guillou avait assombri un horizon qu'elle croyait pourtant dégagé. La bouchère lui avait raconté le show de Natacha Prigent. Pourquoi l'épicière faisait-elle preuve de tant d'acharnement contre elle ?

Elle avait chaussé une paire de baskets pour se promener dans la campagne. Depuis sa plus tendre enfance, marcher l'aidait à se vider la tête et à éloigner ses soucis. Son grand-père lui avait appris à faire siens le calme de la forêt, la musique apaisante de la brise dans les branches et la force rassurante des rochers immortels. Ça ne fonctionnait pas à chaque fois, mais aujourd'hui elle avait vraiment besoin d'un minimum de sérénité pour décider de la conduite à tenir.

Elle avait longé la côte un kilomètre avant de bifurquer pour s'élever dans les terres. Les arbres solidement enracinés dans le sol, résistant depuis toujours aux tempêtes qui tentaient de les mettre à terre, avaient transmis à Cathie un peu de leur pugnacité. Elle avait aussi salué un dolmen qui, six mille années après son édification, accueillait encore les prières secrètes de ceux qui s'introduisaient entre ses pierres. Le sentier débouchait ensuite sur des champs de blé protégés par des haies d'arbustes bordant des chemins creux. Ce paysage de bocage rendait hommage à tous les hommes qui, génération après génération, avaient entretenu ces terres en leur conservant leur âme. Le temps des moissons approchait et les épis ondulaient sous la caresse de la brise. Cathie s'arrêta et effectua d'amples mouvements respiratoires. La nature avait forcément des cadeaux à offrir à ceux qui acceptaient de les recevoir.

Elle s'assit sur un rocher aux formes arrondies, appel à une pause bienvenue. Ayant uniquement avalé un petit déjeuner léger, elle avait attrapé dans sa cuisine un morceau de pain et un reste de poulet rôti qu'elle avait glissés dans son sac avec une bouteille d'eau. Elle but longuement, appréciant la fraîcheur du liquide qui coulait dans sa gorge.

Elle voulait profiter de ce moment pour comprendre. Comprendre pourquoi Martin Masselier l'avait de nouveau choisie comme bouc émissaire. Pourquoi Erwan, qui connaissait Jordan Kalfon, gardait le silence plutôt que d'aider la justice à faire la lumière sur l'affaire. Et si Erwan avait bel et bien replongé dans le trafic de drogue ? Non, impossible, il s'était fièrement reconstruit une vie et avait toutes les chances de voir son histoire d'amour avec Julie Fouesnant se concrétiser. Ou alors son passé le rattrapait ? Peut-être avait-il trafiqué avec Kalfon avant de travailler chez *Bretzel et beurre salé* et fait quelques mauvaises rencontres. Dans quoi Erwan avait-il encore mis les pieds ? À croire qu'il n'était pas fait pour une existence paisible. Et, pour couronner le tout, Masselier insinuait qu'elle pourrait être impliquée dans l'accroissement du trafic de drogue sur la côte sud du Finistère. De la pure calomnie ! Si elle avait décidé dans un premier temps de traiter les attaques par le mépris, elle devait maintenant réagir. Mais comment ? « Calomniez, calomniez, il en restera toujours quelque chose. » Elle secoua vigoureusement la tête comme pour en chasser ses ruminations négatives.

Comme elle s'apprêtait à mordre à pleines dents dans son sandwich, un gémissement détourna son attention. Elle suspendit son geste et tendit l'oreille. Un nouveau gémissement, un peu plus soutenu. Elle se leva et se dirigea vers la source du bruit. Un jappement plaintif l'accueillit au détour du chemin.

— Eh bien, qu'est-ce qui t'est arrivé ? s'exclama-t-elle en voyant un chien allongé dans le fossé.

Cathie comprit rapidement la situation. L'animal, attiré par un bout de viande à moitié pourrie, était coincé dans un piège à renard. Croisement aléatoire d'un épagneul breton et d'un chien de race indéterminée, il avait les flancs amaigris, ce qui prouvait qu'il devait vagabonder depuis un certain temps et être affamé.

— Bon, je vais te sortir de là, mon bonhomme !

Les grands-parents maternels de Cathie possédaient une ferme où les chiens étaient rois. Petite, elle montait à califourchon sur le dos des plus costauds et nourrissait au biberon les plus fragiles. Comme elle tendait la main vers l'animal, il eut un mouvement de recul et émit un aboiement à la fois inquiet et agressif.

— Toi, mon corniaud, il va falloir t'amadouer.

Elle hésita quelques secondes, ouvrit son sandwich, attrapa le blanc de poulet encore protégé par sa peau grillée et le montra au chien.

— Avec ça, on serait copains ?

La bête pencha la tête sur le côté, les yeux ronds, fixant le savoureux morceau de viande.

— OK, j'ai la réponse.

Cathie approcha lentement le poulet et le déposa doucement sur le sol. L'animal se jeta sur la nourriture comme un mort de faim, et elle en profita pour retirer la patte du piège. Elle la palpa rapidement : a priori, rien de cassé. Le chien s'assit sur son postérieur, la tête de nouveau penchée sur le côté.

— Je n'ai plus rien pour toi, mon grand. Ni pour moi, d'ailleurs. Ouste, rentre chez toi ! On doit bien t'attendre quelque part.

Comme Cathie se relevait pour reprendre son chemin, le chien aboya brièvement. Peut-être un remerciement, ou un appel pour la suite du menu.

— Je vais y aller. La prochaine fois, ne mange pas n'importe quoi et regarde où tu mets les pieds.

Cathie adressa un signe d'adieu au corniaud et se dirigea vers la forêt. Deux cents mètres plus loin, elle se retourna en entendant un nouveau jappement. L'animal était là, visiblement heureux d'avoir trouvé une main nourricière. Elle se pencha vers lui.

— Tu permets ? demanda-t-elle en lui caressant le cou.

Il se laissa faire. Aucun collier, pas de marque de tatouage sur les oreilles. Il venait sans aucun doute d'une ferme proche. Il serait capable de retrouver son chemin.

— Je ne vais pas te ramener à la maison !

Mais comme elle repartait, le chien la suivit d'une allure presque sautillante. Elle ne put s'empêcher de sourire en le voyant tourner autour d'elle, remuant la tête dans tous les sens. Dire qu'il y avait encore un quart d'heure, il avait la patte prise dans un piège.

Il s'arrêta brusquement et fonça dans le champ de blé. Cathie devina un groupe de rongeurs qui s'égaillaient au milieu des épis. Comme il revenait bredouille et l'air penaud, elle éclata de rire.

— D'accord, viens avec moi. Je me renseignerai pour savoir à qui tu appartiens. Je te ramènerai ensuite chez toi. En attendant, je vais te trouver un nom. Laisse-moi réfléchir…

Comme s'il avait compris, l'animal s'assit et la fixa, les oreilles pendantes.

— Je vais t'appeler *Schlappe* ! Tu es d'accord ?

Devinant qu'il avait été provisoirement adopté, Schlappe aboya joyeusement et trotta aux côtés de Cathie, comme un vieux compagnon de balade.

10

Affaire classée

Cathie sortit une bouteille de côtes de Provence de son réfrigérateur : un cru plaisant, découvert sur les hauts plateaux du Var. Elle avait distingué le bruit de la voiture qui se garait sur le parking en terre battue devant chez elle.

Yann Lemeur descendit de la nouvelle Peugeot qu'il venait de s'offrir… une jeunesse de moins de cent mille kilomètres. Le sourire aux lèvres et un bouquet de fleurs à la main, il honorait son premier rendez-vous en tête-à-tête avec Cathie. Certes, il allait surtout être question de l'affaire Kalfon pendant le repas, mais il profiterait de cet agréable moment. Il poussa le portillon en bois et se dirigea vers la table dressée sous le pin parasol aux formes torturées. Il se réjouissait déjà du déjeuner à l'ombre de cet arbre splendide, avec vue sur la mer et surtout sur Cathie. La tête dans ses rêves, il sursauta en se retrouvant pris dans une soudaine tornade. Un chien tourbillonnait autour de lui : un derviche tourneur version *30 Millions d'amis*. La surprise passée, il constata que le comportement de l'animal n'avait rien d'agressif.

— Schlappe, viens ici, et laisse Yann tranquille !

En entendant la voix, le dénommé Schlappe s'arrêta net puis fonça comme un dératé aux pieds de Cathie.

— Tu as acheté un chien ? s'étrangla Yann, stupéfait.

— Je n'ai rien acheté du tout. Je l'ai délivré d'un piège à renard il y a quatre jours du côté des bois de Saint-Tugdual et depuis il ne me quitte plus. Un vrai pot de colle !

— Il est marqué ?

— Non ! Je me suis renseignée dans le village et je suis allée voir le véto. Personne ne connaît ce chien. Il a dû être abandonné pendant les vacances. En tout cas, il est d'humeur joyeuse. Alors je pense que je vais l'adopter… ou plutôt qu'il m'a adoptée. J'ai rendez-vous la semaine prochaine pour le faire vacciner et tatouer. D'après le vétérinaire, il ne doit pas avoir plus d'un an.

— Tu risques de te compliquer la vie avec cet animal dans les jambes !

— Schlappe est tout sauf compliqué. Quand je suis là il me fait la fête, et quand je ne suis pas là il vit sa vie dans le jardin ou il va se promener dans les bois voisins. Il est assez indépendant : à croire qu'il avait un chat parmi ses ancêtres.

— Quoi qu'il en soit, il est sympa, admit Yann en le flattant. Et il a une bonne tête, peut-être un peu allumée par moments, mais une bonne tête. Au fait, c'est pour toi ! se souvint Yann en tendant le bouquet de fleurs à son amie.

— Elles sont superbes et ça fait longtemps qu'on ne m'en a pas offert, le remercia Cathie en l'embrassant sur la joue. Je te laisse faire connaissance avec Schlappe pendant que je vais les mettre dans un vase.

Encore sous le charme, Yann demanda à son hôtesse qui s'éloignait :

— Schlappe, ça veut dire quelque chose en alsacien ?

— Pantoufle ! Je l'imagine bien en train de déchiqueter des chaussons. Et puis c'était le nom du chien préféré de mon grand-père, qui avait tendance à déchiqueter les voleurs de poules… le chien, pas mon grand-père.

Yann avait attendu d'avoir dégusté la dernière langoustine pêchée la veille avant d'annoncer la nouvelle à Cathie.

— Le procureur vient de classer l'affaire Kalfon. Pour eux, il s'est noyé après avoir trop bu pendant une fête.

— Déjà ? Mais, ça fait tout juste une semaine qu'il est mort ! s'étonna Cathie. Ils ont eu le temps de faire toutes les vérifications ?

— La gendarmerie de Quimper est sur les dents à cause d'une bande de cambrioleurs qui sévit depuis un mois. Des types qui n'ont pas froid aux yeux ! Bref, nos amis ont le préfet sur le dos et une pression de folie pour mettre les mystérieux escamoteurs sous les verrous. Du coup, l'enquête sur Kalfon a été bâclée. D'après Ronan Salaün, deux témoins ont indiqué que Jordan avait prévu de passer la soirée fatale avec des amis, ça leur a suffi pour boucler le dossier.

— Et ces témoins, ils ont donné les noms des amis en question ?

— Tu penses, ç'aurait été trop facile.

— Mais la soirée a très bien pu dégénérer !

— Je suis d'accord avec toi, mais ce n'est pas la version retenue. Le procureur a préféré clore l'affaire pour recentrer ses forces vives sur les événements qui font la une de l'actualité.

— Donc, officiellement, Jordan Kalfon avait trop bu et il est tombé accidentellement à la mer, on ne sait où. Ses acolytes éplorés n'ont pas réussi à l'aider et ont oublié de signaler la disparition… à moins que Kalfon, par pudeur, soit allé glisser un peu plus loin dans les rochers pour ne pas gâcher la fête. Et on se contente de ça. J'ai bien compris ?

— Exact !

— Là, on frôle l'incompétence. Et toi, qu'est-ce que t'en dis ? l'interrogea Cathie.

— Je ne suis pas resté les bras croisés. Moi aussi, je suis allé à la rencontre de l'entourage de Kalfon, mais sans l'étiquette « flic » au front. Il s'était acheté une façade sociale en travaillant dans un supermarché. Son patron n'avait d'ailleurs rien à lui reprocher. Mais il continuait à faire des heures sup en dealant du shit.

— Comment tu as appris ça ?

— J'ai passé trois soirées à traîner à Quimper. Les folles nuits finistériennes ! Ses copains ne m'ont pas accueilli à bras ouverts, mais on a fini par s'entendre. Un truc m'a sauté aux yeux tout de suite : ils pétaient de trouille !

— Comme Erwan ?

— Comme Erwan. Sinon, Kalfon avait effectivement rendez-vous avec des « amis » pour parler business, mais j'ai l'impression que ces fameux amis ne jouent pas dans la même division que lui. Un de ses potes m'a lâché que la semaine précédant la noyade Jordan avait refourgué de la came pour un beau paquet de fric… beaucoup plus que son chiffre d'affaires habituel. Je suis persuadé que le gars en savait plus, mais je n'ai pas réussi à en tirer davantage.

— Ça veut dire que la Bretagne devient le nouveau terrain de jeu des barons de la drogue ? s'inquiéta Cathie.

— Quimper n'est pas encore Medellín, mais il semblerait que de nouveaux entrants cherchent à s'installer dans la région. Et si tout le monde a peur, c'est peut-être à cause de la mort de Kalfon. Il aurait été noyé volontairement. La terreur par l'exemple !

— Mais les flics n'ont rien remarqué ?

— Tu n'as pas besoin d'une armée de Colombiens pour monter un trafic ! Tu envoies quelques lieutenants et tu travailles avec un représentant local capable d'organiser la distribution.

— Oui, une Alsacienne, par exemple, observa Cathie avec amertume en faisant allusion à l'article sorti quelques jours plus tôt. Tu sais quelle mouche a piqué Masselier pour pondre ce torchon ?

— Je suis allé le voir et ç'a été chaud ! se crispa Yann. Déjà qu'on s'aimait pas ! Ce type est un vrai trou du cul qui s'assied sur la déontologie pour faire le buzz. Très peu de lecteurs ont adhéré à la thèse te concernant, mais je suis certain qu'il prépare quelque chose.

— Mais pourquoi ? se désespéra Cathie.

— Parce qu'il est passé pour un con avec l'affaire Quéré et qu'il veut redorer son image de pro de l'investigation.

— Qu'il s'occupe du gang des cambrioleurs, c'est plus porteur !

— Ou peut-être qu'il touche du fric de Lagadec pour te motiver à partir ?

— Georges Lagadec ? Il m'en veut toujours d'avoir acheté le domaine de Kerbrat ? Mais il faut qu'il aille se faire soigner !

— Je suis d'accord avec toi, Cathie, mais c'est devenu une idée fixe ! Il en parle à tous ceux qui sont encore prêts à l'écouter ! Et comme tu as aidé son fils Erwan, son souffre-douleur, à s'en sortir honorablement, il t'en veut d'autant plus.

— D'après toi, qu'est-ce qu'il me reste à faire ? Il faut que je porte plainte ? Ou que j'aille sonner chez lui et que je lui retourne une paire de claques ?

— Si tu en arrives là, lui sourit Yann, appelle-moi avant. Je te donnerai un coup de main. Ça fait longtemps que j'ai envie de lui en coller une et que je me retiens.

11

Soirée entre filles

Ces derniers mois avaient été consacrés à la promesse faite à sa sœur Sabine : monter un restaurant de spécialités alsaciennes en Bretagne. Déployant une énergie débordante, Cathie s'était parfaitement acquittée de cette tâche, et le succès était au rendez-vous. Certes, le décès de l'ancien maire de Locmaria après un dîner dans son établissement avait un moment mis à mal son entreprise, mais elle avait été disculpée, et depuis tout marchait comme sur des roulettes.

Maintenant que Cathie avait bien formé Erwan Lagadec en cuisine et qu'il était efficacement secondé en salle par Julie Fouesnant, elle avait décidé de les laisser gérer *Bretzel et beurre salé* certains soirs. Cathie allait pouvoir reprendre ses autres activités à un rythme plus soutenu. Si tout se passait bien, elle pourrait même se remettre à voyager.

Pour célébrer sa première soirée off, Cathie avait invité ses meilleures amies à une fête entre filles. Marine Le Duhévat, professeur multisport de Locmaria, Cécile Micolou, qui gérait avec son frère un élevage de cochons, et Alexia Le Corre, la propriétaire de la librairie *Lire au large* étaient de la partie. Elles lui avaient réservé un accueil chaleureux à son arrivée et l'avaient ensuite aidée dans les moments difficiles. C'est donc tout naturellement qu'elles étaient devenues proches.

Justement, on sonnait. Excitée, Cathie alla ouvrir.

— Vous vous êtes donné le mot pour être là en même temps ? Bienvenue au domaine de Kerbrat, mesdames.

Embrassades sur le pas de la porte, puis les trois femmes entrèrent.

— Tiens ! Cadeau de Malo, annonça Cécile en déposant une glacière sur la grande table de la cuisine. Mon petit frère n'a jamais eu le compas dans l'œil : il a préparé de quoi nourrir un régiment.

— Merci Cécile. Mais il ne fallait pas. Si on meurt de quelque chose, ce ne sera pas de faim.

— Attention les miss, vous allez être obligées de suivre mes cours de gym si vous n'êtes pas raisonnables. Je vous ferai un prix, plaisanta Marine en aidant Cathie au déballage. Je nous ai apporté deux bonnes bouteilles : un saint-joseph de derrière les fagots et un crozes-hermitage qui tue. Du petit Jésus en culotte de velours !

— Et voilà la nouveauté de l'autrice en vogue Patricia Pearl. Ça ne se mange pas, mais ça se déguste, et j'ai cru comprendre que la romance ne te déplaisait pas… ajouta Alexia d'un air entendu.

— Cool ! s'exclama Cécile. Tu me le prêteras quand tu l'auras terminé, Cathie ?

— Vous aimez ce genre de littérature ? s'étonna Marine.

— Parce que toi, t'en lis pas peut-être ? se défendit Alexia. Il me semble que tu m'as aussi acheté le dernier

Pearl. Une bonne histoire d'amour de temps en temps, c'est idéal pour se vider la tête…

— Histoire d'amour, peut-être, mais pas que… tu oublies les scènes épicées ! Et d'ailleurs, le secret professionnel, tu en fais quoi ? s'insurgea Marine en riant.

— C'est super gentil à vous, intervint Cathie. Merci beaucoup. Je lirai ton roman avec… plaisir, Alexia. C'est vrai que j'aime bien le genre, même si je ne le crie pas sur les toits ! Mais pour en revenir à la soirée, voilà le programme… si ça vous dit, bien sûr : on commence par une petite séance de remise en forme et détente avec piscine, sauna et hammam…

— Je vous organise un cours d'aquagym si vous voulez, proposa Marine, toujours à fond.

— Ah, oui, sympa. Ça nous donnera bonne conscience avant de déguster les pâtés de Malo. Ensuite, j'ai commandé un plateau de fruits de mer géant qui devrait nous occuper un moment et, pour nous achever, des pâtisseries au beurre de Bretagne. Et là, c'est sans parler des bouteilles que j'ai sélectionnées pour vous.

— Sacré festin ! se réjouit Alexia. Heureusement qu'on dort chez toi.

— Vos chambres vous attendent, confirma Cathie… mais pas maintenant.

— Puisque tu en parles, ajouta Cécile, tu veux bien nous faire visiter ton palace ? Le rez-de-chaussée est top, j'aimerais découvrir le reste.

— Et nous donc, depuis le temps ! réagirent les deux autres.

— C'était dans le programme, lâcha Cathie. On y va tout de suite si ça vous dit.

12

Visite guidée

Emballées, elles empruntèrent l'escalier à la suite de Cathie. D'abord, le grenier. Sous les toits, une vaste pièce façon loft suscita beaucoup d'enthousiasme. L'endroit parfait pour un moment de détente entre amis, avec des canapés et des poufs moelleux, un baby-foot, un espace bibliothèque et un coin cinéma, sans oublier une salle d'eau.

— Très cosy… et assez intime ! Tu as prévu d'y organiser des parties fines ? plaisanta Alexia.

— Si c'est le cas, je t'inviterai. Tu seras la première au courant, lui sourit Cathie.

Elles se rendirent au premier étage. Cathie leur montra tout d'abord deux chambres de belle taille, partageant chacune une salle de bains avec une chambre un peu plus petite.

— C'est pour mes enfants, expliqua Cathie. Je ne désespère pas de les voir s'installer avec quelqu'un et avoir des enfants à leur tour. Bon, il n'y a pas d'urgence, mais tout est prévu pour que ma descendance présente et à venir soit motivée pour passer des vacances en Bretagne avec *Mamema*.

— *Mamema*? releva Marine.

— *Mam Coz*, pour vous en Bretagne et *Mamema* pour nous en Alsace, expliqua Cathie.

— Toutes les fenêtres donnent sur la mer en plus, lâcha Cécile. C'est fabuleux !

— Toutes, sauf une pièce pour mes futurs petits-enfants effectivement, compléta Cathie avec un sens de la précision tout germanique. C'est pour ça que j'ai eu un coup de cœur pour cette maison… malgré son état de délabrement avancé. Et maintenant, les filles, nous pénétrons dans mon domaine, annonça-t-elle avec un clin d'œil en leur désignant sa chambre.

Le mot « chambre » était réducteur pour cette immense suite. Un lit king size, une splendide salle de bains avec baignoire et douche à l'italienne, une mini-kitchenette et de confortables fauteuils avec vue sur la mer… Le tout était décoré avec des thèmes marins, comme le reste de la maison. De bon goût, mais sans ostentation.

— Impressionnant ! Dommage que tu n'aies pas de beau mâle à mettre dans ce grand lit, plaisanta Alexia d'un ton grivois.

— Je ne désespère pas d'en trouver un, mais j'avoue que ce n'est pas une priorité. Je me suis assez fait balader ces derniers temps, lâcha Cathie.

— Tu n'as qu'à claquer des doigts et… hop ! la taquina Marine. J'en connais un qui est dans les starting-blocks et qui n'attend qu'un regard de toi.

— Oui, oui, je sais bien de qui tu parles, répliqua Cathie. J'aime bien Yann, mais je ne suis pas prête à m'investir dans une relation.

— Un petit plan cul alors ? suggéra Alexia, les yeux brillants.

— Tu es gentille Alexia, s'amusa Cathie, mais – et gardez ça pour vous s'il vous plaît – après mon divorce, j'ai déjà donné de ce côté-là. Finalement, c'était plus frustrant qu'autre chose. Et si on changeait de sujet ? D'autant plus que la visite n'est pas terminée.

— Ah, parce qu'il y a autre chose ? Cathie, je ne voudrais pas être indiscrète… mais un peu quand même, osa Marine avec l'assentiment silencieux des deux autres. Comment as-tu fait pour t'offrir tout ça ? Entre ton restaurant et cette énorme baraque que tu as transformée en palais, ça a dû te coûter un fric fou ! Et tu n'ignores pas que ça jase dans le village… sans parler de l'article de ce con de Masselier…

— Oui, je me doute que vous avez envie de savoir. Je pourrais vous dire que j'ai gagné au loto ou hérité d'un oncle d'Amérique fortuné… mais ce serait un mensonge. Tout ce que je peux vous avouer pour le moment, c'est qu'il m'est arrivé un truc bien. C'est grâce à ça que j'ai pu m'installer à Locmaria dans de si bonnes conditions. En revanche, je ne suis pas encore prête à en parler. J'y arriverai sans doute un jour, et ce jour-là vous serez les premières informées, promis. Mais, soyez rassurées, il n'y a absolument rien d'illégal… Venez, on va voir la suite.

Le sourire et la sincérité de Cathie effacèrent la frustration de ses amies.

— C'est là ? demanda Alexia en désignant une porte fermée.

— Non, là, c'est mon bureau. Rien d'intéressant. Il y règne un beau bazar. Des bouquins de recettes et des papiers posés partout. Je préfère vous éviter ce côté de ma personnalité. Le clou du spectacle, c'est ici, ajouta Cathie en s'approchant de larges panneaux coulissants.

Ce domaine de Kerbrat était déjà grandiose. Qu'est-ce qui aurait pu encore les étonner ?

— Ta daaaam ! s'exclama Cathie en ouvrant les portes d'un geste ample.

— Ououaaah ! fut la seule onomatopée que ses amies purent émettre dans un premier temps, les yeux ronds et la bouche formant un O de surprise.

Elles venaient de pénétrer dans le saint des saints, le rêve de toutes les femmes – enfin de la plupart : un dressing. Mais attention, pas n'importe quel dressing !

Une grande pièce, qui, toutes proportions gardées, renvoyait la Galerie des glaces au rang de corridor de studette d'étudiant. Une myriade de miroirs muraux permettait de s'admirer sous tous les angles et une profusion de spots donnait l'impression de défiler sur une scène. Impossible de dénombrer les penderies, placards, tiroirs, étagères et accessoires divers… Et le nec plus ultra : un judicieux système pour l'agencement des chaussures qui optimisait l'espace tout en laissant celles-ci visibles et accessibles.

Subjuguées et oubliant toute retenue, les trois amies se lancèrent dans une inspection en règle. Elles ouvraient les tiroirs, faisaient coulisser les portes et évaluaient l'ingéniosité des gadgets sur mesure, tout en commentant leurs découvertes.

Amusée, Cathie les observait. Elle ne les comprenait que trop bien. Si elle s'était fait plaisir dans l'aménagement de sa maison, l'installation de ce dressing était sans conteste l'aboutissement d'un fantasme.

— Ben dis donc, tu en as des fringues ! Quand est-ce que tu mets tout ça ? interrogea Alexia.

Elle s'émerveillait devant un espace penderie dans

lequel les vêtements étaient disposés par genre, par couleur et par saison. Des tailleurs de marque et des robes habillées côtoyaient des tenues plus simples pour tous les jours et d'autres beaucoup plus affriolantes.

— Oh, tu sais… dans quelques rares occasions, éluda Cathie, évasive. Je m'attache à mes affaires, et j'ai du mal à m'en séparer.

— C'est sans doute ce que je ferais si j'avais autant de place… et surtout autant de fringues ! commenta Cécile avec une pointe d'envie. Mais c'est sûr que ce que je porte pour m'occuper de mes cochons ne serait pas digne d'un tel écrin. C'est drôlement sympa, tous ces miroirs. On se voit vraiment sous toutes les coutures. Par contre, ça m'enlève quelques illusions. Je ne m'imaginais pas avec un cul aussi rond.

— Elles sont splendides tes fesses, ma chérie ! la rassura Marine en riant. Et cette collection de chaussures ! ne put-elle s'empêcher d'ajouter… avec ces sacs à main assortis, c'est génial !

— Cathie, tu as une vie cachée ou quoi ? la titilla Alexia. Vivement que tu nous en racontes davantage !

Un peu gênée par la remarque, Cathie se contenta d'un petit sourire et d'un haussement d'épaules.

— Je savais que ça vous plairait. Maintenant, si vous avez terminé votre exploration, je vous propose qu'on attaque notre programme de remise en forme. Vous avez pris vos maillots j'espère ? Sinon, c'est session toute nue dans la piscine.

Encore sous le charme, elles quittèrent ce lieu féerique pour poursuivre une soirée pleine de promesses.

13

Soirée pyjama

La soirée était bien avancée… et arrosée.

Après une séance de remise en forme, ces dames avaient fait honneur aux cochonnailles offertes par les Micolou. Puis elles avaient vidé un copieux plateau de fruits de mer. Aucun coquillage ni crustacé ne fut abandonné à son sort. Ces mets étaient accompagnés de bons crus qui, verre après verre, débridaient l'ambiance.

La conversation avait commencé assez classiquement : les voyages, la mode, les derniers livres ou films. Puis, l'alcool aidant, elles avaient enchaîné sur des histoires plus personnelles sur leurs familles. Les maris, ex-mari ou défunt mari, suivant les cas, en avaient pris pour leur grade, avec leur manie de laisser traîner par terre leurs slips et leurs chaussettes, de jeter dans un coin leurs serviettes mouillées roulées en boule plutôt que de les étendre pour les faire sécher, de ne pas baisser la lunette des toilettes après leur passage, ou encore de mettre la cuisine dans un état apocalyptique, après avoir déclaré, grand seigneur : « Ce soir, ma chérie, c'est moi qui m'occupe du dîner. » Chacune y allait de ses anecdotes et les autres riaient… de plus en plus fort.

Ensuite, les indispensables ragots du village : avec qui couchait Natacha Prigent ? Rose Dentremont, la coiffeuse, n'était-elle pas un peu trop « amicale » avec certains clients ? Où en était Gérard Prigent, propriétaire du bar *La Frégate*, et cocu notoire, dans sa relation avec son épouse, Victoire ? Il y avait, à Locmaria, matière à supputations sur la vie de certains habitants, et Cathie et ses amies s'en donnaient à cœur joie.

Puis, après l'ouverture d'une nouvelle bouteille et la touche sucrée des desserts, elles passèrent en revue les hommes de Locmaria disponibles ou non, notant sans vergogne leur aspect physique. Tous les goûts étant dans la nature, les discussions étaient passionnées.

— Il faut qu'on vous trouve quelqu'un, bégaya Alexia, bien éméchée, à l'attention de Cécile et de Cathie. Pour Cathie, je verrais bien Yann ou ton frère, Malo, mais pour toi, Cécile, qu'est-ce que tu penses de Gaël Delpiero ?

— Ah ! Gaël… L'accord parfait entre l'Italie et la Bretagne. Il est un peu plus jeune que moi, mais si peu… continua Cécile rêveuse.

— En plus, il est libre et il a du fric, enchaîna Alexia. Entre ses hôtels et ses restaurants, il y a pire comme parti. Humm… Avec sa chaîne en or et son éternelle chemise blanche slim qui met si bien en valeur son torse musclé… Gaël, je m'imagine déjà défaire tes boutons un à un, puis caresser ta poitrine bronzée et velue…

— Quelle gourmande, cette Alexia ! Quand t'as trop bu, on ne te tient plus. Entre l'alcool et tes lectures, ton mari ne doit pas s'ennuyer, l'interrompit Marine, hilare. Il est pas mal, mais moi, j'aime pas les poils…

Et d’après les bruits qui courent, il n’est pas très net. Dans le BTP, il y a pas mal d’histoires louches !

— Quelle rabat-joie. On s’en fout ! Laisse-nous fantasmer tranquillement !

Avec de grands éclats de rire et affalées sur les canapés, complètement ivres, elles continuèrent un moment à délirer sur ce beau quadragénaire.

Après un ultime café, elles s’extirpèrent avec peine de leur siège et titubèrent jusqu’à l’étage pour aller s’effondrer dans leur lit. La nuit serait courte, mais aucun regret après une telle soirée !

14

Joseph

Des larmes de colère étincelèrent dans ses yeux. Elle serra les poings et se força à ne pas jeter sa tablette numérique à travers la pièce. Elle ne laisserait pas passer ça. Jamais ! Après les années de calvaire qu'avait été son mariage, les railleries et les tromperies imposées par son ex-mari, elle s'était juré que plus aucun homme ne l'humilierait de la sorte.

Et ce n'était plus uniquement son honneur qui était en jeu, mais celui de son père et de sa sœur. Cette immonde ordure de Masselier s'était déchaîné contre eux, les traînant plus bas que terre ! Son père, qui avait tout sacrifié pour ses filles ! Et sa sœur, Sabine, qui répandait tant de joie autour d'elle ! Elle le lui ferait payer, et cher. Bien plus cher que ce qu'il pourrait imaginer !

Cathie respira longuement pour calmer les tremblements qui l'agitaient et se dirigea vers la cuisine. Elle ne l'avait pas encore rangée. Ses amies étaient parties à peine une heure plus tôt. Comme leur soirée lui semblait loin à cet instant !

Cathie se servit un grand verre d'eau et ouvrit toutes les portes-fenêtres, laissant l'air du large chasser les accusations nauséabondes de Masselier. Préparer sa défense, puis sa vengeance ! Elle devait retrouver un minimum de sérénité pour réfléchir à sa contre-attaque. D'abord, relire ce torchon. À contrecœur, elle ralluma sa tablette. Pourquoi cette ordure, qui se targuait d'être journaliste, avait-elle mis une telle énergie à déterrer des informations sur son père ? Comment cet article serait-il accueilli par le village plus de soixante-dix ans après les faits ?

Joseph Wald. Ce nom ne dit sans doute rien à la plupart d'entre vous, mais le patronyme de Wald est beaucoup plus familier aux habitants de Locmaria.
Il s'agit en effet du nom de la patronne du restaurant Bretzel et beurre salé *de Locmaria. Certains disent que je m'acharne contre cette femme. Soyez convaincus qu'il n'y a rien de personnel entre elle et moi.*
Je cherche juste à comprendre pourquoi, depuis son arrivée, des gens meurent à Locmaria. Je cherche à connaître ses relations, et surtout l'origine de sa fortune, dont elle refuse obstinément de parler. Comment une obscure comptable, en plein divorce trois ans plus tôt, s'est-elle transformée en riche propriétaire sur une côte huppée de Bretagne ? Avec l'argent de la séparation ? Non, son mari n'était que cadre commercial dans une société d'immobilier, sans autre bien propre qu'une petite maison dans la banlieue de Strasbourg.
Mais revenons à Joseph Wald, père de Catherine Wald, né en 1920 à Strasbourg.
En 1940, l'Alsace et la Moselle sont envahies par l'Allemagne et annexées par le Reich. À partir de 1941, l'Allemagne introduit l'obligation du service au travail, le fameux RAD, puis l'incorporation de force.

Joseph Wald fut pris dans cette tourmente. Comme il travaillait pour les chemins de fer français, c'est tout naturellement que les nazis l'ont muté à la Deutsche Reichbahn, son équivalent germanique. Et dès 1942, Joseph Wald va se retrouver lié aux activités de l'ERR : l'Einsatzstab Reichsleiter Rosenberg.

Quel est ce groupe à la sonorité barbare, vous demandez-vous ?

Vous avez peut-être vu ou entendu parler du film Monument Men, *avec George Clooney. Ce film relate l'histoire d'une unité de spécialistes à la recherche des œuvres d'art dérobées par l'Allemagne pendant la guerre. Dans le camp d'en face se trouvait l'ERR, une section créée par l'un des idéologues du parti nazi, Alfred Rosenberg. Elle gérait la confiscation des biens, notamment ceux des Juifs, et s'appuyait sur la collaboration de la Deutsche Reichbahn pour affréter des convois entre la France et le château de Neuschwanstein, le fameux château de Louis II de Bavière.*

Et Joseph Wald dans tout ça ?

Wald participait à l'organisation de ces convois. Le trentième et ultime train s'est arrêté à Strasbourg en août 1944. Ce que l'on sait, c'est qu'une fois le train arrivé à destination, un wagon manquait à l'appel. Il contenait des toiles de valeur. Ce que l'on sait aussi, c'est qu'avec ce wagon se sont évaporés Otto Dietrich, l'un des responsables de l'ERR basé en Alsace, et Joseph Wald lui-même. Otto Dietrich n'a jamais été retrouvé. Joseph Wald, lui, n'a réapparu que fin septembre 1944. Où était-il passé ? Une seule personne a peut-être cette réponse : Catherine Wald.

Si Masselier avait été face à Cathie à cet instant précis, ses chances de sortir indemne de la confrontation auraient tendu vers le néant… surtout avec ce qui allait suivre.

Joseph Wald et sa famille ont toujours mené une vie simple. À vingt-deux ans, Catherine, sa fille aînée, se marie. Sa cadette Sabine, elle, restera célibataire. Étrangement, au milieu des années 2000, après avoir gagné sa vie en cuisine dans une winstub *du côté de Strasbourg, Sabine Wald décide de monter son propre restaurant. C'est avec ses modestes économies qu'elle reprend un établissement réputé dans le même village, au grand étonnement de nombreux habitants. Un étonnement tel qu'il lui avait même valu un article dans les* Dernières Nouvelles d'Alsace.
Quand, une dizaine d'années plus tard, Catherine Wald divorce, elle ne touche pas le gros lot. Elle quitte en même temps la société qui l'employait. Les allocations chômage, l'argent de la séparation et quelques extras en travaillant dans le restaurant de sa sœur sont-ils suffisants pour tenir près de trois ans, puis pour investir massivement en Bretagne ? Peut-être, après tout ! Dans ce cas, c'est à Catherine Wald de nous expliquer d'où viennent ces fonds. La Bretagne a toujours été une terre hospitalière, mais ceux qui y sont accueillis doivent respecter son esprit ou la quitter.

Elle allait se venger de ce fumier. Mais les conseils d'un spécialiste ne seraient pas superflus. Elle monta à l'étage, fouilla dans les papiers éparpillés sur son bureau et en tira une carte de visite que lui avait donnée son amie Marine.

Un numéro hâtivement composé, puis une voix féminine :

— Cabinet de maître Larher, que puis-je faire pour vous ?

— Bonjour, madame. Je suis Catherine Wald et je souhaite parler à maître Larher.

— Vous avez rendez-vous ?

— Non, mais il m'a précisé que je pouvais l'appeler dès que j'aurais besoin de son aide, bluffa Cathie.

— Catherine Wald, dites-vous… Ne quittez pas, je vais voir s'il est disponible.

Quelques longues secondes de silence, puis une voix posée et habituée aux discours de prétoires :

— Yves Larher à l'appareil. Bonjour, madame Wald.

— Merci de m'accorder ce moment, maître, je ne sais pas si vous vous rappelez, mais Marine Le Duhévat…

— Oui, je me souviens parfaitement de la discussion que j'avais eue avec elle au sujet de M. Quéré et de vous-même. Cette affaire remonte-t-elle à la surface ?

— Non, elle a l'air bien enterrée, tout comme M. Quéré. Par contre, je souhaite solliciter vos lumières.

— Je vous écoute.

— Je viens de découvrir dans *Ouest-France* un article abject me concernant.

— Expliquez-moi ça, s'intéressa Yves Larher.

Cathie résuma le papier en tentant de ne pas perdre son sang-froid.

— Donc, madame Wald, reprit l'avocat, ce Masselier donne des parcelles d'informations avérées, pour créer une histoire globale qui n'a rien à voir avec la réalité, n'est-ce pas ?

— C'est exactement ça.

— Le procédé est inélégant, reconnut Larher.

— Pensez-vous que je peux l'attaquer pour diffamation ?

— Il ne fait que poser des questions. Êtes-vous en mesure de présenter des preuves que votre argent a été gagné honnêtement ?

— Bien sûr, maître, mais je n'ai aucune envie de jouer à son jeu et d'étaler ma vie privée dans les journaux. C'est aussi ce qu'il cherche !

— Je vous comprends, madame Wald. Mais si je n'ai pas d'éléments à apporter, je ne peux rien faire. Un procès en diffamation serait perdu d'avance dans les conditions actuelles.

15

Rose

Juste derrière l'église Saint-Ternoc serpente la plus vieille rue de Locmaria. Une maison du XVe siècle, bien que rénovée par ses habitants successifs, offre encore au visiteur curieux le spectacle de ses colombages vernissés. Accolé à cette demeure, un salon de coiffure, à la devanture parfaitement intégrée au style de la venelle de Noroît, accueille ses clients. Devenu au fil des années un des centres stratégiques du village, *Cheveux en folie* propose des coupes dernier cri, des manucures et, depuis peu, des soins du visage aux algues biologiques. Mais cet établissement et sa propriétaire délivrent surtout les dernières informations croustillantes sur Locmaria.

La patronne de *Cheveux en folie* s'appelle Rose Dentremont, arrivée sur la pointe des pieds il y a quinze ans et rapidement intronisée comme la papesse du traitement capillaire. Toujours assistée d'une stagiaire sélectionnée avec la plus grande attention, elle prodigue aux femmes et aux quelques hommes qui osent pousser la porte d'entrée, un moment de détente recherché et apprécié. La doctrine de Rose : « Quand on a un secret à confier, on va voir son curé, son médecin ou sa coiffeuse. » La pratique de la foi diminuant avec les années, un rendez-vous médical devenant aussi difficile à obtenir qu'un renseignement pertinent auprès d'un opérateur téléphonique, c'est naturellement chez elle que se partagent rumeurs et tracas familiaux ou amoureux.

Rose profita de la durée de prise des couleurs de ses deux clientes pour s'accorder un expresso et un croissant dans son arrière-boutique. En cas de besoin urgent, sa stagiaire Lisa pourrait intervenir. Rose s'observa dans la glace, se sourit et lissa sa robe. Elle se surnommait elle-même : « Madame plus ». Un magazine pour mannequins anorexiques l'aurait trouvée un peu trop enrobée de partout, mais elle s'aimait comme ça… et comme elle était gourmande, cela l'arrangeait parfaitement. À quarante-cinq ans, elle savait qu'elle plaisait encore. Elle le devinait dans le regard des hommes et dans les gestes volontairement malhabiles de certaines femmes qui frôlaient ses cuisses quand elle tournait autour d'elles pour les coiffer. Cela l'amusait et fidélisait cette clientèle. Par contre, en commerçante avisée, elle s'interdisait toute aventure qui aurait pu nuire à ses affaires. Si l'une de ses habituées la considérait comme un danger pour son couple, l'effet pourrait être dévastateur dans un village comme Locmaria.

La clochette de la porte d'entrée ramena Rose dans le salon. Elle se dirigea vers Marine Le Duhévat, l'embrassa et lui tendit une blouse.

— Ça fait un moment qu'on ne s'est pas vues. Tes filles et ton homme vont bien ? s'enquit la coiffeuse.

— Adorables, malgré les quelques velléités

adolescentes des deux aînées. Quant à Hervé, il s'est mis en tête d'organiser des visites de dolmens pour les touristes en mal d'exotisme néolithique.

— Et ça a du succès ?

— Plus que mes cours de marche aquatique… Il a un monde fou ! J'en serais presque jalouse.

— Tu m'étonnes ! s'exclama Rose. Quelle idée d'aller longer le rivage pendant une heure dans de l'eau glacée alors qu'on peut se baigner dans une piscine bien chaude et se prélasser ensuite dans un transat !

— On peut porter une combinaison en néoprène. Et c'est excellent pour la santé, ma belle !

— Peut-être la tienne, mais sûrement pas la mienne, sourit Rose. Bon, qu'est-ce qu'on fait aujourd'hui ?

— Coupe-moi un peu tout ça, s'il te plaît. Je commence à avoir des fourches.

Rose observa la crinière de son amie et soupira :

— Et toujours pas un cheveu blanc ! Tu es désespérante ! Comment est-ce que tu veux que je gagne ma vie avec ça ?

— J'ai peut-être pas de cheveux blancs, mais regarde mes rides autour des yeux. Toi, tu as encore une peau de bébé !

— Et je dois te plaindre ? Depuis que je te connais, t'as pas pris un gramme !

— C'est parce que je marche tous les matins dans l'eau glacée ! la titilla Marine.

— Ça suffit maintenant, s'amusa Rose. Je t'abandonne aux bons soins de Lisa pour le shampoing. Elle a l'art et la manière de masser le cuir chevelu. Tu vas voir, ça va te rendre zen.

16

Controverse

Comme Rose avait entamé l'éradication des fourches, Pauline Cariou, une des deux clientes déjà sur place, engagea la conversation en regardant Marine de travers.

— Vous avez lu l'article dans le journal hier ?

— Lequel ? fit préciser Rose en sentant les problèmes arriver.

— Celui sur la Wald et son père. Pas mal, non ?

— Je l'ai parcouru. Je ne sais pas ce qu'a vraiment fait le père de Catherine, mais on ne peut pas dire que le journaliste ait été objectif dans ses propos.

— Catherine ? s'étonna Pauline Cariou. Vous la connaissez si bien ?

— Bien, c'est un grand mot, reconnut Rose. Mais elle est déjà venue se faire coiffer et nous avons sympathisé. Une entrepreneuse, énergique ! Moi, j'aime bien.

— Eh bien, vous êtes pas difficile ! Copiner avec la fille d'un nazi.

Rose se recula prestement pour ne pas blesser Marine qui avait bondi sur son siège.

— Avant de dire des bêtises aussi grosses que vous, grinça Marine, intéressez-vous un peu à l'Histoire !

Marine Le Duhévat était d'un caractère plutôt jovial, mais ses relations avec Pauline Cariou avaient toujours été compliquées. Elles avaient empiré depuis les dernières élections. Fervente admiratrice de Jean-Claude Quéré, le maire déchu, Pauline Cariou n'avait pas supporté de devoir quitter le conseil municipal. Elle n'avait surtout pas supporté de voir Marine, élue dans la liste d'Anton Manach, s'asseoir à la place qu'elle occupait depuis près de vingt ans.

— Vous allez me faire la leçon, c'est ça ? la provoqua Cariou, perpétuellement prête à chercher querelle.

Rose hésita un instant sur la conduite à tenir, mais décida de laisser aller la discussion. Le cas de Joseph Wald l'intriguait, et il serait toujours temps de tenter de ramener le calme.

— Que connaissez-vous de l'Alsace, Pauline, ironisa Marine, à part que l'on y boit de la bière et qu'on y mange de la choucroute ?

— Moi, je m'intéresse uniquement à la Bretagne ! claironna fièrement l'ancienne conseillère municipale.

— C'est un tort, Pauline. D'ailleurs, si vous aviez été plus ouverte sur le monde, sans doute auriez-vous pu conserver votre siège à la mairie… vous savez, celui sur lequel vous ne poserez plus jamais vos fesses. Et vous auriez peut-être entendu parler du sort des malgré-nous, continua Marine.

— Les malgré-nous ? ne put s'empêcher de reprendre Pauline Cariou.

— Des hommes, et aussi des femmes, qui n'ont pas eu d'autre choix que d'obéir aux ordres du IIIe Reich.

— On a toujours le choix ! décréta l'ancienne conseillère avec défi.

— J'ai vécu quelque temps en Alsace. Un vieil Alsacien m'a raconté le drame vécu par ses voisins en 1942. Leur fils avait refusé de rejoindre les rangs de la Wehrmacht et s'était enfui.

— Comme quoi, il y en a au moins un qui a eu du courage, ricana Pauline Cariou.

— Toute sa famille a été immédiatement déportée en Pologne, en plein hiver, continua Marine. Aucun n'en est revenu. Quant au garçon, il a été arrêté et envoyé au camp d'extermination du Struthof.

— Je ne savais pas que ça se passait comme ça, s'étonna Rose. C'est bien triste. Heureusement que ces temps-là sont loin de nous.

— Vous avez bien révisé votre leçon hier avec la fille du collabo, parce que je sais que la Wald est votre bonne copine, lança Pauline qui ne voulait pas s'avouer vaincue.

— Oui, Catherine est mon amie, et j'en suis fière ! Quant à la traiter de fille de collabo, c'est assez cocasse pour celle dont le père était un grand admirateur du Bezen Perrot.

Pauline Cariou manqua de s'étouffer. Comment Marine Le Duhévat avait-elle eu vent du passé collaborationniste de son père, pourtant originaire d'Ille-et-Vilaine. Locmaria avait été un haut lieu de résistance, et plusieurs de ses habitants étaient morts pour la France. Même après toutes ces années, la révélation des agissements de feu son géniteur ternirait à jamais sa réputation. Elle décida d'arrêter là une conversation dont elle sortirait perdante.

— Tu peux reprendre la coupe, indiqua Marine à Rose. J'ai le sentiment que nous ne serons plus dérangées.

17

Conseil de guerre

Doumé se cala dans le confortable fauteuil Chesterfield patiné par le temps. Le décor de la salle privée réservée dans le restaurant quimpérois lui plaisait. Il n'y avait pas à dire, leur nouvel associé savait recevoir. Comme en plus ils arrivaient avec d'excellentes nouvelles, la soirée se présentait sous les meilleurs auspices : une bonne bouffe, des vins sélectionnés par un sommelier… et, pour finir, pourquoi pas une fille dans un bar ? Il défroissa avec amour quelques franges de sa veste blanche en cuir, attendant que l'antivirus de son ordinateur portable ait terminé d'installer sa mise à jour. Bertrand Sposito, son patron, était rentré à Marseille après avoir négocié les derniers points de l'accord global. Jacky était resté avec lui pour finaliser les aspects logistiques avec les Bretons. Après l'incident « Jordan Kalfon », ils voulaient s'assurer que la distribution se déroulerait dans des conditions optimales. Un léger bip annonça que le PC était opérationnel.

Dominique Angeloni, dit Doumé, travaillait depuis vingt ans pour M. Sposito. Il avait débuté en bas de l'échelle, comme simple soldat. Il n'avait pas son pareil pour récupérer de l'argent auprès de malhonnêtes qui trouvaient toutes les excuses pour ne pas payer leurs dettes. Doumé inspirait le respect… enfin plutôt la peur, bien plus efficace. Bertrand Sposito avait rapidement noté le potentiel de son homme de main. Il l'avait préposé à des missions plus spéciales, nécessitant un manque d'empathie que Doumé maîtrisait naturellement. Il veillait aussi à la sécurité des quelques filles qui tapinaient pour la famille. Deux ans plus tôt, M. Sposito l'avait intronisé comme lieutenant dans l'organisation. Pour la première fois depuis la victoire de l'OM en 1993, Doumé avait versé quelques larmes de bonheur.

Pour autant, il n'avait pas oublié les bases du métier. Depuis quelques années, il faisait équipe avec Jacky. À deux, ils avaient mis au point leur petit numéro «*good cop, bad cop*» qui fonctionnait parfaitement. Jacky jouait le méchant, menaçant à coups de poing ou de couteau. Doumé arrivait en seconde lame, voix de la sagesse qui savait cependant prendre un ton plus persuasif quand le débiteur ne saisissait pas où se trouvait son intérêt. Jacky n'avait pas assez de subtilité pour tenir ce rôle de *good cop*, mais c'était un garçon loyal, assidu à allonger les mandales.

— Monsieur Angeloni, je vous écoute, lança le boss breton.

— Je vais vous présenter les résultats des actions de la semaine dernière. Je rappelle l'objectif: organiser la logistique de distribution de la marchandise sur la côte. Comme décidé avec M. Sposito, on commence modeste. On se concentre sur un territoire compris entre Concarneau et la pointe de la Torche. On agrandira l'an prochain, une fois que tout sera huilé. Avec l'aide de votre collaborateur, nous avons engagé dix gérants fiables. Ce sont des types qui ont déjà de l'expérience et connaissent les limites à ne pas franchir. La mort de Jordan Kalfon nous a finalement bien servis : elle a éloigné les baltringues qui nous auraient plantés.

— Combien de points de vente avez-vous mis en place ?

— Une trentaine, régulièrement approvisionnés. De quoi générer de bons revenus dès cet été, commenta Doumé. Et ce sont nos gérants qui recrutent eux-mêmes les *choufs* et les *charbonneurs*. Permettez-moi de vous dire qu'en signant avec M. Sposito, vous avez fait le meilleur choix.

— Je sais que sa réputation n'est pas usurpée.

— Sinon, les interrompit Jacky, comment vous avez fait pour Kalfon ? J'ai appris que les flics avaient classé l'affaire.

— Ils sont sur les dents ces derniers temps : une bande de cambrioleurs qu'ils n'arrivent pas à arrêter… ce qui nous arrange bien. Quand deux personnes sont venues leur expliquer que Jordan Kalfon avait passé une soirée bien arrosée avec elles du côté de Locmaria et qu'il avait dû tomber à l'eau en quittant la fête, les gendarmes se sont empressés de clore le dossier.

— Des hommes à vous ?

— Juste deux personnes qui nous sont redevables et que j'ai su motiver. Elles ne reviendront jamais sur leur témoignage. Et de votre côté, dites-moi où vous en êtes avec Erwan Lagadec.

— Celui-là, c'est un drôle de lascar, commença Jacky avant d'être interrompu par son collègue.

— Il nous a donné un peu de fil à retordre, expliqua Doumé, mais il est rentré dans le rang. Si jamais il bouge trop ou que l'idée lui vient de balancer aux flics, on le fera changer d'avis. On lui a promis de s'occuper de sa copine, de sa patronne ou de sa grand-mère s'il déconnait, s'amusa vicieusement Doumé.

— Ah, non, s'exclama le boss, pas sa grand-mère ! Je ne veux pas de ça ici. J'ai toujours respecté les anciens.

— Bien, on retire l'aïeule de la liste. De toute façon, on va tenter une dernière fois de le convaincre. Son expérience et l'emplacement du resto où il bosse nous seraient précieux.

18

En famille

Cathie trépignait d'excitation en regardant l'avion en provenance de Lyon se poser sur la piste de l'aéroport de Brest-Bretagne, celui que les Bretons appelaient toujours Guipavas. Huit heures vingt. L'Airbus A320 avait atterri pile à l'heure. Cathie s'était levée à l'aube. Elle attendait dans le hall depuis sept heures, alignant les cafés pour tromper son impatience.

Elle se précipita vers la porte des arrivées. À Guipavas, les passagers descendaient encore directement de l'appareil sur le tarmac pour rejoindre l'aérogare. Pas de temps perdu dans les couloirs, et pour Cathie, chaque seconde comptait. Elle n'avait pas vu ses enfants depuis près de six mois, et ce matin elle réalisait pleinement combien ils lui avaient manqué ! Ils menaient tous des vies bien remplies. Cathie avait créé *Bretzel et beurre salé*, Anna avait pris la direction d'un magasin de mode lyonnais et Xavier venait de se faire muter à la brigade des stupéfiants à Grenoble. Mais aujourd'hui, ils reformaient enfin le bloc familial qui avait donné à Cathie la force de tenir pendant ses années de déboires matrimoniaux.

Ses enfants lui avaient apporté un soutien inconditionnel au moment du divorce et continuaient à l'encourager jour après jour. Anna, en particulier, qui en voulait terriblement à son père et se réjouissait de voir sa mère enfin libre de la tyrannie qu'il lui imposait.

— Les enfants, je suis là ! appela Catherine en bondissant sur place quand apparurent la tête blonde de sa fille et celle, brune, de son fils.

Les regards amusés des autres passagers, qui découvrirent des enfants mesurant respectivement un mètre soixante-quinze et un mètre quatre-vingt-dix, ne la dérangèrent pas. D'accord, ils avaient vingt-sept et vingt-cinq ans, mais c'étaient toujours ses bébés ! Ils répondirent par de grands gestes, aucunement gênés. Ils avaient depuis longtemps passé l'âge adolescent où les parents « foutent la honte », pour parler leur langage de l'époque. Ils étaient tous les deux fiers de leur mère, et la fierté était réciproque.

Une fois les bagages récupérés, ils se précipitèrent vers Cathie, s'enlaçant tous les trois dans une mêlée digne du Quinze de France.

— Ça fait plaisir de trouver de la fraîcheur, constata Xavier en attrapant son sac et celui de sa sœur pour se rendre sur le parking. Il faisait encore plus de trente degrés hier à minuit.

— Tu as dû te lever aux aurores pour venir de Grenoble, remarqua Cathie.

— Non, il a dormi chez moi, expliqua Anna, même si on ne s'est pas couchés tôt. Je l'ai emmené dans un bar vraiment top qui s'est ouvert sur les pentes de la

Croix-Rousse. Mais t'inquiète, on a la pêche et on est trop contents d'être là avec toi !

Cathie leur adressa un drôle de sourire, se forçant à retenir les larmes d'émotion qui mouillaient déjà ses yeux.

— Et cette Bretzel et ce beurre salé, quand est-ce que tu nous les présentes ? relança Xavier sans s'apercevoir de l'émoi de sa mère.

— La visite du restaurant est prévue au programme, mais on n'y dînera pas. Il est fermé pour trois jours. Par contre, je vais vous embaucher ce soir pour m'aider à tenir un stand à une fête.

— Un fest-noz ? Cool ! J'ai un collègue breton à la crim qui n'arrête pas de me vanter les qualités de la galette-saucisse et du kouign-amann.

— Tu pourras t'en donner à cœur joie. C'est un des deux événements de Locmaria, précisa Cathie. On célèbre la Saint-Ternoc au mois de mars et les Bonnets rouges en juillet.

— Les Bonnets rouges ? Comme ceux qui avaient manifesté il y a quelques années contre les taxes routières ? s'étonna Anna.

— Non, comme leurs prédécesseurs, expliqua doctement Xavier. Des paysans qui se sont révoltés contre les nouveaux impôts décrétés par Louis XIV. Ils ont mis le bazar quelques semaines et ils ont même obtenu des avancées. Mais tu imagines bien que ça n'a pas plu à Paris ou plutôt à Versailles. Des soldats ont été envoyés et le mouvement a été maté. Pour faire simple, la répression a été sanglante, la Bretagne a perdu de l'autonomie et les Bretons ont vu leurs impôts augmenter. Bref, la *lose* !

— Je ne te connaissais pas cette érudition !

— C'est mon collègue bigouden. J'ai droit à des rappels sur l'histoire de la Bretagne pendant les pauses-café.

— J'ai préparé des tourtes et des *streusels* qui seront vendus pendant la fête, recentra Cathie. Du coup, vous êtes d'accord pour me donner un coup de main ?

— Bien sûr ! s'exclamèrent Anna et Xavier dans un même élan.

Le trajet s'était déroulé dans la joie des retrouvailles. Xavier avait obtenu l'autorisation de conduire la nouvelle Audi de sa mère, à la condition expresse de ne pas la piloter comme une de ses voitures de fonction. Le paysage, baigné par le soleil matinal, avait soulevé l'enthousiasme, enthousiasme poussé à son paroxysme quand ils arrivèrent au domaine de Kerbrat. Ils abandonnèrent les sacs sur la terrasse pour se précipiter vers la pointe de la propriété.

— Putain, c'est trop classe ! s'exalta Xavier.

— Maman, tu habites un petit bout de paradis, renchérit Anna en inspirant l'air marin à pleine poitrine.

— Enfin, paradis… c'est sur la plage en bas que tu as retrouvé le cadavre ? s'enquit Xavier que sa mère avait informé le jour même du drame.

— Oui, près des gros rochers qu'on voit là-bas ! confirma-t-elle en indiquant la grotte du doigt.

— Noyade accidentelle, c'est ça ?

— C'est ce qu'a conclu la gendarmerie. Mais…

— Bon, Xavier, interrompit Anna, t'es en week-end. Alors, décroche ! Et ce far breton que tu nous as promis, Maman, il est où ?

Xavier se rappela soudain qu'il mourait de faim et la perspective du petit déjeuner rejeta Jordan Kalfon dans les profondeurs de son esprit.

— Il vous attend, les rassura Cathie. Il sera accompagné de ses amis kouign-amann, gâteau breton et crêpes.

— Mais on va engraisser ici ! s'exclama Anna.

— Toi ? s'amusa Xavier. Ça m'étonnerait ! Tu vas manger comme dix, prendre quinze grammes et tu rentreras toujours dans ton trente-six.

— Trente-huit, s'il te plaît ! J'ai grossi depuis que j'ai passé le bac. D'ailleurs…

L'arrivée d'une tornade qui leur tourna autour mit fin à la discussion.

— Mais c'est quoi, ça ? sursauta Anna.

— Tu as acheté un chien, Maman ? s'enflamma Xavier en se baissant pour frotter vigoureusement la tête de l'animal réjoui.

— Disons que c'est lui qui m'a adoptée, corrigea-t-elle avant de raconter succinctement l'histoire de sa rencontre avec son compagnon à poil.

— Il est trop mignon, reconnut Anna en le caressant à son tour derrière les oreilles. Comment tu l'as appelé ?

— Schlappe.

— Amusant. Il a un côté pantouflard ?

— Non, il est en vadrouille la plupart du temps. Je ne sais pas pourquoi il m'a prise en affection comme ça.

— Voyons, c'est évident ! C'est parce que tu l'as nourri. Tu as toujours su nous acheter avec tes petits plats, rappela Xavier. Et apparemment, il nous aime bien aussi. Mais ça ne me fera pas oublier le petit déjeuner. On peut manger au soleil sur la terrasse ?

— J'allais vous le proposer. Mettez le couvert et je prépare tout ça. Café ou thé ?

— Thé vert pour moi, annonça Anna.

— Et pour moi, un chocolat chaud… comme celui que me faisait ma môman quand j'étais petit, s'amusa Xavier tout à la joie de retrouver la chaleur familiale.

— Bien sûr, mon gros bébé. Je m'occupe de ça.

19

La fête des Bonnets rouges

Personne ne se souvenait pourquoi ce lieu s'appelait « le pré du père Caradec ». Aussi loin que l'on fouillât dans les registres ou les mémoires locmariaistes, aucun Caradec n'avait habité le village. Sans doute aurait-il fallu rechercher l'information avant la Révolution française mais, en 1792, quelques zélés serviteurs de la nouvelle république avaient brûlé une partie des archives paroissiales.

Cette énigme n'empêchait cependant pas les villageois de s'y installer, depuis plus d'un siècle, pour rendre hommage aux Bonnets rouges. Hervé Le Duhévat, professeur d'histoire, avait expliqué un jour que les rebelles du pays bigouden portaient plutôt un couvre-chef bleu. Cela n'avait pas ému les élus, qui l'avaient poliment écouté sans envisager une seconde de rebaptiser cette célébration.

Sa création datait de la fin du XIXe siècle, à une époque où catholiques et radicaux-socialistes s'affrontaient. Ses promoteurs avaient voulu concevoir un pendant à la fête séculaire de saint Ternoc, l'indéboulonnable protecteur du village. Si, durant les premières années, chacun choisissait son camp, le sectarisme avait rapidement laissé place au plaisir de passer un agréable moment ensemble, que l'on soit athée ou religieux. D'ailleurs, avait un jour justement fait remarquer un ancien maire de la commune, les Bonnets rouges locmariaistes n'étaient-ils pas tous des chrétiens qui vénéraient le bon saint Ternoc ? Le pré du père Caradec, un terrain presque plat de plus de deux hectares, bordé d'un bel étang d'un côté et en lisière de forêt de l'autre, accueillait par ailleurs tous les autres événements de plein air organisés par la municipalité de Locmaria. On pouvait ainsi assister au marché aux bestiaux, au banquet du pêcheur et de l'ouvrier, et plus récemment, à quelques concerts.

Inutile de dire que la fête des Bonnets rouges, qui avait lieu tous les derniers samedis de juillet, était de loin l'animation la plus attendue par les habitants et les touristes. Les organisateurs s'étaient démenés pour assurer un peu de fraîcheur aux participants et éviter tout risque d'insolation. Cécile et Malo Micolou, membres du comité, avaient loué pour une somme tout à fait raisonnable un grand barnum, qui apportait une ombre bienvenue aux plus anciens !

Seuls les commerçants de Locmaria et, sur dérogation expresse, ceux de villages voisins avaient le droit d'installer un stand. Charcuterie, produits de la mer en bocaux et préparations à base d'algues se taillaient la part du lion. Pour ceux qui cherchaient à rapporter un cadeau non alimentaire, poteries, bijoux celtes et vêtements marins fabriqués dans une petite entreprise bigoudène offraient d'intéressantes alternatives. Près de l'entrée, quelques romanciers dédicaçaient des récits bretonnisants. Dans cet unique cas, un élargissement à toute la région était accepté. Les écrivains devaient être déguisés : ces bardes, pirates ou moriganes d'un jour assuraient ainsi une partie du spectacle… ainsi qu'une bonne partie de leurs ventes de l'année. Enfin, impossible de concevoir un événement réussi sans pouvoir déguster les spécialités locales ! Tous les restaurateurs du village et quelques producteurs triés sur le volet proposaient aux visiteurs de quoi satisfaire leur appétit : du *kig ha farz* tout droit venu de Basse Bretagne pour les plus affamés, du jambon à la broche, des pâtés de campagne, des pommes de terre farcies, des tourtes, sans oublier les classiques crêpes et galettes. Des tables en bois installées à l'ombre de parasols permettaient de profiter en toute tranquillité de ces incontournables de la gastronomie bretonne.

Les propriétaires des bars de Locmaria étaient sans doute ceux dont l'activité était la plus florissante. La bière coulait à flots et cédait sa place au fil des heures à des pommeaux ou des whiskys. Émile Rochecouët, le patron du *Timonier oriental*, risquait une crampe à la mâchoire à force de sourire à la vue de son tiroir-caisse bien rempli. Il souriait même à la concurrence, mais le fait que la charmante Victoire Prigent y ait remplacé son mari, Gérard, n'y était pas pour rien.

À côté de ces stands qui ne désemplissaient pas, quelques animations donnaient à la fête un air d'ancien temps : des autos tamponneuses, deux manèges pour les plus petits, les indispensables baraques de tir, les courses en sac. Tous les gains seraient reversés à la SNSM, la fameuse société nationale de sauvetage en mer. Les cris de joie et d'excitation couvraient par moments la sonorisation tenue par Alexia Le Corre, qui vantait les produits et attractions proposés avec un bagout de camelot professionnel.

— Ça fait trois heures qu'on est là et on a déjà presque tout vendu ! À croire que personne n'avait déjeuné ce midi, s'étonna Xavier après avoir servi une demi-tourte à une septuagénaire qui lui adressait un sourire de dents refaites à neuf.

Les yeux rivés sur le tee-shirt qui moulait la musculature du garçon, la cliente aurait bien acheté une autre part de tarte pour prolonger le plaisir. Mais, envieuse, une de ses amies l'avait poussée pour profiter à son tour de l'esthétique du jeune policier.

— Le mérite t'en revient, le chambra Anna une fois les deux femmes parties à regret. Avec tes pectos, tu affoles toutes les célibataires du village.

— Attention, elles sont mariées, corrigea Cathie. Xavier, tu viens d'offrir du rêve à l'épouse de notre producteur de poulets bio et à celle du premier adjoint à la Mairie.

Xavier éclata de rire.

— Qu'est-ce que tu veux, je suis comme ça : mon charme agit sur toutes les générations. Sinon, puisqu'on est au chapitre « charme » : le gars avec qui tu es allée discuter tout à l'heure, c'est ton fameux journaliste ?

— Non, Yann n'est pas encore arrivé. Tu parles de qui ?

— Un homme grand, costaud, bronzé et carrément beau mec, répondit Anna qui avait aussi remarqué le manège. Franchement, si j'avais ton âge, je pourrais craquer pour lui.

— Eh bien moi, non ! répliqua Cathie.

— Notre chère mère devient très difficile, commenta Anna. En plus, c'est pas comme s'il y avait que des apollons à Locmaria.

— C'est surtout que c'est notre recteur, le père Loïc Troasgou !

— Ah merde ! C'est un prêtre ? s'étonna Xavier.

— L'église s'est mise au marketing, s'amusa Anna, et c'est plutôt réussi. Dans un style opposé, la décolorée à gros seins qui allume tous les mecs qu'elle croise, c'est qui ?

— Natacha Prigent, la patronne du supermarché.

— Ah, c'est elle, la fameuse Natacha qui passe sa vie à te pourrir. Elle a une centrale nucléaire dans le slip, cette meuf, ou bien ? Sincèrement, plus pétasse qu'elle, tu meurs !

— Elle ne supporte pas d'imaginer qu'une autre pourrait avoir plus de succès qu'elle auprès des hommes, expliqua Cathie en haussant les épaules.

— Sans déconner ? s'exclama sa fille. Parce que cette Barbie siliconée se trouve irrésistible ? Franchement maman, y a pas photo entre elle et toi.

— Oui, même si tu es ma mère, je dois avouer que tu es vraiment une belle femme, confirma Xavier un peu gêné par son compliment. Bon, sinon, c'est quoi le programme à venir ?

— À vingt heures, il y aura le tirage au sort de la tombola. On va distribuer quelques lots sympas et les classiques vieilles saletés descendues des greniers. J'ai offert un repas pour deux personnes à *Bretzel et beurre salé*, précisa-t-elle.

— Option tarte flambée ou choucroute royale ? s'enquit Xavier.

— Et ensuite, interrompit Anna que la réponse n'intéressait pas, tu nous as pas dit qu'on danserait ?

— D'abord, on se laisse le temps de manger. Ici, c'est comme en Alsace. Tu ne fais rien de sérieux tant que tu n'as pas le ventre plein. Et puis ça commencera par une démonstration de danses folkloriques auxquelles le public pourra participer. Après, on attaquera la soirée.

— Danse folklorique ? grimaça Anna. Comme quand on était ados dans les *messtis* du côté d'Andlau ? Punaise, ça donne vachement envie…

— Fais pas ta Lyonnaise snobinarde. On s'envoie quelques verres avant, lui conseilla son frère, et tu verras, on va s'éclater.

— Si tu le dis… Du coup, tu vas nous chercher une tournée de bières pour lancer la machine ?

Comme Xavier s'apprêtait à quitter leur stand pour s'approvisionner, sa mère le retint par l'épaule.

— Vous me parliez tout à l'heure de mon ami journaliste. Voilà Yann Lemeur, avec sa fille.

Le temps s'arrêta d'un coup. Tous les bruits, les cris, les rires s'effacèrent brusquement. Seule, au milieu d'une foule immobile, une apparition descendit de nulle part. Des cheveux couleur bronze, un visage ovale éclairé par des yeux bleus magnétiques… et ce sourire à la fois énigmatique et enchanteur… La magie de la Bretagne avait aspiré Xavier dans une autre dimension et une fée sublime l'y accueillait. Une douleur dans le tibia le ramena dans le présent.

— Xavier, ça se fait de répondre aux gens qui te saluent, glissa sa sœur, qui venait de lui administrer un discret coup de pied. Et puis… épargne-nous ton air de ravi de la crèche.

Il n'hallucinait pas. La créature de rêve se tenait toujours devant lui.

— Bonsoir, je suis Alana, annonça-t-elle d'une voix envoûtante en s'approchant. La fille de Yann.

Xavier jeta un coup d'œil distrait au journaliste et se pencha vers Alana pour l'embrasser. Il la dépassait bien d'une trentaine de centimètres.

— Moi, c'est Xavier, le fils de Cathie… mais tu t'en doutes vu que je suis derrière son stand, bafouilla-t-il.

Lui qui ne perdait jamais son sang-froid, même au cours d'interventions à haut risque dans les quartiers chauds de Grenoble, se sentait totalement désemparé… totalement con, en fait.

— Tu lui ressembles beaucoup, sourit Alana. Enfin… avec un charme différent.

Dans la seconde, Xavier obtint la réponse à la question que lui avait souvent posée sa sœur durant leurs années adolescentes. Le coup de foudre n'était pas un mythe.

20

La tombola

— Mesdames, mesdemoiselles et messieurs, habitants de Locmaria, amis visiteurs d'un soir, le moment que vous attendez tous est arrivé. C'est un plaisir de vous voir si nombreux ce soir. Et c'est une joie de noter que la mémoire de nos chers Bonnets rouges est si bien célébrée aujourd'hui.

Chemise blanche, manches remontées jusqu'aux coudes, visage bronzé, sourire éclatant, cheveux noir corbeau coiffés en arrière, chaînes en or qui brillent, l'orateur avait, en quelques mots, réussi à capter l'attention d'un public dissipé.

— Pas mal, malgré ce côté dragueur de plage, jugea Anna. C'est qui ?

— Gaël Delpiero, le propriétaire du *Relais de Saint-Yves*, le grand hôtel de Locmaria, et de quelques restaurants dans le coin.

— Un concurrent ?

— Non, pas du tout. On ne joue pas dans la même cour.

— Tu le connais bien ?

— Bien, c'est beaucoup dire, tempéra Cathie. Je l'ai

croisé à une réunion et il est venu dîner au resto. C'est un homme très courtois qui fait du bon boulot à Locmaria.

— J'aurais pensé que c'était le genre de type à te complimenter tout en te frôlant les fesses, avoua Anna.

— Même pas. Son père était un maçon italien et sa mère était la fille de l'employeur dudit maçon. J'ai aussi entendu dire que son frère était moine au monastère de la Grande Chartreuse.

— Son frère distille la liqueur, commenta Xavier et lui, il la vend. Ils ont le sens du commerce, dans la famille Delpiero.

— De nombreux prix, offerts par les commerçants et les habitants de Locmaria, continuait Gaël Delpiero. Et j'ai le plaisir de vous les faire gagner ce soir. Pour commencer, un immense merci à vous tous, car vous avez acheté cinq cent quarante billets, soit plus de mille euros pour la caisse des sauveteurs de la SNSM. Mes amis, vous êtes juste magnifiques !

Le tirage débuta avec les lots les plus modestes : des souvenirs bretons débarqués tout droit d'une usine du fin fond de la Chine, des paquets de sablés pur beurre, et quelques bouteilles de cidre débouchées dans la minute par les heureux propriétaires. Puis arriva la distribution des repas dans les restaurants. Cathie manqua de s'étouffer de rire quand elle vit que le dîner pour deux dans son établissement avait été remporté par Natacha Prigent. Oserait-elle en profiter ? Et si oui, avec qui ? Enfin arriva le premier prix, un week-end pour deux au *Relais de Saint-Yves*.

— Et c'est avec une joie immense que j'accueillerai moi-même mes deux invités dans mon hôtel avec un magnum de champagne millésimé, proclama Delpiero. Je rappelle que le séjour comprend deux nuits avec petits déjeuners, accès au spa et à la piscine, ainsi que des soins. Et pour couronner ce séjour de rêve, un inoubliable dîner gastronomique aux chandelles ravira les plus exigeants des palais, annonça Delpiero tout en mélangeant longuement les souches des tickets restants. Et le billet magique est le…

Il observa la foule avec un air cabotin et regarda le coupon.

— Vous voulez le savoir ?

Les participants, chauffés à bloc, jouèrent son jeu et réclamèrent à grands cris la réponse.

— Le vainqueur de ce fabuleux week-end est le détenteur du numéro… 327 ! Je l'invite à me rejoindre sur scène.

Un moment de flottement s'installa quand l'assemblée remarqua que personne ne s'avançait vers le podium.

— Serais-je tombé sur un timide ? relança Delpiero. Les habitants de ce charmant village pourront vous affirmer que je ne mords pas.

Les gloussements de ses admiratrices accompagnèrent ses propos.

— Xavier, tu n'avais pas acheté des billets au petit qui te faisait penser à Pikachu ? rappela Anna.

— Ah oui, c'est vrai, confirma son frère en mettant sa main à la poche pour en tirer les tickets froissés. J'avais complètement oublié.

— Alors ?

— Oh putain… le 327, c'est ça ?

— Il est là, il est là ! hurla Anna dans un grand éclat de rire.

Un rugissement monta de la foule, avide de savoir à quoi ressemblait l'heureux élu qui avait entretenu le suspense. Xavier, hilare, se dirigea vers le podium et grimpa sur l'estrade d'un pas souple.

— C'est donc un gagnant, et quel magnifique gagnant ! annonça Delpiero en le prenant par les épaules. On peut connaître le prénom de ce splendide vainqueur ?

— Bien sûr ! Xavier !

— Et d'où venez-vous, Xavier ?

— De Grenoble.

— Xavier de Grenoble, vous avez été inspiré en quittant vos montagnes pour découvrir cette sublime région de Locmaria. Et vous y reviendrez pour profiter à deux de cet inoubliable séjour au *Relais de Saint-Yves*. Pouvez-vous nous révéler l'identité de la personne qui vous accompagnera ?

— J'avoue que je n'en ai aucune idée, reconnut Xavier.

— Oh, oh ! mesdames, réagit immédiatement Delpiero en excitant son public. Peut-être l'une d'entre vous serait-elle prête à tenir compagnie à cet homme charmant le temps d'un week-end ?

Sans surprise, des hurlements hystériques répondirent à l'invitation de l'animateur. Même si le ton était celui de la plaisanterie, un aussi beau garçon ne laissait pas insensible non plus.

— Vous avez toute la soirée pour le convaincre, insista Delpiero. Je sais que les femmes splendides sont légion à Locmaria ! Voilà, Xavier, c'est avec plaisir que je vous remets ce bon. Alors… à très bientôt avec l'heureuse élue !

21

Soirée dansante

La soirée battait son plein dans une ambiance bon enfant. Au départ, Xavier avait peiné à trouver sa respiration, étouffé par les chasseresses sous le charme du garçon célibataire à l'allure si sportive. Puis Alana était venue à son secours. Elle se l'était approprié pour un mambo particulièrement chaud. Les poursuivantes avaient immédiatement compris qu'elles ne pourraient rien contre cette petite femme au déhanché si lascif et au sourire si désarmant. Xavier s'était un instant demandé s'il n'était pas en train de se faire allumer… en espérant que c'était le cas. Alana l'avait ensuite attrapé par la main pour le sortir de la meute. Elle l'avait alors présenté à son père, à Erwan Lagadec et à son amie, Julie Fouesnant, qui discutaient avec Cathie et Anna. Après une bière, ils étaient tous repartis danser, appelés par les intemporels « Barracudas » de Claude François.

Xavier avait remarqué l'homme qui se collait à Anna depuis quelques minutes. Ce genre de bal attirait toujours son contingent de gros lourds qu'un abus d'alcool libérait de leurs dernières inhibitions. Certes, sa sœur maîtrisait l'art et la manière d'évincer ce genre de dragueurs, mais l'insistance du type ne lui plaisait pas. Tee-shirt noir en résille, blouson et casquette en cuir, il s'apparentait à un clone raté d'un membre des Village People.

Comme Anna quittait la piste de danse, le casanova l'agrippa par la taille. Elle se retourna et lui appliqua une gifle sonore qui passa presque inaperçue dans le bruit ambiant. Son agresseur éclata d'un rire mauvais et se frotta contre elle. Le sang de Xavier ne fit qu'un tour : il se précipita vers eux, attrapa l'homme par le col et le tira brutalement vers lui. Le dragueur résista et tenta de le frapper. Xavier dut resserrer sa prise : son adversaire savait se battre. Sa vigilance redoubla quand l'autre porta sa main à sa poche… un couteau ? Comme Xavier allait attaquer préventivement, un ordre claqua derrière eux :

— Jacky, je t'avais dit de te tenir tranquille !

Le dénommé Jacky se calma immédiatement. Xavier relâcha son étreinte. Un inconnu furieux, pantalon blanc et veste à franges, lançait un regard noir au type en cuir.

— Excusez-le, mon ami a sans doute un peu trop bu.

— L'alcool n'excuse rien, répliqua Xavier, et surtout pas qu'on s'en prenne à une femme… et encore moins à ma sœur.

— Votre sœur ? sursauta Doumé en retrouvant l'accent corse de ses origines. Alors votre réaction était noble et justifiée. Par contre, si vous pouviez lâcher mon collègue, cela me permettrait de le raccompagner chez lui.

Xavier observa ce Johnny Hallyday d'opérette. Si son allure vestimentaire prêtait à sourire, ses yeux aux éclats glacés le classaient tout de suite dans la catégorie des durs. En quatre ans de missions sur le terrain, Xavier en avait croisé suffisamment pour estimer leur dangerosité. Il rendit à Jacky sa liberté de mouvement. Comme ils partaient, un troisième homme rejoignit le groupe. Il laissa s'éloigner les deux voyous, et susurra à Xavier :

— Fais attention à toi. C'est pas le fils d'une nazie qui va commencer à faire la loi à Loc…

Plié en deux par un terrible uppercut au foie qui lui coupa le souffle, l'homme arrêta net sa diatribe. Anna se précipita sur son frère pour l'empêcher de commettre un massacre. Jacky et Doumé jetèrent un regard vers le loser allongé à terre et l'abandonnèrent en haussant les épaules.

Comme un attroupement se formait autour d'eux, Cathie arriva en courant.

— Qu'est-ce qui se passe ? demanda-t-elle en découvrant le visage livide de Xavier.

— C'est qui, ce bâtard qui te traite de nazie ?

Cathie n'eut pas le temps de répondre. Le cafetier Émile Rochecouët, qui avait dépassé son seuil d'étanchéité à l'éthanol, fonça sur Xavier en lui serrant vigoureusement les mains.

— Gast, mon garçon, tu as hérité du caractère généreux de ta mère. Ah, j'aime ça les mecs qui en ont ! Quant à l'autre abruti de Mathieu Lagadec, il l'a bien cherché, affirma-t-il sans savoir ce qui avait provoqué la rixe.

Il accorda à peine un regard méprisant à l'individu qui se relevait avec difficulté. Dans un élan de prodigalité que son taux d'alcool l'empêcha de maîtriser, il lança à la cantonade.

— Allez, que ceux qui apprécient les hommes qui ne

se laissent pas marcher dessus me suivent. Je leur offre une tournée de mon excellent Eddu.

Le cercle se disloqua instantanément, abandonnant tout intérêt pour l'offenseur.

— Pourquoi ce con a-t-il sorti ça, maman ?

— Je t'expliquerai plus tard… pour le moment, viens goûter un verre de whisky au blé noir. On ne va pas gâcher une soirée qui a si bien commencé.

— Désolé pour le spectacle, s'excusa Xavier en passant près d'Alana.

— J'ai adoré, lui glissa-t-elle à l'oreille en lui déposant un baiser sur la joue. Un frère qui se bat pour sa sœur, c'est tellement excitant !

Éberlué, il la regarda s'éloigner. Comment cette étrange et lumineuse infirmière avait-elle réussi à le séduire en si peu de temps ?

22

Explications à Kerbrat

Xavier se frotta les yeux et se leva pour tirer les rideaux. Le soleil envahit joyeusement la chambre, réactivant son mal de crâne. Une seule manière de le chasser : d'abord ouvrir grand la fenêtre et respirer à pleins poumons l'air du large. Ensuite, céder aux sirènes de l'odeur du café et descendre pour profiter d'un délicieux petit déjeuner. Accueilli par le sourire à la fois amical et ironique de sa sœur, il s'installa devant une crêpe au chocolat préparée par Cathie.

— Alors, comment se sent la terreur des fest-noz ?

— Vu ce que je me suis envoyé hier, ça va. Maman, j'ai vraiment bien dormi.

— C'est que je suis très à cheval sur la literie.

— À cheval ? répliqua Anna avec un clin d'œil. Et, dis-moi, Xavier, reprit-elle malicieusement, la belle Alana est-elle apparue dans tes rêves ?

Son frère répondit par un profond soupir.

— Elle est trop, cette fille…

— C'est une personne extraordinaire, s'enthousiasma Cathie. Elle est brillante, bienveillante, attachante… et elle ne se laisse pas marcher sur les pieds. En plus, elle a déjà envoûté mon fils.

— N'en jetez plus, la coupe est pleine. Sinon, il était redoutable, le whisky au blé noir d'Émile, dévia Xavier en engloutissant sa crêpe. Bon, mais redoutable.

— C'est certain qu'avec une bouteille pour deux, il a dû faire de l'effet, s'amusa Cathie.

— Hé, vous m'avez accompagné, tout de même. Il a l'air franchement sympa, l'ami Émile. Il est toujours aussi généreux ?

— Sympathique, effectivement, confirma sa mère, mais plutôt du genre à avoir des oursins dans les poches. Hier soir, tu as délié les cordons de sa bourse. Une grande première ! Je pense qu'il était bien imbibé et retrouvait à travers toi sa jeunesse en Alsace.

— Il a vécu chez nous ? s'étonna Anna.

— Il a fait son service militaire sur la base d'Entzheim. Il a sans doute gardé quelques souvenirs d'aventures amoureuses… ce qui agace particulièrement sa femme, Annick, quand il y fait allusion.

Le petit déjeuner se déroula dans la bonne humeur. Après une dernière crêpe, Xavier aborda le sujet attendu.

— Pourquoi l'autre con t'a traitée de nazie, maman ? Et pourquoi tu n'as pas réagi ?

— Ne t'inquiète pas pour ma réaction. Elle viendra. Mais hier soir, je voulais qu'on profite de la fête… et c'était plutôt réussi. Quant à la raison… Ne bougez pas.

Cathie remonta dans son bureau, sous le regard surpris de ses enfants. Elle redescendit, sa tablette à la main, s'installa et, non sans émotion, leur lut l'article de Martin Masselier, régulièrement interrompue par des commentaires ulcérés.

— C'est pas possible ! s'indigna Anna. Comment le

journal a-t-il accepté de publier un tel torchon ? C'est un coup à les attaquer en justice !

— J'ai une solution plus simple, proposa Xavier. On va casser la gueule à ce gratte-papier de merde.

— Tu ne penses pas que tu as déjà pris assez de risques hier soir, le calma Cathie. Si Mathieu Lagadec avait porté plainte, ça n'aurait pas fait sérieux pour un membre de la police.

— Porter plainte alors qu'il venait de te traiter de nazie ? J'aurais aimé voir ça !

— Qu'est-ce que tu vas faire, maman ? s'inquiéta Anna.

— Je vais devoir exhumer le passé de votre grand-père. Il voulait garder le silence sur ses activités pendant la guerre, mais je crois qu'il accepterait ma décision.

— Tu ne nous as pas souvent parlé de lui, intervint Xavier. Il a vraiment fait partie de l'ERR ? Et il a connu cet Otto Dietrich ?

— Je ne suis pas au courant de tous les détails du parcours de papa, mais je pense que ce qui est écrit est exact. Yann s'est renseigné, et Masselier a bien contacté des spécialistes en Alsace. Ils sont allés fouiller dans les archives qui sont maintenant disponibles.

— Masselier en a profité pour lancer des allégations ignobles ! se révolta Anna. Des allégations qui ont peut-être convaincu des gens que notre famille avait collaboré avec les nazis et s'était enrichie sur le dos des déportés juifs !

— Je vais réagir, les rassura Cathie. Je briserai le serment que j'ai fait à mon père, mais je ne permettrai pas qu'on salisse sa mémoire. Par contre, j'aurai besoin de votre aide.

— Parle, Cathie, ton serviteur écoute, déclama Xavier en s'agenouillant devant sa mère pour détendre l'atmosphère.

Elle lui caressa les cheveux d'un geste affectueux.

— Laissez-moi le temps de mettre ça en place, et je vous expliquerai mon plan de bataille demain.

— Mais maman, relança Anna, pourquoi est-ce que tu ne serais pas un peu plus transparente sur tes activités ? C'est aussi ce mystère que tu entretiens qui pousse des gens comme Masselier à t'assassiner dans le journal.

— Tu penses vraiment que ce serait une bonne idée, ma chérie ? À ton avis, comment réagiraient les habitants d'un petit village comme Locmaria si je dévoilais ce que je fais ?

— Tu n'as pas à avoir honte, tenta de la convaincre Anna. Tu ne fais de mal à personne… et tu fais même du bien à certains. N'hésite pas à assumer.

— C'est facile à dire, Anna, répliqua Xavier. Dans une ville comme Lyon, avec son anonymat, ça passerait. Mais ici, avec des langues de vipère comme cette Natacha qui invente tout et n'importe quoi, tu imagines l'enfer ? À chaque coin de rue, ça murmurerait : « Ah, vous savez, Catherine Wald, celle qui etc., etc. » Maman, je n'ai absolument pas honte de toi, mais je comprends que tu veuilles cacher ça.

— J'assume mes choix, conclut Cathie, mais ça me desservirait de tout rendre public. Ce mystère fait partie de ma personnalité, et je vais me battre contre les Martin Masselier, Georges Lagadec, Natacha Prigent et consorts. Ils n'ont pas fini d'entendre parler de moi.

— Et tu pourras compter sur nous pour pousser la chansonnette, lui assura Anna. Bon… faudrait se préparer. On a rendez-vous à quelle heure avec ton ami Yann pour la petite virée en bateau et le pique-nique sur les îlots de Men Du ?

— Dommage qu'Alana soit de garde aujourd'hui, regretta Xavier. Ça aurait été sympa qu'elle déjeune avec nous.

— On lui dit ou on lui laisse la surprise ? demanda Anna à sa mère en lui adressant un clin d'œil volontairement indiscret.

— Quoi ? bondit Xavier.

— Je ne sais pas, qu'est-ce que tu en penses ? répliqua Cathie.

— C'est bon, faites pas les relous ! Qu'est-ce qui se passe ?

— Pendant que tu paressais dans ton lit, Alana a appelé. Elle a réussi à échanger sa garde avec une collègue. Elle se joint à nous.

— Ah ouais ?... Cool... Même génial ! Du coup, Anna, tu me conseilles quelle tenue ?

— Évite tes tee-shirts « *Beer Forever* » ou « *Dauphiné Lover* », et tu seras irrésistible, s'amusa sa sœur.

23

Flic et voyous

Café des genêts de Concarneau. L'ambiance ne respirait pas la convivialité. Pourtant c'était aujourd'hui qu'avait lieu le lancement de leur projet à la boîte de nuit locale, le *Magic Breizh.*

— Messieurs, nous allons valider notre capacité à jouer dans la cour des grands, attaqua Doumé en réajustant le col de sa chemise noire. Monsieur Lagadec, votre équipe a bien compris ce qu'elle devait faire ?

Agacé par le manque de confiance du Marseillais, Mathieu Lagadec, le frère aîné d'Erwan, répliqua froidement.

— J'ai moi-même sélectionné chacun de ses membres, et aucun n'est connu des quelques gendarmes qui traîneront sans doute dans le coin.

— Tant mieux… et j'espère qu'ils seront plus malins que vous ne l'avez été hier soir, ne put s'empêcher d'ajouter Dominique Angeloni malgré la promesse qu'il s'était faite de rester zen.

— Vous n'êtes pas là pour vous mêler de mes affaires personnelles ! explosa Mathieu Lagadec.

— Vous avez raison. Je ne suis là que pour m'assurer

que notre collaboration sera une réussite. Par contre, aller provoquer un flic et attirer son attention sur vous n'était pas la chose la plus intelligente à faire.

— Quoi ? sursauta le Breton. Le fils Wald est flic ?

— Xavier Kaiser, c'est le nom de son père, est membre de la brigade des stups à Grenoble. Avouez que c'est quand même pas de chance.

Silencieux, Mathieu Lagadec considéra la situation. Il était conscient que sa tentative d'intimidation avait été inutile, surtout à la veille de cette première. Mais la révélation d'Angeloni justifiait que l'autre l'ait mis sur le carreau d'un seul coup de poing. Et puis Wald, ou Kaiser – peu importait – était là en vacances. Qui imaginerait que l'aîné de Georges Lagadec, un des notables du village, était en train d'implanter un réseau de trafic de drogue avec l'aide du milieu marseillais ? Personne. Mathieu s'était certes ridiculisé, mais il allait reprendre tout ça en main puis se venger. Catherine Wald payerait pour le domaine de Kerbrat qu'elle avait volé à son père et pour l'humiliation que son fils lui avait infligée.

— Comment vous avez deviné qu'il était flic ?

— J'ai observé son altercation avec Jacky, qui a d'ailleurs agi comme un abruti en harcelant une femme juste avant une opération, expliqua Doumé.

— Comment je pouvais savoir ? se défendit Jacky. La plupart du temps, elles aiment les mecs qui les chauffent, ces salopes.

— Parce que tu trouves que la sœur de Kaiser avait l'allure d'une cagole ?

— Y a aussi des grosses salopes chez les bourgeoises.

Doumé décida d'interrompre la discussion avant de s'énerver trop ostensiblement.

— Bref, reprit-il, sa façon d'attraper Jacky, de surveiller ses mouvements n'était pas celle d'un type lambda. Et je me suis renseigné ce matin sur l'identité de ce type. Un pote qui bosse à l'Évêché m'a tuyauté.

— Vous collaborez avec des curés ? s'étonna Lagadec.

Doumé coupa net le rire moqueur de son comparse.

— À Marseille, expliqua-t-il calmement, c'est le nom de l'hôtel de police. Un peu comme l'ancien « 36 » à Paris.

— Ah, je savais pas, reconnut Lagadec en se raclant la gorge.

— Y a pas de honte. Il y a plein de trucs que je ne connais pas sur la Bretagne, répondit Doumé qui avait décidé de revenir à un dialogue plus serein.

M. Sposito tenait à ce que leur coopération se déroule bien et Doumé voulait mériter la confiance de son chef et mentor.

— Maintenant, rappelez-moi comment vous vous êtes organisés pour ce soir ! relança-t-il d'un ton plus conciliant.

— J'ai recruté une équipe de sept personnes. Deux filles et deux garçons opéreront à l'intérieur pour appâter des nouveaux clients. Les teufeurs qui ont l'habitude de ce genre d'événements traîneront sans doute sur le parking et devineront vite où se fournir. Trois revendeurs attendront à l'extérieur pour écouler la marchandise.

— Qu'est-ce que vous avez prévu ?

— Essentiellement de l'ecstasy et un peu de coke. On aura un public friqué : beaucoup de jeunes de bonne famille parisienne bourrés de billets de cinquante.

— Les propriétaires ?

— Pas au courant.

— Et les videurs ?

— Il y en a un dans la combine. Ça nous permettra de gérer tranquillement les sorties et les retours dans la boîte.

— Très bien, on fera un passage dans la soirée. En cas d'embrouilles, appelez-nous, ordonna Doumé.

— J'ai aussi mes gros bras, le rassura Lagadec, mais on n'aura pas de concurrence… à part peut-être un ou deux dealers indépendants qui tenteraient de profiter de l'occasion. On saura les en dissuader.

24

Règlement de comptes chez les Guillou

— Il vient tout juste d'avoir dix-huit ans. Pas question qu'il aille traîner dans ce lieu de perdition !

— Mais, t'es qu'un rabat-joie, mon pauvre Paulot ! Me dis pas que t'allais pas danser dans les fest-noz quand t'avais son âge.

— Non, j'obéissais à mon père, qui était, je te le rappelle, le frère du recteur du Guilvinec : un saint homme ! J'allais pas m'amuser à aller courir le guilledou comme d'autres que je connais dans cette boutique. Suivez mon regard…

Le poing d'Émeline Guillou frappa violemment le tiroir-caisse, provoquant son ouverture intempestive dans un concert de tintements.

— Ah ! mais c'est que ça joue les pucelles effarouchées ! T'étais bien content quand je venais te chercher en mobylette à la sortie de ton CAP, pour te faire oublier la technique de découpe des côtelettes, et que je t'apprenais les joies de la vie.

L'ambiance était électrique dans la boucherie-charcuterie des Guillou. Les disputes dans leur couple n'étaient pas fréquentes, mais elles étaient célèbres. Les clients qui avaient la chance de se trouver dans le magasin à ce moment n'auraient laissé leur place pour rien au monde… même si les colères d'Émeline pouvaient impressionner les plus émotifs.

La discussion avait commencé à la suite d'une demande timide de Loïg Le Minor, leur apprenti. Enfant de la Ddass, Loïg travaillait depuis plus d'un an en alternance dans leur boutique. Émeline et Paulot l'avaient accueilli et logé. Ils se sentaient responsables de ce garçon qui aurait pu mal tourner, mais qui avait, à force de labeur, acquis de véritables compétences. C'est avec une fierté certaine qu'ils racontaient, à qui voulait l'entendre, le parcours de leur protégé, qui venait d'être contacté par un établissement renommé de Quimper.

Loïg avait gagné une entrée pour la soirée *Born to be alive* du *Magic Breizh* de Concarneau. La veille, Gaël Delpiero, plus généreux que jamais, avait offert une invitation pour deux personnes, boisson comprise, à tous les jeunes de dix-huit à vingt-huit ans présents au fest-noz.

Loïg avait profité de la présence de la clientèle du dimanche matin pour demander au couple l'autorisation non seulement de participer à la soirée, mais également celle d'emprunter le scooter de livraison pour s'y rendre. Contrairement à ce qu'il avait imaginé, Émeline l'avait regardé avec bienveillance alors que Paulot avait découpé une escalope bien trop épaisse, ce qui ne lui arrivait d'habitude jamais. De fil en aiguille, la conversation s'était envenimée et Loïg s'était éclipsé dans la chambre froide pour ne pas assister à l'incendie qu'il avait involontairement allumé.

— M'apprendre les joies de la vie ? Tout Locmaria

n'a pas à connaître nos égarements de jeunesse ! s'agaça Paulot. C'est pas parce que t'avais le feu aux fesses à cette époque que…

— Quoiiiiii ? croassa Émeline, ulcérée. Ose répéter ce que tu viens de dire !

Paulot se rendit compte que ses mots avaient dépassé sa pensée, mais il ne pouvait pas perdre la face devant un public aussi passionné. Il savait que l'addition arriverait et qu'elle serait salée, mais il était trop tard pour reculer. Tel un kamikaze prêt à foncer sur un porte-avions américain sans espoir de retour, il prit son souffle et repartit au cœur de la mêlée.

— Reconnais que tu tournais autour des garçons !

— C'est vrai, ça, intervint malencontreusement une cliente sensible au charme tout animal de Paulot.

— Mireille, tu l'ouvriras quand j'te sonnerai ! lui décocha Émeline avant de s'adresser de nouveau à son mari. Alors parce que monsieur a été élevé par des culs bénis, tous ceux et celles qui s'intéressent à autre chose qu'aux études, aux résultats des critériums cyclistes et aux pardons de saint Ternoc seraient bons à jeter aux flammes de l'enfer ? C'est ça, Paulot ?

— Non, mais tu crois pas que tu t'énerves un peu vite, ma petite fleur ? battit en retraite Paulot qui sentait que la situation lui échappait complètement.

— Que je m'énerve un peu vite ? Alors que tu viens de me traiter de pute devant ces messieurs-dames, s'insurgea la petite fleur d'un mètre soixante-quinze et quatre-vingt-dix kilos, catcheuse reconnue dans sa jeunesse.

— J'ai pas dit ça ! se défendit Paulot.

— C'est vrai, il a pas dit ça, le soutint un de ses compagnons de vélo.

— Toi, ta gueule ! Les hommes, quand on a besoin d'eux, il faut leur courir après. Mais quand ils doivent se serrer les coudes pour causer du tort à leurs épouses, c'est pas utile d'aller chercher bien loin !

Dans l'instant, les quatre clientes approuvèrent d'un hochement de tête synchrone, même celle qui s'était fait vertement rembarrer. Désespéré, Paulot ne savait plus comment s'en sortir, quand la porte de la boutique s'ouvrit.

Le père Loïc Troasgou, attiré par le spectacle qu'il devinait derrière la vitrine, avait décidé d'y participer. Il connaissait les colères d'Émeline, fidèle paroissienne qui les lui avait confessées un jour où elle pensait avoir définitivement vexé son mari. En le voyant, Paulot joignit discrètement les mains et promit d'offrir un cierge de bonne taille à Notre-Dame pour l'apparition quasi miraculeuse de cet homme d'Église avisé.

— Ah ! mon père, vous arrivez à pic ! s'exclama Émeline. On a une petite discussion avec Paulot.

— Les discussions dans un couple sont toujours enrichissantes… répondit le recteur, si l'on y trouve une issue paisible, bien sûr.

— Eh bien, vous allez expliquer à mon Paulot qu'il a tort, acquiesça la bouchère, et la paix reviendra dans le foyer des Guillou.

— Vous préjugez de ma conclusion, Émeline, pour peu que je puisse émettre un point de vue sur votre sujet de discorde.

— Oh ! discorde, tout de suite les grands mots ! relativisa Paulot, soulagé par la présence du prêtre qui avait déjà fait retomber la tension d'un cran. On parlait de Loïg, notre apprenti.

— Un garçon adorable et très serviable, les félicita Loïc Troasgou.

— Ça, c'est sûr, reprit Émeline, qui ne voulait pas voir son mari ressortir des cordes où elle l'avait acculé. Notre Loïg a gagné une place pour une soirée à Concarneau en boîte de nuit. Et voilà que le Paulot fait sa chichiteuse et trouve que c'est trop dangereux pour Loïg. Vous vous rendez compte, mon père, se moqua-t-elle en imitant le ton de son époux, s'il croisait une gueuse ou buvait un canon ! Moi, je dis que c'est de son âge, à notre petit gars. Et puis si ça peut te rassurer, Paulot, ajouta-t-elle à l'adresse de son mari, je lui donnerai des capotes !

Deux clientes manquèrent de défaillir et le père Loïc Troasgou retint difficilement un grand éclat de rire.

— Tenez, mon père, vous voyez comme elle est ! Qu'est-ce qu'aurait pensé mon oncle en entendant ces mots qui viennent de la bouche même de celle que j'ai prise pour femme devant Dieu ?

— Oh ! laisse cette grenouille de bénitier au cimetière ! Alors mon père, qu'est-ce que vous en dites ?

— Quel âge a Loïg ?

— Dix-huit ans ?

— Lui faites-vous confiance, Paulot ? demanda le recteur.

— Oui, c'est un bon gars, mais…

— Mais quoi ?

— Mais, j'ai pas confiance dans les autres, voilà ! avoua Paulot. Il a eu une jeunesse difficile ce petit, et je voudrais pas qu'il plonge dans le monde de la nuit. Un fest-noz, je dis pas non. Mais là ils sont dans le noir avec des lumières faites exprès pour qu'on voie rien, des filles qui vous frottent de partout, plus d'alcool que ce que pourrait jamais vous servir l'Émile Rochecouët, des fumées de hackik qui rendent fou…

— Non, mais t'es en plein fantasme, mon pauvre Paulot ! s'insurgea Émeline.

Loïc Troasgou lui demanda de se taire d'un geste de la main, et à la grande surprise de la clientèle, elle s'exécuta.

— Votre désir de protection est louable, Paulot, reprit le prêtre. Cependant, les boîtes de nuit ne sont pas toutes aussi dangereuses qu'un tripot de Macao. Des centaines de jeunes s'y amusent tous les soirs. Certes, la tentation peut exister, notamment celle de l'alcool, voire de la drogue dans certains établissements. Mais si vous avez suffisamment confiance en Loïg, discutez-en tous les deux calmement avec lui et mettez-le en garde contre ces risques. Ce sera ensuite à vous, en tant que couple uni, de prendre la décision qui vous semblera la meilleure… une décision prise dans la sérénité.

Émeline saisit la main de son mari, une larme à l'œil.

— C'est beau ce que vous venez de dire, mon père !

— Oui, confirma Paulot, épanoui. On s'était un peu emballés. Pas vrai, ma petite fleur ?

— C'est vrai, mon perdreau, reconnut-elle devant l'assemblée émue. Mais le feu aux fesses, il est pas près de passer, lui glissa-t-elle discrètement à l'oreille. Ceinture pendant trois semaines !

25

Magic Breizh

Minuit. La discothèque *Magic Breizh* avait beau être la plus vaste de la région, la file d'attente devant l'entrée continuait à s'allonger. La présence de l'interprète du tube international *Born to be alive* avait attiré les foules. Xavier, Anna et Alana s'apprêtaient à pénétrer dans le saint des saints. Cathie avait hésité à les accompagner, mais elle n'avait pas voulu risquer d'être élue doyenne de la soirée. Et elle n'avait pas encore totalement digéré la cuite qu'elle avait prise avec Émile Rochecouët et ses amis. Mais ça, pas question de l'avouer !

Xavier aurait bien passé son tour pour profiter du domaine de Kerbrat. Cependant, lorsqu'Alana lui avait demandé, avec un sourire fondant, s'il voulait l'accompagner, il ne lui avait fallu que le temps d'un battement d'ailes de colibri pour changer d'avis. Anna, elle, voulait observer comment son frère se tirerait des sortilèges de la jeune Bretonne. Bref, l'équipe s'était reformée, avec la promesse de rester sobre cette fois-ci.

— Erwan n'est pas avec toi ? s'étonna Alana en voyant Julie Fouesnant arriver seule.

Les deux femmes avaient fait connaissance quelques semaines plus tôt et s'appréciaient mutuellement.

— Il me fatigue, en ce moment ! souffla Julie. Toujours nerveux, toujours à regarder derrière lui, comme s'il craignait quelque chose.

— Il ne s'est pas expliqué ?

— Penses-tu ! Il est aussi fermé qu'une huître double zéro.

— Rassure-moi, ce n'est pas parce que j'en ai collé une à son frère ? s'inquiéta Xavier.

— Au contraire, tu as fait un bond dans son estime. Mathieu est un con prétentieux et, depuis leur enfance, il est odieux avec lui, lâcha Julie. Avant que je retrouve Erwan, il a essayé de sortir avec moi... enfin de me sauter. Il était persuadé que j'étais sous son charme. Et il l'est toujours.

Comme elle terminait le portrait flatteur de son peut-être futur beau-frère, son regard se porta sur un garçon qui observait la file d'attente, à la fois excité et intimidé. Elle leva le bras et le héla :

— Loïg, rejoins-nous !

— Qui est-ce ? questionna Alana en voyant un sourire éclairer le visage du jeune homme.

— L'apprenti des Guillou, ceux qui tiennent la boucherie. C'est lui qui livre la viande au restaurant. Alors, cette soirée s'annonce bien ? demanda Julie au jeune homme.

— Super bien. J'ai des copains du Guil et de Bénodet qui doivent déjà être à l'intérieur. C'est la première fois que je viens ici. Au fait, moi je suis Loïg. Et vous ?

Alana, Anna et Xavier se présentèrent sous ses yeux ébahis. Il avait une grande estime pour Cathie et Yann et se retrouver avec leurs enfants l'impressionnait. Il embrassa les filles et serra longuement la main à Xavier.

— C'est vrai que t'es dans la police? C'est ce que m'a dit Émeline.

— Eh bien, les nouvelles vont vite, s'amusa Xavier. Oui, je bosse aux stups à Grenoble.

Le cœur de Loïg rata presque un battement. Ces flics n'existaient donc pas que dans les séries… et il en avait un spécimen devant lui.

— Fais attention quand tu seras à l'intérieur, recommanda Xavier. J'ai remarqué deux types sur le parking avec des comportements suspects. Je ne serais pas étonné que ça deale ce soir.

— Relax, frérot, le titilla Anna, tu es en vacances. Laisse faire les cruchots.

Xavier lui sourit, puis nota le rictus béat qui ne quittait pas le visage du jeune homme.

— Qu'est-ce qui t'arrive, Loïg? Tu as vu la Vierge?

Gêné, le garçon s'empourpra.

— Non, c'est pas ça, c'est que…

— C'est que quoi? le relança Alana.

— Ben c'est que j'ai jamais été avec des filles aussi canon que vous de ma vie, avoua-t-il.

— Il attaque fort, notre ami, le taquina Xavier.

— C'est pas ce que je veux dire. J'imagine que vous avez déjà des copains. C'est juste que ça fait plaisir. Et c'est cool de voir la tête des autres mecs qui m'envient d'être entouré de super meufs.

— Et laquelle est la plus jolie? demanda Julie avec un brin de perversité.

De rose, Loïg passa au rouge pivoine et bafouilla.

— Ne réponds pas, malheureux, l'arrêta Xavier. Ce genre de question a déclenché une guerre !

— Une guerre ? s'étonna Loïg. Pour choisir laquelle est la plus belle ? Mais quand ?

— La guerre de Troie, ça ne te dit rien ?

Le garçon réfléchit et essaya :

— Troie... euh... comme le film avec Brad Pitt ?

— Tout à fait, confirma Xavier. Un prince troyen a dû décider entre trois déesses laquelle était la plus belle. Elles lui ont promis monts et merveilles, et cette andouille, au lieu de tenter de s'en tirer avec une pirouette, a fait un choix. Moralité, deux d'entre elles lui en ont voulu à mort. Je te la fais courte, mais ça a déclenché un conflit qui s'est terminé par la destruction de Troie.

— Ah... ouais... quand même... réfléchit Loïg. C'était des rageuses, ces meufs !

— On peut le dire ! Donc, la morale de cette histoire vieille de trois mille ans, c'est que quand deux ou trois... meufs te demandent de décider laquelle est la plus jolie, ou la plus charmante, ou la plus drôle, qu'est-ce que tu fais ?

— Je me barre le plus vite possible ! répliqua aussitôt Loïg sous le rire de ses nouvelles amies.

— C'est effectivement une solution, l'encouragea Anna. La seconde, c'est d'éviter de répondre et de complimenter les trois. Et le secret, c'est que tu ne complimenteras jamais trop une femme !

— Et s'il y en a une que je trouve vraiment plus belle que les autres, il faut que je me taise ? insista Loïg pour profiter de l'expérience de ses conseillères.

— Si tu tiens absolument à lui déclarer ta flamme,

fais-le une fois que ses copines seront parties, lui recommanda Anna. Vous êtes d'accord avec moi, les filles ?

Alana et Julie confirmèrent la proposition avec bonne humeur. Loïg les remercia pour la leçon, en se disant qu'Anna était la plus éblouissante ce soir, avec ses cheveux bruns, sa peau cuivrée et sa robe blanche, qui dévoilait sa silhouette fine et des formes prometteuses. Une femme inaccessible pour lui, mais qui peuplerait ses rêves.

26

Sortie de boîte

— C'est fou ça, à trente ans, j'avais l'impression d'être une mamie ! s'étonna Julie en sortant du *Magic Breizh*.

— Ça ne t'a pas empêchée de te faire brancher, s'amusa Alana. Moi, avec Xavier à mes côtés, j'étais plus en sécurité qu'un lingot d'or à Fort Knox.

— J'ai les oreilles qui sifflent et j'entends plus rien. C'est pire que si mon commissariat avait été attaqué à coups de mortier par des dealers contrariés. C'est quand même délirant de mettre le son aussi fort !

— Arrête de te plaindre, Xav, plaisanta Anna. Quand t'es monté sur scène pour danser avec Patrick Hernandez, t'avais pas l'air de souffrir d'acouphènes !

— Ouais, c'est vrai. J'attendais le moment où les videurs m'éjecteraient du podium, mais Patrick a été cool. Bon, au moins, t'as pris une photo pour maman ?

— T'inquiète pas, elle aura même la vidéo de son fils en train de faire le clown avec la célèbre canne du maître.

— Vous n'avez pas faim ? les interrompit Julie. Je connais une boulangerie top qui ouvre à l'aube pour fournir en viennoiseries les clubbeurs affamés. Ça vous dit ?

— Et comment ! s'enthousiasma Xavier.

Ils s'étaient garés sur un parking éloigné, spécialement aménagé pour l'occasion dans un champ. À quatre heures et demie, les premiers danseurs commençaient à quitter la discothèque. Comme ils suivaient une route tout juste carrossable qui menait jusqu'à leur véhicule, une ombre sur le bas-côté attira le regard de Xavier. Curieux, il se dirigea vers le fossé et reconnut une forme humaine étendue sur le sol. Les sens brusquement en alerte, il scruta avec attention les environs. Les nuages cachaient la lune et rendaient son observation difficile. Impossible de repérer d'éventuels agresseurs. Même si la criminalité était moins forte du côté de Concarneau que dans les grandes métropoles, des jeunes imbibés en sortie de fête constituaient une cible facile pour des bandes.

— Qu'est-ce qui se passe, Xav ? demanda Anna, restée au milieu du chemin pour éviter de trébucher dans l'obscurité.

— Quelqu'un est allongé. Ne bougez pas, je vais voir ce qui lui arrive.

En s'approchant du corps, il entendit un gémissement lancinant.

— Sûrement un gars qui en tient une bonne et qui s'est retourné l'estomac, commenta-t-il en se penchant vers le malheureux.

Il alluma son téléphone et dévisagea l'inconnu à moitié inconscient.

— Merde, c'est Loïg !

Les trois filles se précipitèrent vers lui. Alana prit

naturellement soin du garçon et le déplaça avec précaution sur le côté. Le visage couvert de transpiration de Loïg était livide. Inapte à maîtriser ses tremblements, les yeux tournés vers le ciel, Loïg était incapable de répondre aux sollicitations d'Alana.

— Son pouls bat bien trop vite, il a de la fièvre et il ne contrôle plus ses mouvements.

Les regards du flic et de l'infirmière se croisèrent avec gravité.

— Il a consommé une saloperie et son corps ne la supporte pas, conclut Xavier. Il y a des gendarmes sur le parking principal. Demandez-leur de prévenir une ambulance, ordonna-t-il.

— Tu penses que c'est sérieux ? s'inquiéta Julie avant d'emboîter le pas à Anna, déjà partie chercher du secours en courant.

— C'est rare de faire une telle réaction à la suite d'une prise de produit stupéfiant, mais ça arrive, expliqua-t-il. Et on ne sait pas ce qu'il a avalé.

Alana avait installé le garçon le plus confortablement possible sur ses genoux et tentait de l'apaiser en lui caressant doucement les cheveux. Comme le jeune homme semblait se détendre, elle avoua, écœurée :

— On en voit de plus en plus se faire admettre aux urgences dans cet état. Saleté d'ecstasy… Sous prétexte que certains appellent ça des drogues récréatives, le tabou disparaît.

— Pour peu qu'il ait gobé un cachet un peu trop chargé en MDMA, il aura mal réagi. J'avais remarqué deux ou trois personnes avec des comportements louches dans la boîte. J'ai aussi aperçu Loïg en pleine discussion avec une petite brune qui avait au moins cinq ans de plus que lui. Je me suis dit que la conversation avec nous l'avait décoincé, mais si ça se trouve elle était en train de le convaincre d'essayer.

— Tu crois ? demanda Alana en continuant à masser les tempes du garçon inconscient.

— Je ne suis sûr de rien, mais les femmes sont bien plus efficaces que les hommes pour dealer dans ce genre de soirées. J'en parlerai aux gendarmes, ajouta-t-il en voyant arriver une Renault Megane aux couleurs réglementaires.

Deux militaires en descendirent, blasés par une situation devenue régulière.

— Encore un qui a trop picolé ! lança le conducteur en jetant un œil rapide à Loïg.

— Il ne va pas bien du tout, intervint Alana. Vous avez appelé une ambulance ?

— Tout doux, ma p'tite dame, la calma le gendarme. Vos copines sont arrivées comme des furies et ne nous ont pas lâchés avant de m'avoir entendu téléphoner à l'hôpital. Vous croyez pas que ça fait beaucoup pour un gosse de riche qui supporte pas l'alcool.

— Je suis infirmière en réanimation et monsieur appartient à la brigade des stupéfiants de Grenoble, répondit Alana d'une voix contrôlée. Et nous savons tous les deux que la victime fait une réaction violente à ce qui pourrait être une consommation de drogue.

Les gendarmes abandonnèrent instantanément leur ton condescendant. Le conducteur remonta dans la voiture pour harceler les secours pendant que son collègue discutait avec Xavier. Une fois l'ambulance sur place et le jeune homme pris en charge, ils saluèrent les militaires et se dirigèrent vers l'Audi de Cathie.

— Alors, ces croissants, ça vous dit toujours ? proposa Xavier.

— Tu as encore faim après ce qui s'est passé ? s'exclama Anna.

— Mais comment il a pu avaler un truc pareil ? se révolta Julie. C'est un garçon tellement raisonnable !

— Ce serait à la gendarmerie d'enquêter sur ses relations, expliqua Xavier. Mais il ne se passera rien. Tout sera oublié dès que Loïg sera sorti de l'hosto.

— Rassurez-vous, il est entre de bonnes mains. Je connaissais le toubib et il s'occupera bien de lui, ajouta Alana pour calmer l'inquiétude de Julie. Et je suis partante pour une brioche et un double café crème en regardant le soleil se lever.

— Va pour les brioches ! confirma Julie, reconnaissante.

27

Concarneau

À marée haute, la vieille ville de Concarneau reposait comme un bijou sur l'eau qui reflétait paisiblement la lumière du soleil. À l'intérieur des murailles, elle bruissait des rires et des discussions des touristes venus visiter ce fleuron architectural du Finistère. En cette fin d'après-midi, le port palpitait de vie, et les ruelles piétonnes encombrées prouvaient le pouvoir d'attraction nouveau de la Bretagne.

— Je tenterais bien une kouignette au caramel… et une au chocolat, saliva Xavier en admirant la vitrine de la boutique qui proposait des kouign-amanns aux multiples parfums.

Une gourmandise parfaitement pensée par sa taille réduite : elle chassait la culpabilité des amateurs en arrêt devant ces mini-bombes caloriques. Un coup de génie gastronomique et marketing !

— On va dîner dans moins de deux heures, Xavier ! répondit Cathie par réflexe.

— On se croirait à la maison quand on avait dix ans, s'esclaffa Anna.

Un peu gênée, Cathie s'excusa :

— Désolée mes petits loups, mais une mère ne voit pas grandir ses enfants. Allez-y, j'en mangerai une, moi aussi.

Après le retour du *Magic Breizh*, Anna et Xavier s'étaient jetés au lit et levés en début d'après-midi. Ils avaient rendu visite aux Guillou pour prendre des nouvelles de Loïg. Il était dans un état stable, mais toujours inconscient. « Loïg est asthmatique et il a très mal supporté ce qu'il a avalé », leur avait confié une Émeline au bord des larmes. Paulot n'avait pas accablé sa femme, mais se demandait, inquiet et furieux, qui avait pu pousser leur Loïg à se droguer.

Puis Cathie avait emmené ses enfants découvrir les beautés de la côte finistérienne. Leur périple s'achevait à Concarneau. Xavier y avait un ancien camarade de lycée qui avait intégré la brigade de police locale. Il lui avait promis de passer le voir en fin d'après-midi.

Le commissariat donnait sur le port, à un jet de pierre de la ville fortifiée. Cathie et Anna avaient préféré flâner dans la librairie de la place Jean-Jaurès. Il pénétra donc seul dans le bâtiment, peu fréquenté à cette heure avancée de la journée, et salua le gardien de la paix, qui le regarda par en dessous.

— J'ai rendez-vous avec votre officier de garde.

— De la part de qui ? lui répondit une voix de bouledogue.

— Lieutenant Kaiser, de la BS de Grenoble.

Le planton sourit de soulagement.

— Ah ! un gars de la maison. Ça fait plaisir, lieutenant, parce que la plupart des gens qui entrent ici pendant les vacances, c'est des Allemands. Et vous savez ce qu'ils me demandent ? S'ils peuvent voir le commissaire Dupin !

— Le personnage créé par Bannalec ?

— Dans le mille, lieutenant ! Et quand je leur dis qu'il n'existe pas, il y en a qui sont persuadés que je leur mens et qui insistent ! Ils veulent prendre des photos et tout ça. J'ai dû apprendre quelques mots d'allemand pour leur expliquer que leur Dupin, c'est un flic de roman... et un Parisien en plus !

— À Grenoble, j'ai eu le même problème une fois avec un lecteur accro qui tenait à tout prix à saluer le capitaine Nadia Barka.

— Euh... le capitaine Nadia qui ?

— Non, rien, laissez tomber. Par contre, si vous pouviez prévenir le lieutenant Fanch Guirec.

— Bien sûr, lieutenant, je vais le chercher tout de suite.

Les retrouvailles furent chaleureuses. Fils de Breton exilé en Alsace pour raisons professionnelles, Fanch Guirec avait aimé ses années strasbourgeoises, mais il avait toujours eu pour objectif de retourner travailler dans sa région natale. Deux ans plus tôt, il avait pu intégrer le commissariat de police de Concarneau et réaliser son rêve.

— Et toi, qu'est-ce que tu fais ici ? s'enquit Fanch. Tu m'avais pourtant dit que tu bossais à Grenoble.

— Depuis six mois, effectivement, mais je suis chez ma mère, qui a ouvert un restaurant de spécialités alsaciennes à Locmaria. Si tu as le blues de tes années adolescentes, tu pourras passer la voir, ça lui fera plaisir.

— Le fameux *Bretzel et beurre salé*, c'est ça ? J'en ai entendu parler et je compte bien y aller. Alors Cathie Wald, c'est ta mère ?

— Oui, elle a repris son nom de jeune fille après son divorce, précisa Xavier.

— Ça n'a pas dû être facile avec ces fausses accusations d'empoisonnement. Les gens sont vraiment tordus.

— Je te le confirme. Mais elle a le cuir dur. Et c'est pas terminé. Il y a quelques jours, elle a découvert un cadavre sur une plage en bas de chez elle, et ce matin j'ai ramassé un gamin en plein bad trip en sortie de boîte.

— C'est toi qui as prévenu la gendarmerie au *Magic Breizh* ?

— Exact. Tu es au courant ? s'intéressa Xavier.

— M'en parle pas. On était plutôt peinards avec la drogue dans le coin. Mais depuis quelques mois, un trafic est en train de s'organiser. C'est pas encore comme chez toi, où les gangs se mettent en scène sur YouTube avec des armes de guerre, mais ça devient préoccupant.

— Vous avez une idée de qui est derrière ?

— On n'a réussi à arrêter que des petits revendeurs. Soit ils ne savent rien, soit ils se taisent. On pense que le réseau est tenu localement, mais si le trafic prend trop d'importance les gros poissons vont vouloir chasser à leur tour.

— Ils viendront de toute façon, commenta Xavier en haussant les épaules. Tout ce qu'on peut espérer, c'est retarder ce moment.

— Tu n'incites pas à l'optimisme ! Pour revenir à notre affaire, on a quand même quelques soupçons. Des collègues ont repéré par hasard un caïd du milieu marseillais. Il n'a commis aucune infraction, mais ça m'étonnerait qu'il ait fait le voyage pour se payer une cure d'iode.

— On sait qui il a rencontré ? interrogea Xavier dans un réflexe professionnel.

— Toujours sur le pont ! Tu n'as pas changé depuis ces dernières années, plaisanta Fanch. Non, le type a juste été aperçu à Quimper. Si ça t'intéresse, je me débrouillerai pour récupérer son nom.

28

L'Amiral

La douceur de la soirée baignait la terrasse du restaurant *L'Amiral*. Conseillée par le libraire, Cathie y avait réservé pour trois. Le séjour de ses enfants était passé vite, bien trop vite. Ils repartiraient déjà le lendemain matin prendre leur avion. Alana se rendait aussi à Brest et avait proposé de les déposer à l'aéroport de Guipavas… proposition immédiatement acceptée : « Tu comprends, maman, ça t'évitera un aller-retour. »

— Vous avez vu le BG là-bas. Je crois qu'il me mate, glissa Anna en attendant son homard grillé.

Avec une discrétion toute masculine, Xavier se retourna et observa la tablée en question. Quatre hommes y discutaient joyeusement, et deux d'entre eux possédaient effectivement un physique plutôt agréable, même si très surfait.

— Tu penses au gars avec le tee-shirt moulant ou à celui avec la chemise ?

— Chhht, mais putain, t'es chiant, se fâcha Anna devant le rictus narquois de son frère.

— C'est vrai qu'ils sont séduisants et bien foutus, reconnut Cathie en choquant son fils.

Même s'il savait que sa mère était tout sauf une oie blanche, il ne s'habituerait jamais à l'entendre parler en ces termes.

— Je préfère celui avec le tee-shirt, précisa Anna. Son sourire est trop mignon. Et il est baraqué juste ce qu'il faut. Il n'a qu'à claquer des doigts et je le suis.

— Notre grande féministe a les hormones qui la travaillent ? l'agaça Xavier. Que tu craques pour un mec classe, je comprendrais. Mais là, il a des yeux de veau et un physique à tourner dans des pornos. Des pornos chics, je te l'accorde.

— Pauvre type, se défendit Anna. Et qui te fait penser que je cherche plus qu'un bon coup ?

— Et ton copain, il en dit quoi de tout ça ? la titilla Cathie.

— Oh lui, il est parti quatre mois pour un stage à Melbourne sans me demander mon avis. Alors, en ce moment, il ne dit pas grand-chose.

— Par contre, le plus vieux, continua Xavier, vous ne trouvez pas qu'il a un petit quelque chose de papa ?

— Tiens, réagit Cathie un peu trop brusquement, en parlant de ce cher Patrick, il couche toujours avec sa traînée ?

Le couple de retraités qui les écoutait discrètement en mangeant leur dessert sursauta. Gênés par le regard de Cathie, ils découvrirent un intérêt tout particulier à leur crème glacée et se concentrèrent sur la chantilly.

— T'es pas un peu dure avec elle, là ? s'étonna Xavier.

— Maman a tout à fait raison ! la défendit Anna. Lorsque cette *biatch* de DRH a couché avec notre géniteur, elle connaissait très bien maman. Et quand ce salaud a osé s'afficher avec cette pute en public, il a humilié non seulement sa femme, mais aussi toute sa famille.

Malgré les conseils de sa mère de ne pas totalement couper les ponts, Anna n'avait plus parlé à son père depuis le divorce. Elle n'avait pas supporté la trahison de celui qu'elle avait adulé durant son enfance. Xavier, lui, revoyait de temps à autre Patrick, même s'il ne lui avait pas pardonné l'enfer qu'il avait fait subir à leur mère.

— Pour répondre à ta question, reprit Xavier en se rendant compte que faire allusion à son père avait été une très mauvaise idée, ils se sont séparés il y a six mois.

— Qui a quitté qui ? Il a chassé plus baisable ailleurs ou elle en a eu marre de vivre avec un chien qui renifle tout ce qui passe ? persifla Cathie.

— Ils sont quand même restés plus de trois ans ensemble, tempéra Xavier. Si j'écoute papa, c'est lui qui l'a larguée. Ce qui est sûr, c'est qu'il l'a trompée plus d'une fois.

— Et il en a retrouvé une autre qui le supporte ? interrogea Anna malgré elle. Ou « il ne peut pas s'empêcher de butiner les jolies fleurs qui s'offrent à lui », comme il nous l'expliquait pour tenter de se dédouaner.

— Même si je continue à voir papa, se justifia Xavier, j'ai conscience qu'il a parfois le cerveau dans le slip… et je trouve ça consternant.

— Tu as raison de le revoir, se radoucit Cathie. Et il s'intéressait à vous… quand il passait à la maison.

— Sinon, je… je crois que… hésita Xavier, conscient qu'il enclenchait une machine infernale.

— Tu crois que quoi ? l'invita Cathie.

— Oui, accouche ? insista Anna.

Xavier regretta aussitôt sa décision et pria pour que les homards grillés arrivent maintenant, pour créer une diversion salutaire. Mais aucun serveur n'apparut à l'horizon. Il se jeta donc à l'eau.

— Il a découvert une photo de toi sur le site Internet de *Bretzel et beurre salé*, et…

— Et ? continua Cathie en se demandant ce que son ex-mari avait encore sorti comme saleté contre elle.

— Il t'a trouvée jolie.

— Impossible que ton père se soit exprimé comme ça ! affirma-t-elle.

Pris au piège, Xavier lâcha, fataliste :

— Il a déclaré, je cite : « C'est qu'elle est devenue super bonne ! J'ai presque des regrets. »

Le bruit du verre qui venait d'éclater entre les doigts de Cathie invita le couple de retraités à scruter l'air de rien les bateaux du port, l'oreille aux aguets, attendant la tempête qui ne tarderait pas. Anna saisit la main de sa mère et en retira un morceau de cristal qui s'était superficiellement planté dans sa paume. Elle se força à rester calme pour éviter un drame.

— Dis-toi que, sorti de sa bouche, ça peut être considéré comme un compliment, tenta-t-elle sans conviction.

— Parce qu'après vingt-cinq ans d'un mariage désastreux, tu crois qu'imaginer ton père excité en pensant à moi, ça a un côté flatteur ?

— Non, évidemment, intervint Xavier. Je l'ai engueulé parce qu'il te manquait de respect… Ça l'a fait rire.

Comme pour clore la discussion, deux serveurs

approchèrent et déposèrent les assiettes devant les convives :

— Le demi-homard grillé, avec son jus de crustacés tandoori et ses pommes de terre sautées. Souhaitez-vous que nous vous apportions des bavoirs pour vous protéger ?

Le plat chassa instantanément Patrick Kaiser des esprits et son fumet distilla un parfum de bonne humeur pour le reste de la soirée.

29

Menace

Bretzel et beurre salé fermait exceptionnellement tard ce mardi soir. Cathie avait accepté un service supplémentaire pour un groupe d'une vingtaine de personnes qui s'était présenté juste avant vingt-deux heures. Elle avait laissé rentrer Julie, mais Erwan était resté derrière les fourneaux. La confortable contribution aux comptes de l'établissement des seize bouteilles bues par les convives n'était pas à négliger. Et puis, avouons-le, cela avait aidé Cathie à éloigner le blues qu'elle ressentait depuis le départ de ses enfants.

Cathie avait observé Erwan toute la soirée. Il continuait à traîner sa misère, et elle avait pris une décision forte : il ne repartirait pas du restaurant avant d'avoir vidé son sac, dût-elle le harceler jusqu'à ce qu'il craque. Comme il venait de terminer le nettoyage des plans de travail, elle s'approcha de lui :

— Maintenant, il faut qu'on parle !

— De quoi encore ? grommela Erwan sur la défensive.

— Est-ce que tu me fais confiance ?

— Bien sûr ! Vous avez toujours été là pour moi.

— Alors pourquoi tu ne veux pas nous expliquer ce qui cloche ? Et ne dis pas que je me fais des idées, tout Locmaria voit que tu as des problèmes. Depuis que tu m'as révélé que ton passé te rattrapait, j'ai respecté ton silence. Mais ça ne peut plus durer !

— Ce sont MES problèmes !

Comme il quittait la cuisine, Cathie lui bloqua fermement le passage. Étonné, Erwan tenta de la contourner, mais sa patronne résista.

— Ça ne peut plus durer comme ça, Erwan. Tu te pourris l'existence, tu rends Julie malheureuse et ça empire de jour en jour.

— Vous pourriez pas comprendre, se raidit Erwan.

— Parce que tu penses que tout a été facile dans ma vie ?

— Si… si je vous parle, je vous mets en danger.

— Je prends le risque.

Erwan hésita longuement. La prudence lui ordonnait de se taire, mais Cathie avait raison. Son caractère et son moral se dégradaient jour après jour. Il observa son amie, déterminée, et décida de lui faire confiance, au moins en partie. Il devait assumer les erreurs de ses choix passés.

— On peut s'asseoir et boire un *lambig* ? demanda-t-il en baissant les armes.

Il s'installa pendant que Cathie sortait deux verres et une bouteille.

— Alors ? lança-t-elle en les servant généreusement.

Dans un ultime réflexe, Erwan jeta un œil en direction de la porte d'entrée, puis il se força à regarder sa protectrice.

— Je connaissais Jordan Kalfon… et je sais pourquoi il a été tué.

La révélation laissa Cathie sans voix. Erwan inspira longuement et continua.

— Il y a trois ans, j'ai dealé pour gagner quelques euros. Une idée stupide comme je les multipliais à l'époque. Un pote de biture m'avait donné le nom de son fournisseur, un gars de Quimper. C'est comme ça que j'ai rencontré Jordan. Un type un peu paumé, comme moi, pas foncièrement mauvais, qui végétait entre petits boulots et aides sociales. Par contre, il était nettement plus démerdard et organisé que moi. Il avait monté un réseau et ma position géographique à Locmaria l'intéressait. Il n'avait personne dans le village. Quand il a évoqué ce que je pouvais palper, j'ai cru que ma fortune était faite. Alors j'ai accepté de revendre de l'herbe et un peu de coke. Ce que j'ai vite découvert, c'est que, soit je n'étais pas doué pour ça, soit Locmaria ne s'y prêtait pas… surtout que j'ai commencé après la saison touristique. Au bout de quelques semaines, je me suis fait choper et j'ai frôlé la correctionnelle. Du coup, ça m'a calmé direct et j'ai arrêté. On est quand même restés potes avec Jordan.

Cathie buvait les mots de son employé. Plus il parlerait et plus il se libérerait de ce passé dont il demeurait prisonnier. Nul besoin de le motiver à poursuivre, les vannes étaient ouvertes.

— Début juillet, juste avant la résolution de l'affaire Quéré, Jordan a repris contact avec moi. Il était sur un très gros coup, organisé par des pros. Il allait jouer dans la cour des grands. Il m'a relancé, en m'assurant que si je me débrouillais bien je pourrais me faire entre cinq et dix mille euros par mois pendant l'été. J'ai refusé net. Il a insisté en m'annonçant qu'il repasserait avec des gens qui me convaincraient. J'ai pas compris ce qu'il voulait, mais il est revenu… accompagné d'un affranchi, un vrai dur. J'ai tout de suite vu que l'affaire puait. Le nouveau a essayé de me faire plier, mais j'ai pensé à Julie, à ma grand-mère et à vous, à la confiance que vous m'accordez… et j'ai tenu bon. Inutile de vous dire qu'ils ne s'attendaient pas à ce que je résiste. Ils n'ont pas insisté davantage mais ils sont partis en menaçant de s'en prendre à l'une de vous trois si je parlais aux flics. Vous saisissez maintenant pourquoi je suis coincé ?

Cathie s'accorda quelques secondes pour analyser les aveux d'Erwan avant de répondre.

— Tu es en train de me dire que tu penses que cet « affranchi » est responsable de la mort de Jordan Kalfon, c'est ça ?

— Le type est un dur qui appartient à une famille marseillaise. S'il est venu à Quimper, c'est pour organiser un trafic à grande échelle. D'ailleurs, je ne vois pas Jordan à la tête d'une telle affaire. Il y a forcément quelqu'un au-dessus. Bref, j'imagine que Jordan a essayé de le doubler. Il ne savait pas qui il avait en face de lui.

— Et ton inconnu l'aurait tué pour ça ? s'étonna Cathie.

— On n'est pas chez les bisounours ! C'est un signal lancé à ceux qui tenteraient de s'opposer à « eux ».

— Je comprends, mais tu es sûr de ne pas vouloir témoigner à la gendarmerie ? Tu pourrais leur donner le signalement du truand qui t'a menacé ?

— Désolé Cathie, mais ça dépasse Julienne et ses hommes. Si votre fils avait bossé aux stups de Quimper, je lui aurais peut-être parlé. Mais là, on a affaire à des vrais méchants. Pas question que je déballe tout à des amateurs. Alors, je vous en supplie, promettez-moi de ne répéter à personne ce que je viens de vous raconter ! ajouta-t-il, implorant.

— Je te le promets, concéda Cathie en regrettant la décision du jeune homme.

Il avait fait un effort en lui révélant cette partie de l'histoire, mais il s'était muré dans le silence quand elle avait évoqué l'identité du Marseillais. Elle ne pouvait s'empêcher de se demander s'il ne le connaissait pas personnellement. Qui était ce truand dont Erwan avait si peur ?

— Vas-y Erwan, il est déjà près de minuit. Je vais tranquillement terminer de ranger la salle.

30

Agression

Comme elle passait un dernier coup de balai, sa discussion avec Erwan tournait en boucle dans sa tête. Jamais elle n'aurait imaginé le retrouver dans une telle situation. Elle comprenait sa réticence à livrer ses informations aux gendarmes mais elle n'était pas certaine que le jeune homme puisse se tirer seul du mauvais pas dans lequel il s'était mis.

Des cris au loin la tirèrent brusquement de ses pensées. Locmaria était toujours calme à cette heure avancée de la nuit. Les beuglements d'un noctambule trop alcoolisé ? Elle s'arrêta et tendit l'oreille. De nouveau, des éclats de voix… un appel au secours et… Erwan ! L'image du corps sans vie de Jordan Kalfon passa devant ses yeux. Non, pas une seconde victime ! Sans perdre une seconde, elle se rendit dans la cuisine et attrapa un couteau à désosser et un tranchoir à viande. Pas le temps de téléphoner aux gendarmes ! Elle se précipita sur la place du Port et hésita quelques instants. Guidée par de nouveaux hurlements, elle se dirigea vers une ruelle sombre. Deux silhouettes masquées s'acharnaient sur un homme recroquevillé.

— Lâchez-le ! vociféra Cathie.

Les deux inconnus observèrent la furie qui fonçait vers eux, une arme de guerre dans chaque main. Ils décochèrent un dernier coup de pied dans le corps roulé en boule avant de s'enfuir. Cathie s'arrêta près de son ami.

— Erwan, ça va ? demanda-t-elle tout en se rendant compte de l'absurdité de sa question.

Un borborygme lui répondit. Tremblante, elle alluma la lampe de son téléphone et se retint de crier. Erwan avait été défiguré par les coups. Du sang s'écoulait de sa bouche et des hématomes marquaient déjà son visage. Vite, appeler les secours ! Elle composa le numéro de la gendarmerie et attendit longuement avant que quelqu'un décroche. Elle savait qu'à cette heure tardive, la ligne basculait chez le militaire de garde.

— Gendarmerie de Locmaria, qu'est-ce qui se passe ? se renseigna enfin une voix endormie.

— Major Julienne, c'est vous ?

— Oui, qui est à l'appareil ?

— Catherine Wald. Je me trouve dans la rue de la Chapelle, près du port. Erwan Lagadec vient de se faire agresser. Il est très mal en point.

Le ton surexcité de son interlocutrice réveilla aussitôt le sous-officier. L'Alsacienne n'était pas du genre à faire de mauvaises blagues.

— Restez avec lui, réagit-il très professionnellement. J'appelle tout de suite une ambulance et je serai sur place dans dix minutes. Ça ira ?

— Faites au plus vite, insista-t-elle en raccrochant.

La tension était retombée et elle jeta un coup d'œil aux alentours. Les agresseurs ne reviendraient sûrement pas. Ils avaient mené leur action d'intimidation, même si l'intervention de Cathie avait sans doute évité à leur victime une correction encore plus brutale. Erwan sortait peu à peu de l'état second dans lequel l'avait plongé le déferlement de violence qu'il venait de subir.

— Cathie… c'est vous ?

— Oui, ne bouge pas. Les secours vont arriver d'une minute à l'autre.

Il essaya de s'asseoir, mais un cri de douleur suivit immédiatement sa tentative.

— Oh, putain… ça fait trop mal, gémit-il.

— Ils se sont déchaînés, mais on va très vite s'occuper de toi, le rassura-t-elle en tamponnant ses blessures avec son foulard.

— Je… je vous avais dit…

— Chuttt, repose-toi.

— Dites à Julie… de faire attention à elle ! supplia Erwan.

— Ne t'en fais pas. Je vais la prévenir. Elle passera te voir à l'hôpital dès demain.

Erwan se tut quelques instants, comme pour reprendre des forces. Cathie connaissait assez son cuisinier pour savoir qu'il était dur au mal. Elle éclaira de nouveau sa figure qui devenait violacée.

— À quoi je ressemble ? s'inquiéta-t-il.

— Ils t'ont abîmé le visage, mais on va soigner ça. Maintenant, reste le plus calme possible, l'ambulance ne devrait plus tarder, lui ordonna-t-elle en installant délicatement sa tête sur ses genoux.

Quelques minutes plus tard, le coup de frein d'un véhicule annonça l'arrivée de la gendarmerie. Cathie reposa doucement un Erwan silencieux et se dirigea vers le major Julienne.

— Alors ? interrogea-t-il en s'approchant. Oh ! nom d'une pipe, ils l'ont salement amoché. Qu'est-ce qu'il s'est passé ?

Comme Cathie racontait son intervention, le militaire examina les deux couteaux abandonnés sur le trottoir.

— C'est avec ça que vous les avez mis en fuite ?

— Vous savez, je n'ai pas réfléchi. En entendant les cris, j'ai pris les premiers trucs que j'ai réussi à attraper et j'ai accouru.

— Vous aviez de quoi vous défendre ! Et lui, qu'est-ce qu'il en dit ? demanda Julienne en désignant Erwan allongé sur le sol.

— Qu'il souffre et qu'il attend l'ambulance, s'impatienta Cathie.

— Enfin, ils ne lui sont pas tombés dessus par hasard !

— Écoutez, major, s'agaça Cathie, fatiguée. Votre envie de commencer votre enquête est louable. Mais le plus important pour le moment, c'est de s'assurer qu'Erwan n'a subi aucune lésion grave et d'apaiser ses douleurs.

31

Le sachet

La nouvelle des malheurs d'Erwan s'était répandue dans Locmaria comme une traînée de poudre. Cathie avait décidé d'aller à la gendarmerie porter plainte pour Erwan et de témoigner officiellement. Certes, elle n'avait pas vu grand-chose, mais le moindre détail pouvait avoir son importance. La violence de l'agression prouvait que les inconnus n'en étaient pas à leur coup d'essai.

Comme elle s'arrêtait déposer un sac au restaurant, une silhouette lui emboîta le pas.

— Salut, Cathie, je viens prendre des nouvelles d'Erwan.

Surprise, Cathie sursauta avant de reconnaître Marine Le Duhévat.

— Désolée, je ne t'avais pas vue entrer, s'excusa Cathie en embrassant son amie. Je n'ai pas réussi à joindre l'hôpital. Alana va lui rendre visite en fin de matinée. Elle m'appellera ensuite.

— C'est quand même fou, cette histoire. Tu as une idée de ce qui a pu provoquer une telle agression ?

— Non, mentit Cathie à regret, soucieuse de respecter sa promesse.

— Un passage à tabac sur le port de Locmaria, ça craint vraiment ! J'espère que la gendarmerie va réagir ce coup-là !... Sinon, comment tu vas faire pour le restaurant ?

— Comment ça ?

— Je te fais remarquer, ma vieille, que tu n'as plus de cuistot pour quelques jours.

Cathie la fixa. Choquée par les événements de la nuit, elle n'avait pas encore intégré cet aspect des choses.

— Je vais me débrouiller avec Julie. Je ferai les tartes flambées et elle s'occupera des tables.

— Alors que tu refuses du monde tous les soirs ? s'étonna Marine. Même si elle est très efficace, elle ne pourra pas répondre à toutes les sollicitations.

— Alors je demanderai à une des filles de Cécile de venir m'aider. Elles assurent bien.

— Sauf qu'elles sont parties deux semaines en vacances en Grèce, insista Marine.

— Et merde ! Tu as raison, reconnut Cathie en s'effondrant sur une chaise. Je vais me mettre à la recherche d'une intérimaire. Je devrais pouvoir trouver ça, non ?

— Sans doute, mais sûrement pas aujourd'hui. Du coup, ce soir, c'est moi qui te donnerai un coup de main pour le service.

Cathie regarda silencieusement son amie.

— Il y a un truc qui ne va pas ? s'inquiéta Marine.

— Si, ça va très bien, mais t'es trop chou. Tu as déjà dû prévoir autre chose. Ça me gêne d'accepter. Ça me gêne d'autant plus que tu étais déjà venue à ma rescousse le soir de l'ouverture du resto.

— Ça te gêne, mais tu n'as pas le choix. Par contre, j'amènerai avec moi ma petite dernière. Gwendoline rêve de voir comment tourne le restaurant de sa grande copine Cathie.

Rassérénée par la gentillesse de son amie et la solution à un problème qu'elle n'avait même pas envisagé, Cathie quitta son établissement et se dirigea vers la gendarmerie.

Cathie adressa une rapide prière au bon saint Ternoc pour que Ronan Salaün soit de garde. L'adjudant était en poste depuis des années à Locmaria. Enfant de la région, il connaissait toutes les histoires du village sans pour autant tomber dans le commérage de comptoir, et il était plus enclin à négocier que ses collègues, quitte à jouer avec les limites du règlement.

Cathie poussa un discret soupir de soulagement en reconnaissant l'épaisse chevelure grise de son interlocuteur en train de taper à deux doigts sur un clavier agonisant. Salaün leva la tête, alerté par le bruit de la porte qui se refermait. Il adressa un rapide sourire à Cathie, mais son visage devint ensuite anormalement sérieux.

— Bonjour, adjudant, comment allez-vous ? entama Cathie.

— Bonjour, madame Wald. Moi, ça va. Hélas, la vie de Locmaria est de plus en plus perturbée.

— À qui le dites-vous ? J'ai promis au major Julienne que je viendrais témoigner. Je voudrais aussi déposer plainte pour l'agression d'Erwan.

Salaün la regarda tristement et garda le silence durant de longues secondes. Le mutisme de ce personnage d'habitude si jovial devenait inquiétant.

— Mais qu'est-ce qu'il se passe ? s'alarma Cathie. Erwan a eu des complications ?

Elle savait qu'au cours des deux dernières décennies les deux hommes avaient tissé des liens solides que le parcours chaotique d'Erwan n'avait pas brisés.

— Pas d'ordre médical. Même si Erwan mettra quelques semaines avant de récupérer totalement, son état n'est pas alarmant. Mais il s'est passé quelque chose. Quelque chose que je n'aurais jamais imaginé, lâcha-t-il d'un ton lugubre.

— Vous m'angoissez, Ronan, le relança Cathie en l'appelant involontairement par son prénom. Parlez !

— Je ne suis pas certain d'être autorisé à vous transmettre l'information, madame Wald.

— Pas de ça avec moi, adjudant. J'ai bien compris que vous aviez besoin de partager votre… secret.

Ronan Salaün abandonna le guichet d'accueil et se dirigea vers une petite salle de réunion plus discrète. Il était seul, exceptionnellement, et laissa la porte ouverte pour surveiller une éventuelle arrivée.

— Ce matin, en rangeant le blouson d'Erwan, une infirmière a découvert quelque chose dans une poche.

Cathie respecta la pause nécessaire au dénouement de l'histoire, mais une crainte lui noua le ventre. Qu'est-ce qu'Erwan avait fait pour mettre Salaün dans cet état ?

— Elle a trouvé un sac plastique contenant une cinquantaine de cachets d'ecstasy.

Cathie aurait été moins choquée si le fameux ciel breton lui était tombé sur la tête.

— Vous… vous êtes certain ?

— Hélas, oui.

— Mais c'est impossible ! se révolta-t-elle. Erwan n'aurait jamais pris un tel risque ! Il a retrouvé une vie qui lui plaît, la femme qu'il aime, l'attachement de ses amis ! Pourquoi irait-il trafiquer cette saleté ?

— Je vous énonce juste un fait, madame Wald. Vous savez que j'ai une profonde sympathie pour Erwan et que j'en suis le premier désolé.

— Mais lui, qu'est-ce qu'il a dit ? Il vous a forcément donné une explication.

— D'après lui, quelqu'un a mis l'ecstasy dans sa poche.

— C'est évident, adjudant !

— Vous avez vu quelque chose qui permettrait d'étayer cette hypothèse ?

— Je n'ai rien remarqué, mais des gens malintentionnés auraient très bien pu glisser ce sachet dans sa veste au restaurant. Ou les deux voyous qui l'ont agressé, tiens ! Je suis sûre qu'Erwan n'y est pour rien !

— Pour le moment, tout l'accuse, madame Wald. D'ailleurs, qui aurait eu intérêt à l'impliquer dans un trafic de drogue ? À moins que vous ne disposiez d'informations qui nous aideraient à le disculper…

Une nouvelle fois, Cathie repensa à la confession d'Erwan. Elle hésita longuement à la divulguer au major Salaün. Elle avait confiance dans l'homme, mais comment les gendarmes traiteraient-ils cette information ?

— Non… je n'ai pas de faits tangibles à vous livrer, conclut-elle, vaincue. Il avait juste l'air inquiet, ces derniers jours. Julie Fouesnant pourra sans doute vous en dire plus.

— On ne l'a pas encore prévenue de la découverte de l'ecstasy. Je vous prie de ne pas lui en parler avant que je l'interroge.

— Compris, adjudant, affirma Cathie en croisant discrètement les doigts derrière son dos.

— Madame Wald, cette histoire me désole autant que vous. J'espère de tout cœur qu'Erwan nous donnera une explication qui le blanchira. Mais je suis gendarme et je dois faire mon métier.

— Bien sûr, adjudant. Du coup, que devient-il ?

— Il va encore rester à l'hôpital. On le transférera quand son état de santé le permettra, lâcha Salaün.

Abattue, Cathie remercia le militaire et quitta le bâtiment. Le ciel avait perdu son éclat et le rire des mouettes lui parut cynique. Une seule personne pouvait les aider : Yann Lemeur.

32

Enquête

Assise à l'ombre d'un pin, Cathie n'avait pas touché à son déjeuner. Ce paysage sublime partagé vingt-quatre heures plus tôt avec ses enfants avait perdu son pouvoir apaisant. Cathie avait vécu son week-end familial comme une délicieuse pause avant une nouvelle série d'épreuves et les révélations de l'adjudant Salaün avaient porté un sacré coup à son moral… Pourrait-elle un jour profiter de la vie sans que des éléments contraires lui pleuvent dessus ? Avait-elle offensé une quelconque divinité ? Depuis son divorce, elle était l'incarnation de la femme forte qui fait face à l'adversité et se sort des pires situations, mais même une femme forte a besoin de vrais moments de répit !

Le grincement du portail la rasséréna. De retour de la gendarmerie, elle avait appelé Yann Lemeur pour partager avec lui les dernières nouvelles.

Il n'avait certes pas la prestance ou l'humour de certains hommes qu'elle avait fréquentés, mais il possédait une qualité bien trop rare : l'honnêteté. Solide comme le granit de son pays, il tenait bon dans les tempêtes. Comme Cathie, il avait connu son lot de malheurs et il était l'ami fidèle dont on rêvait, celui qui arrive pour les coups durs et ne vous laissera jamais tomber.

Cathie se retourna et le regarda s'approcher. Il était quand même pas mal avec son visage bronzé, ses cheveux coiffés à la diable et ses épaules carrées. Peut-être un peu trop massif, mais rassurant et presque séduisant…

Elle se leva pour l'embrasser et l'invita à s'asseoir.

— Alors, qu'est-ce qu'il se passe ? Je t'ai sentie perturbée au téléphone.

— Oui, il y a de quoi. Tiens, si tu n'as pas eu le temps de manger, n'hésite pas à te servir, l'encouragea-t-elle en lui présentant les rillettes de maquereau et la salade composée presque intactes. La bouteille de muscadet doit encore être fraîche.

— Ça a l'air fameux. J'arrive directement du journal où j'ai glané quelques informations de mon côté. Je t'écoute, ajouta-t-il en tartinant généreusement un morceau de pain.

Cathie lui raconta la confession d'Erwan, l'agression nocturne et enfin la découverte de l'ecstasy dans sa veste. Narrer ainsi les événements lui permettait de reprendre pied dans la réalité. Ils avaient une enquête à mener, des preuves tangibles à trouver. Elle accepta machinalement le verre de blanc que lui tendait Yann.

— Vu de l'extérieur, résuma Yann, Erwan se retrouve dans une situation délicate : son itinéraire tumultueux, son agression inexpliquée, la drogue dans la poche… même le fait qu'il ne participait pas avec Julie à la soirée du *Magic Breizh*. Des mauvais esprits pourraient imaginer qu'il était occupé à écouler sa came !

— Tu le penses vraiment ? se crispa Cathie.

— Pour ce que je connais d'Erwan, non. Mais le doute est possible. Est-ce qu'il aurait replongé ? Et toi, qu'est-ce que tu en dis ?

Cathie regarda le ciel qui se couvrait. Les mouettes planaient au loin, insensibles aux problèmes d'Erwan Lagadec et aux états d'âme de Cathie Wald.

— J'en dis qu'il n'avait aucune raison objective de courir un tel risque.

— Avait ?

— J'ai confiance en Erwan, mais je sais que le passé peut parfois te rattraper.

— On aurait pu le faire chanter, c'est ça ? traduisit Yann.

— C'est une hypothèse, même si j'y crois peu. On l'a menacé de s'en prendre à son entourage proche. Est-ce qu'il aurait accepté de revendre de la drogue pour acheter la protection de ceux qu'il aime ?

— Il va falloir que ce garçon sorte de son mutisme, conclut Yann.

— J'ai d'autres éléments qui pourraient nous aider.

Yann se cala sur sa chaise, prêt à enregistrer le moindre détail.

— Comme je te l'ai dit tout à l'heure, Kalfon a présenté Erwan à un truand notoire. Ce que j'ai oublié de te préciser, c'est qu'Erwan le connaissait.

— Vas-y, l'encouragea Yann, concentré.

— Erwan n'a pas voulu me dire son nom, mais l'homme en question appartiendrait au milieu marseillais.

— Le milieu marseillais s'installerait à Quimper ? Ce n'est pas dans ses habitudes.

— Attends la suite, l'interrompit Cathie. Ce

week-end, Xavier a rencontré Fanch Guirec, un de ses anciens camarades de lycée maintenant en poste au commissariat de Concarneau. Son collègue lui a révélé la présence, ces derniers jours, d'un caïd marseillais à Quimper. D'ici à ce qu'on ait affaire à la même personne.

— Il a son identité ?

— Fanch la lui a transmise ce matin : un certain Bertrand Sposito.

— Sposito ? répéta Yann, les yeux écarquillés.

— Oui, ça te parle ?

— Plutôt ! C'est le parrain d'une des familles marseillaises du crime organisé. Un type spécialisé dans la came et la prostitution.

— Tu penses que ce Sposito pourrait être celui qui a intimidé Erwan ?

— Sûrement pas. C'est un notable maintenant. Il aurait envoyé un de ses hommes de main. Tu as parlé de tout ça à nos gendarmes ?

— Non, ils seraient capables d'insinuer que j'affabule pour défendre Erwan. Par contre, compatit-elle, je comprends mieux pourquoi Erwan a peur depuis plusieurs jours.

— Ça expliquerait aussi la mort de Kalfon, enchaîna Yann. Ces mecs-là n'ont pas de limites… J'en reviens pas qu'ils viennent s'installer chez nous. Ils ont forcément lié une alliance avec un gang breton, mais lequel ?

— À ton avis, on pourrait aller à la pêche aux informations ?

— Laisse les gendarmes se débrouiller. Après tout, c'est leur boulot.

— Je pensais plutôt à une enquête en parallèle. Kalfon,

Loïg et Erwan ont déjà été victimes de ces truands. Et puis, ils ont proféré des menaces contre Yvonne Le Moal, Julie Fouesnant… et moi. Aujourd'hui, ajouta-t-elle avec une hésitation feinte, j'ai plus confiance en toi qu'en Julienne et ses troupes.

Elle lui prit la main pour appuyer sa déclaration. Propulsé au rang de chevalier blanc, Yann se dit qu'un bon article sur le sujet aurait sans doute un fort retentissement… pour peu qu'il y survive.

Une sonnerie de téléphone tira Yann Lemeur de ses rêves de prix Pulitzer. Il décrocha et entama une conversation qui ne s'éternisa pas.

— C'était Alana, résuma-t-il à Cathie, le visage fermé.

— Et alors ? Il y a quelque chose que je dois savoir ?

— Loïg est mort. Son cœur a lâché… ils n'ont pas réussi à le réanimer.

33

Triste soirée

Cathie ressentait toujours un vrai plaisir à accueillir des convives dans son restaurant et à observer leur regard réjoui en voyant arriver les plats sur la table. Elle acceptait avec grâce leurs compliments et s'associait à leur bonne humeur. Mais pas ce soir ! La nouvelle l'avait dévastée. Un peu honteuse, elle se félicitait d'être confinée dans sa cuisine à enchaîner la cuisson des tartes flambées.

Quand elle avait appris le drame à Julie et à Marine, les deux femmes n'avaient pas pu retenir leurs larmes. D'un commun accord, elles avaient décidé d'aller soutenir les Guillou, mais la boucherie était fermée. Le couple habitait juste au-dessus de la boutique, mais elles n'avaient pas osé les déranger. Émeline et Paulot avaient sans doute besoin de temps. Elles y retourneraient le lendemain matin à la première heure. La présence de ses amies avait apaisé Cathie. Partager sa peine, même en silence, c'est ce qui lui avait terriblement manqué à la mort de sa sœur Sabine, deux ans plus tôt.

Les convives ne s'étaient rendu compte de rien. En salle, Marine et Julie avaient affiché un sourire pendant toute la soirée, profitant des courtes discussions ou des plaisanteries des clients pour s'offrir quelques secondes de légèreté. Cathie n'avait pas dénombré la quantité de flammekueches qu'elle avait enfournées, mais elle aurait juré que jamais elle n'en avait préparé autant. Au moment du coup de feu, elle avait retiré son tee-shirt pour travailler en brassière sous son tablier, couverte de sueur. L'hilarité de Marine quand elle l'avait surprise dans cette tenue avait été communicative, et les trois femmes s'étaient retrouvées quelques instants en cuisine, prises d'un fou rire salvateur. Marine les avait quittées juste avant la fin du service. Elle avait salué Cathie qui l'avait longuement serrée dans ses bras, sans un mot, submergée d'émotion. À cinquante et un ans, Locmaria lui offrait des amitiés comme elle n'en avait jamais connu avant.

Comme elle nettoyait les dernières tables avec Julie, Cathie décida de briser la promesse faite à l'adjudant Salaün. Inutile de tourner autour du pot, surtout après la mort de Loïg.

— Je suis passée à la gendarmerie ce matin.

— Oui, tu m'as dit que tu avais rencontré Ronan.

— Il m'a révélé une information que je ne suis pas censée divulguer, mais là…

Inquiète, Julie regarda Cathie droit dans les yeux.

— Au sujet d'Erwan ?

Cathie hocha la tête et se lança :

— Salaün m'a annoncé qu'ils avaient trouvé des cachets d'ecstasy dans la poche de son blouson.

— Impossible !

— J'ai eu la même réaction, mais Erwan avait bien de la drogue sur lui. C'est une infirmière qui l'a découverte en rangeant ses affaires.

— Alors c'est quelqu'un qui veut le faire accuser ! s'emporta Julie. Tu sais, Cathie, je connais Erwan depuis plus de vingt ans. Il a fait des erreurs, mais grâce à toi il a repris pied, et c'est grâce à toi aussi que nous sommes enfin ensemble. Jusqu'à ces dernières semaines, il débordait de projets pour nous. Et je te promets que vendre de la drogue est à l'opposé de tout ce dont nous rêvons !

— D'accord, admit Cathie, mais ça ne pèsera pas lourd pour les flics.

— Ce n'est pas aux flics que je me confie, mais à toi. On doit trouver qui lui en veut à ce point !

Cathie resta silencieuse quelques instants. Devait-elle partager avec Julie la confession d'Erwan de la veille ? Après tout, oui… et d'ailleurs peut-être était-elle déjà au courant ?

Devant la mine effarée de la jeune Bretonne, Cathie comprit qu'elle entendait ce récit pour la première fois.

— Et c'est pour ça qu'un infime doute plane, conclut Cathie. Et s'il avait accepté de vendre, ou juste de transporter, de la drogue pour acheter la « protection » de ce fameux Marseillais ?

— Pourquoi ne m'a-t-il rien dit ? murmura Julie, abasourdie.

— Parce qu'il t'aime ! Parce qu'il voulait te protéger en te laissant hors de cette histoire sordide ! C'est un taiseux, notre Erwan.

Les larmes aux yeux, Julie sentait la colère bouillir en elle. Que devait-elle encore lui prouver pour qu'il lui fasse confiance ? Elle avait démontré depuis longtemps qu'elle n'était pas une petite chose fragile ! Non, se fâcher ne servirait pas la cause de son ami. Elle allait prendre la situation en main.

— La mort de Loïg va créer une vague d'émotion, releva-t-elle. Si quelqu'un dans le village apprend qu'Erwan a été arrêté avec de l'ecstasy dans ses poches, un lien sera vite établi. Je connais assez de gens malintentionnés qui se feront un plaisir de l'enfoncer, grimaça-t-elle, à commencer par son frère, Mathieu. Je lui rendrai visite à l'hôpital demain matin, et je ne sortirai pas avant qu'il ait craché tout ce qu'il y a à savoir.

— Pas certain que la police te laisse discuter avec lui, objecta Cathie.

— Ne t'inquiète pas pour moi. Je n'ai jamais manqué d'imagination.

34

La visite

Yann Lemeur raccrocha son téléphone et le déposa près de l'assiette qui ne contenait plus que quelques rares miettes de sablé aux pommes.

— Comment se porte ta fille ? lui demanda Cathie.

— Quand tu poses cette question à Alana, elle t'assure toujours que ça va… même si elle est à l'agonie. Le portrait de sa mère…

— Tu n'as pas encore compris qu'il existe chez les femmes un gène du sacrifice familial ? lui lança-t-elle, amusée. Tout donner pour les siens !

— Parce qu'il n'existe pas chez les hommes ? se défendit Yann.

— Mais si, bien sûr… enfin, pas chez tous les hommes, se rétracta-t-elle en repensant à l'égoïsme monstrueux de son mari. Sinon, tout s'est bien passé ?

— Nickel. Julie a pu s'entretenir avec Erwan à l'hôpital. Elle vient de sortir et elle est bouleversée. Elle nous rejoint directement chez toi.

— Les gendarmes ont donc accepté qu'elle le voie, se félicita Cathie.

— Elles ne leur ont pas demandé leur avis. Alana

lui a prêté une blouse d'infirmière et a expliqué qu'ils avaient besoin d'être seuls pour un soin qui pouvait durer.

Un large sourire éclaira le visage de Cathie. Elle aimait beaucoup la fille de Yann, et voir son fils, Xavier, s'entendre si bien avec elle l'avait réjouie. Elle ne s'était jamais immiscée dans la gestion des relations amoureuses de ses enfants, mais une liaison sérieuse entre son fils et la charmante infirmière ne serait pas pour lui déplaire.

Une demi-heure plus tard, Julie pénétrait à son tour dans le domaine de Kerbrat. Cathie avait préparé du thé et tiré quelques pains d'épices de son placard à kilos superflus, celui qu'elle n'ouvrait qu'en cas de détresse morale. Julie se jeta sur les gâteaux, preuve pour Cathie d'un récent choc émotionnel. Cependant, le visage grave de la jeune femme ne lui donnait pas envie de plaisanter. D'autant moins que des sillons de larmes asséchées se devinaient encore sur ses joues charnues.

La Bretonne inspira et leur révéla la confession d'Erwan.

35

Jeunesse d'Erwan Lagadec

Erwan Lagadec avait quitté Locmaria à l'âge de dix-huit ans. Orphelin d'une mère qu'il avait peu connue, il avait vécu une enfance poignante. Son père, Georges, lui avait toujours préféré son frère, et les choses ne s'étaient pas arrangées à la mort de sa mère. En entrant dans l'adolescence, Mathieu en avait fait son bouc émissaire, sous le regard amusé de son père, admiratif devant les exploits de son aîné. Le garçon avait été capitaine de l'équipe de football du village, il s'était imposé comme une bonne gâchette en suivant Georges à la chasse et il accumulait les succès avec les filles, qui tenaient à profiter de sa notoriété grandissante. Bref, un adolescent qui aurait pu avoir du charme et du charisme si ses valeurs morales avaient égalé ses performances physiques ! Malheureusement pour Erwan, son frère n'en tirait que plus d'arrogance et de mépris pour son cadet.

Sa grand-mère maternelle, Yvonne Le Moal, lui avait apporté la part de tendresse qui lui avait cruellement manqué dans le foyer familial. Personnage de premier plan du village, du moins par sa fortune et sa position au conseil municipal, Georges Lagadec ne craignait que sa belle-mère, désarmé devant le sourire et le caractère inflexible de ce petit bout de femme. Il avait tout essayé pour prendre le dessus : la flatterie, la menace et le chantage. Échec sur toute la ligne. Il s'était donc résolu à abandonner à Yvonne une partie de l'éducation de son cadet. Certes, elle n'en ferait pas l'homme viril qu'il espérait, mais cela lui laissait le temps de se concentrer sur le potentiel de son aîné, pour qui il avait d'immenses ambitions.

Les journées chez sa grand-mère avaient aidé Erwan à se construire. Ils allaient se promener dans les landes, elle lui avait appris à pêcher la crevette et la palourde, et le soir elle le berçait avec des légendes bretonnes. L'Ankou et les lavandières n'avaient plus de secrets pour lui. À l'âge de dix ans, la petite Julie Fouesnant s'était jointe à eux. Les deux enfants étaient devenus inséparables, et tout le village parlait de les marier plus tard. Georges Lagadec voyait ce projet chimérique d'un mauvais œil. Julie était la fille d'un sardinier et d'une mercière. Même s'il méprisait Erwan, c'était un Lagadec et il avait un rang à tenir. Georges se réconfortait en se persuadant que son futur héritier se lasserait de ses amours enfantines. En revanche, ce qu'il n'avait jamais accepté, c'était la passion pour la cuisine qu'Yvonne avait transmise à Erwan. Une activité de gonzesse, tonnait-il quand on évoquait devant lui le passe-temps de son cadet.

À seize ans, Erwan avait souhaité s'orienter vers une école hôtelière. Il avait finalement cédé à son père inflexible et avait obtenu, comme convenu, son CAP en mécanique. Georges Lagadec le voyait déjà reprendre un garage au Guilvinec, mais à dix-huit ans, à la fureur de son père, Erwan lui avait fait un gigantesque bras d'honneur en décidant de s'adonner à sa passion. Un affront que son géniteur avait relevé avec force sarcasmes et moqueries !

Motivé comme jamais et encouragé par sa grand-mère et Julie, Erwan avait rassemblé ses économies et quitté la Bretagne. Pendant trois ans, il avait parcouru l'Europe, en commençant par accepter des tâches ingrates. Son amour pour la cuisine et son talent avaient convaincu ses patrons de lui confier des activités plus nobles. À vingt ans, il secondait le chef toscan d'une auberge proche de Sienne. Il s'était découvert, au cours de ce voyage initiatique, un don pour les langues étrangères. Erwan parlait, plus ou moins bien, l'italien, l'anglais et l'allemand. Ce furent les années les plus enthousiasmantes et excitantes de sa vie. Riche d'un nouveau pécule et d'une belle expérience de la restauration, il avait décidé de devenir son propre maître. Il avait acheté un food-truck et s'était installé dans la région de Marseille. Erwan s'était rapidement constitué une clientèle d'habitués qui appréciaient sa nourriture. Salades, crêpes, burgers et plats cuisinés composaient sa carte. Une période de rêve, où le travail était adouci par la tendresse de Fanny, une jolie Marseillaise avec qui il partageait un petit deux pièces du côté de l'Estaque.

36

Galère marseillaise

Les ennuis avaient commencé lorsque Fabien Balard, un homme d'affaires originaire d'Aix-en-Provence, lui avait mis en tête des envies de grandeur : reprendre une paillote sur une plage non loin de Marseille. Fanny l'avait supplié de ne pas céder aux sirènes de la réussite. Elle avait déjà fréquenté ce genre d'oiseau et leurs beaux discours. Mais Erwan, naïf, avait suivi les conseils de son associé de fraîche date : « Écoute pas cette cagole. Elle a aucune ambition et tu vas végéter avec elle. Tu veux finir dans cinq ans avec trois minots et des dettes sur les bras ? » Quand, en désespoir de cause, Fanny avait menacé de le quitter s'il s'embarquait avec ce cacou, Erwan avait choisi le rêve vendu par Fabien. Il avait regretté pendant des années de ne pas avoir pris au sérieux les avertissements de Fanny et de l'avoir laissée partir. Mais son nouveau projet lui permettrait de montrer à tout Locmaria que le petit Lagadec avait réussi.

Le propriétaire de la paillote repérée par Fabien proposait d'aider son successeur en lui octroyant des conditions d'amis. M. Sposito avait tout de suite inspiré confiance à Erwan, sans arrière-pensées, qui avait engagé tous ses fonds dans l'affaire. Fabien Balard avait complété la somme. Bertrand Sposito était un homme poli, bien habillé, qui l'avait invité dans un excellent restaurant pour fêter la transaction. Le jeune Breton avait longuement préparé son plan : certes, il avait accepté d'acheter ses produits de base à M. Sposito mais, même si le tarif était un peu plus élevé que sur les marchés, il pourrait tout rembourser en cinq ans. Il deviendrait alors définitivement propriétaire de ce restaurant en bord de plage. Il lui avait trouvé un nouveau nom, mystérieux aux oreilles de la population locale : *Le Locmaria*. Fabien Balard et lui en feraient un lieu branché de Marseille. L'Aixois connaissait du monde : il assurerait la promotion de l'établissement.

Pendant six mois, Erwan avait travaillé comme un fou, ne s'octroyant que cinq heures de sommeil par nuit et aucun week-end. À la grande joie de son partenaire aixois, une clientèle s'était rapidement constituée, relançant ce restaurant autrefois considéré comme un piège à touristes. Cependant, des tensions avaient vite vu le jour entre les deux hommes. Si Erwan se donnait corps et âme à cette aventure, Fabien passait son temps à tourner entre les tables, offrant des tournées et plaisantant avec les jolies femmes. Les rôles étaient inéquitablement répartis. Quand Erwan l'avait menacé de chercher un autre associé, Bertrand Sposito leur avait rendu une visite courtoise avec deux de ses assistants, à l'allure inquiétante. Ne serait-il pas dommageable pour Erwan de se séparer d'un collègue comme Fabien, qui avait un si bon contact humain ? D'ailleurs, même s'il était minoritaire, Fabien Balard ne possédait-il pas lui aussi des parts dans l'affaire ? À la fin de leur entretien, Sposito lui avait fait une proposition qui permettrait d'accélérer le remboursement des traites. Dominique Angeloni, un de ses collaborateurs de confiance, allait fournir *Le Locmaria* en produits stupéfiants, très prisés par les clients. S'il n'avait pas été assis, Erwan serait tombé par terre. Il s'était opposé à ce trafic, mais le rictus mauvais de Doumé Angeloni et la moue faussement désolée de Sposito n'avaient pas laissé planer le moindre doute. Erwan était piégé. Les recommandations de Fanny lui étaient immédiatement revenues en tête, mais il était trop tard pour les regrets. Il pouvait encore tout abandonner, mais il ne trouverait personne à qui céder ses parts aussi rapidement. Il perdrait toutes ses économies. La mort dans l'âme, il avait accepté.

Les deux mois qui suivirent tournèrent au cauchemar. Erwan prit conscience qu'il s'était fait rouler dans la farine depuis le début en surprenant les regards que se jetaient Fabien et Doumé. Les deux hommes se fréquentaient depuis longtemps et s'étaient simplement servis de lui pour créer une façade idéale pour leur trafic de drogue. Chaque passage d'une patrouille de police le laissait en sueur : les saluer, sourire, répondre d'un ton détendu. D'ailleurs, les flics connaissaient peut-être les magouilles de Bertrand Sposito et touchaient leur pot-de-vin au passage. Un mois plus tard, Erwan remarqua des anomalies dans les comptes. Maquillées par les experts de Sposito, les écritures de son établissement servaient à blanchir de l'argent sale. C'était plus qu'il ne pouvait en supporter : s'il avait vu son père se compromettre pour s'enrichir, c'est en admirant l'honnêteté de sa grand-mère qu'il s'était construit. Le jeune entrepreneur avait alors commis une erreur fatale.

Par l'entremise de Doumé Angeloni, il avait demandé une audience à Bertrand Sposito. Le chef de la famille l'avait reçu dans sa somptueuse maison nichée dans les hauteurs du Roucas Blanc, dans le septième arrondissement. Remonté par la colère et perdant toute notion de prudence, Erwan n'avait pas mâché ses mots. Il avait menacé Sposito de prévenir la police s'il ne remettait pas de l'ordre dans les comptes et dans leurs relations. Le mafieux avait gardé son calme et promis de chercher un arrangement. Le soir même, après la fermeture, une partie de la paillote prenait mystérieusement feu. Un appel anonyme avait alerté Erwan qui s'était rendu de toute urgence sur place. Trois hommes cagoulés l'attendaient et l'avaient violemment molesté, le laissant pour mort.

Erwan avait séjourné deux semaines à l'hôpital de la Timone, seul. Il n'avait eu que deux visites.

La première pendant qu'il dormait. Il avait trouvé sur sa table de nuit un paquet de calissons d'Aix, des friandises qu'il avait découvertes en débarquant à Marseille. « C'est une jolie fille avec des cheveux bruns tout bouclés et des beaux yeux violets qui vous les a déposés. Elle n'a pas voulu vous réveiller », lui avait expliqué une infirmière. Si Erwan avait tenu le coup jusque-là, il s'était effondré en larmes en comprenant que Fanny avait eu vent de ses malheurs et était passée le voir… Lui qui l'avait rejetée pour faire fortune ! À sa colère et à sa rancœur se mêla un insupportable sentiment de honte. Il ne connaissait même pas sa nouvelle adresse pour la remercier. Mais aurait-il eu le courage de lui demander pardon ?

Son autre visiteur avait été Dominique Angeloni, qui lui avait apporté un bouquet de fleurs de la part de

M. Sposito. Doumé ne s'était pas attardé, mais lui avait discrètement glissé un conseil d'ami : il serait dommage que la police apprenne que l'établissement appartenant à Erwan Lagadec avait servi à vendre de la drogue. Inutile pour un Breton de fréquenter la prison des Baumettes !

Erwan avait reçu le coup de grâce en consultant sa police d'assurance. Le contrat, négocié en toute confiance avec Bertrand Sposito, ne couvrait pas les dégâts infligés au restaurant la nuit du drame. Erwan était ruiné !

À sa sortie de l'hôpital, Doumé l'attendait. Il l'avait escorté jusque chez Bertrand Sposito, qui lui avait proposé de lui racheter ses parts pour la somme misérable de cinq mille euros ! Il y ajoutait généreusement un billet de train en première classe pour Brest et la promesse de le laisser tranquille… à condition que le Breton n'évoque jamais cette triste affaire. La mort dans l'âme et le couteau sous la gorge, Erwan avait signé.

Il avait ensuite végété dans Marseille pendant trois mois, acceptant des petits boulots et dormant dehors certaines nuits. Il avait souhaité tomber par hasard sur Fanny, mais il n'avait jamais croisé son chemin. Peut-être était-ce mieux ainsi ? Un soir, il avait assumé le fait qu'il était un raté et que son destin le renvoyait à Locmaria. Même s'il revenait les poches vides, il ne demanderait rien à son père. Comme un paria, il tenterait de supporter les quolibets et les moqueries du village. Au moins retrouverait-il des lieux qu'il connaissait. À Marseille, le soleil qui attirait les touristes et les routards brûlait les rêves et laissait apparaître la misère brute et sans fard. Il tuait tout espoir d'un monde meilleur, celui qu'on s'était imaginé en descendant dans le Sud.

37

Bertrand Sposito

La vie avait repris son cours à Locmaria. Cathie avait finalement trouvé une intérimaire pour les aider en salle. Si elle était pleine de bonne volonté, Madeleine avait une expérience limitée. Julie l'avait coachée pour lui apprendre à vitesse express les bases du métier. Le joli sourire de Mado compensait les approximations du service.

Le succès de *Bretzel et beurre salé* ne fléchissait pas, mais c'est l'histoire d'Erwan qui occupait les esprits de Cathie et de Julie. Yann avait commencé à s'intéresser de près à la piste marseillaise. Il avait repris contact avec Florian Peillard, un journaliste au quotidien *La Provence*, avec lequel il s'était lié d'amitié au cours d'une enquête sur la vie des patrons pêcheurs phocéens. Celui-ci lui avait envoyé de nombreux articles sur les faits d'armes de Bertrand Sposito.

Bertrand Sposito était un vrai Marseillais, issu d'un milieu populaire et monté à la force du poignet. Né dans le quartier du Panier, abandonné par son père quelques heures après sa conception, orphelin de mère, il avait été élevé par sa grand-mère, Félicité Sposito, une figure du secteur. Elle avait quitté le trottoir à l'âge de trente ans, après avoir poignardé son proxénète un soir qu'il l'avait trop frappée. Cet acte l'avait délivrée et, avec l'aide d'une amie, d'un bon avocat et d'une volonté de fer, elle avait ouvert une mercerie, tout en continuant à tremper dans le trafic de cigarettes pour assurer des conditions de vie décentes à son petit-fils, Bertrand. Année après année, elle s'était imposée comme une personnalité respectée. Saint Louis version femme du 2e arrondissement, on venait la consulter pour débrouiller les petites affaires auxquelles on ne voulait pas mêler la police. Ses partenaires avaient rapidement compris qu'on ne plaisantait pas quand on parlait affaires avec Félicité Sposito, et Bertrand avait retenu la leçon. Ne jamais laisser entrevoir de faiblesse et ne faire preuve de magnanimité que lorsqu'on a la situation en main et que son débiteur le sait.

Avec la discrète assistance de Félicité, Bertrand s'était initié aux codes du petit banditisme. Une fois son baccalauréat brillamment obtenu, il avait mené des études commerciales tout en se formant auprès de l'entourage de Francis Vanverberghe, dit Francis le Belge. Un double cursus qui lui donnait une respectabilité reconnue par les autorités locales. Il avait ainsi créé une société de BTP florissante, tout en se spécialisant dans le trafic de stupéfiants, passant à travers les balles qui sifflaient durant les règlements de comptes des années quatre-vingt-dix. Lui-même en avait distribué quelques-unes pour éliminer des concurrents gênants.

Félicité était morte le jour des trente ans de Bertrand. Un drame pour le mafieux, qui lui avait offert des funérailles comme Marseille n'en avait que rarement vu. En son honneur, il était devenu le protecteur des lettres et arts marseillais, n'hésitant pas à subventionner salons littéraires et expositions.

— Bref, conclut Yann après un rapide résumé aux deux femmes, soit ce type est venu en Bretagne pour investir dans le salon bigouden du livre, soit il est au cœur du trafic qui nous occupe. À vous de choisir.

— Il paraît intouchable, se désola Julie.

— Tu sais, relativisa le journaliste, dans son cas, on est intouchable jusqu'au jour où on se trompe dans sa comptabilité ou alors qu'on se met un juge incorruptible sur le dos. C'est ce qui est arrivé à Al Capone.

— N'empêche que pour le moment on a en face de nous Al Capone avant qu'il croise Eliot Ness, remarqua Cathie. La question qui se pose est : « Qui est son associé en Bretagne ? » Et là, pour avoir la réponse…

38

Coiffure

Passer du temps chez *Cheveux en folie* ferait du bien à Cathie. D'abord parce que ses premiers cheveux gris faisaient tardivement leur apparition. Elle s'imposait une allure parfaite quand elle travaillait dans son restaurant. Dans l'imagerie populaire, l'Alsacienne est blonde : elle mettait donc un point d'honneur à préserver sa couleur, conscience professionnelle oblige. Et même si elle ne voyait pas les années défiler avec une angoisse particulière, elle avait envie de conserver cette allure séduisante qu'elle avait façonnée au lendemain de son divorce. Ensuite parce que Rose Dentremont était d'agréable compagnie : elle n'avait pas la langue dans sa poche et dispensait une énergie bienfaisante aux clients qui la côtoyaient.

Rose avait accepté de la recevoir exceptionnellement pendant la pause déjeuner : il fallait bien se rendre service entre commerçants. Cathie s'était présentée à l'heure pile, une boîte de *bredele* à la main. Partager des petits sablés alsaciens à l'heure du café offrirait un moment de complicité bienvenu.

— C'est dramatique, ce qui est arrivé à Loïg ! entama

Rose Dentremont tout en s'attaquant à l'application de la couleur.

— Les Guillou sont dévastés, et je t'avoue que cela m'a bouleversée, renchérit Cathie.

— Le gamin n'a vraiment pas eu de chance. A priori, il n'avait pas avalé quelque chose de très fort.

— Certaines personnes font des réactions très violentes dès leur premier joint ou leur premier cachet d'ecstasy.

— Effectivement, confirma Rose. En plus, j'ai appris hier que Loïg souffrait d'asthme et que les médecins lui avaient découvert une malformation cardiaque à l'autopsie.

— Tu as un sacré réseau d'information !

— Émeline est passée me voir après la fermeture. Elle avait besoin de se confier, la pauvre femme. Elle se sentait coupable d'avoir insisté auprès de son mari pour que Loïg se rende à cette soirée.

— Et tu sais comment Paulot a réagi ? s'inquiéta Cathie.

— Il ne l'a pas accablée. Ce n'est pas la faute de son épouse si quelqu'un a proposé de la drogue à Loïg. Ils sont très proches dans leur douleur.

— Quand je pense que mon fils et ma fille étaient avec lui au *Magic Breizh* ! Xavier avait remarqué des comportements bizarres chez certains clients.

— Tu penses qu'il aurait repéré un trafic ? Il y a toujours du mouvement dans ce genre de fête. Il s'est peut-être fait des idées.

— Ça m'étonnerait, affirma Cathie. Il travaille à la brigade des stups de Grenoble.

— Dans ce cas, je m'incline. Et tu sais s'il a identifié des revendeurs ?

— Je ne crois pas. Il n'était pas en service, il avait plus la tête à faire la fête qu'à traquer de potentiels dealers.

— En parlant de dealer, enchaîna Rose, tu as entendu ce qui se dit à propos d'Erwan Lagadec ?

— Il se dit tellement de choses sur ce garçon, s'attrista Cathie.

— C'est vrai que le destin ne l'épargne pas, mais il est revenu à mes oreilles qu'on aurait trouvé de la drogue dans ses poches.

— De la drogue ? s'exclama Cathie en prenant un air stupéfait. Impossible ! Je connais Erwan et il ne se lancerait pas là-dedans.

— Eh bien, il semblerait qu'on ne connaisse pas si bien les gens qu'on le croit. Il aurait transporté de l'ecstasy…

— Mais c'est une accusation grave, Rose ! D'où est-ce que ça vient ?

Gênée, Rose hésita un moment :

— Toujours mon réseau, mais là, c'est délicat de lâcher un nom… si tu vois ce que je veux dire.

Cathie voyait très bien ce que la coiffeuse sous-entendait. La quarantaine épanouie, Rose était une femme qui ne cachait pas son appétit pour la vie et la moitié de la population masculine fantasmait sur ses formes et son rire complice. Quelques-uns avaient bien dû rejoindre son lit ou l'arrière-salle du salon. D'après ce qu'avait l'air d'annoncer Rose, un gendarme aurait très bien pu allonger la liste des élus.

— À notre âge, et avec notre physique, se justifia Rose, il faut bien se donner un peu de bon temps. Ne me dis pas qu'appétissante comme tu es tu n'as jamais profité de l'intérêt d'un homme. Et cet Anglais qui te tournait autour ?

— Je dois avouer que je n'aurais rien eu contre, se confia Cathie, mais j'ai trop attendu. C'est Natacha Prigent qui l'a croqué.

— Ah, la garce ! Elle m'avait juré qu'elle n'y avait pas touché. Elle veut conserver son rôle d'inaccessible salope !

Cathie ne put déceler si Rose s'était uniquement exprimée sur le mode de l'humour cavalier ou si un ressentiment ne sous-tendait pas ses propos. Elle choisit de ne pas approfondir le sujet, même si dénigrer la tenancière de *L'Aven* lui aurait fait le plus grand bien.

— Enfin, pour revenir à quelque chose de plus sérieux, reprit la coiffeuse, je serais curieuse de savoir si les gendarmes progressent sur la piste de ces trafiquants. Il ne faudrait pas que Locmaria se transforme en Medellín.

— On n'en est pas encore là, mais il est vrai qu'ils ont l'air un peu paumés, nos pandores, reconnut Cathie. Et c'est pour ça que j'ai décidé de mener l'enquête avec Yann, ajouta-t-elle sur le ton du défi.

— Tu es bien courageuse, l'admira Rose. Surtout après ce qui est arrivé à Erwan et à Kalfon !

— Si ça se trouve, je ferai chou blanc. Mais ça touche des gens que j'aime. Alors je ne peux pas rester les bras croisés.

Un ange passa, un ange avec le sourire de Loïg.

— Au fait, la messe d'obsèques a lieu demain à dix heures, la renseigna Rose. Je fermerai exceptionnellement le salon. C'est pas que je sois très bonne chrétienne, mais il y a forcément quelque chose là-haut. Et ce serait bien qu'on soit nombreux à l'accompagner une dernière fois. Tu seras des nôtres ?

Cathie se mordit les lèvres. Elle n'était plus entrée dans une église depuis l'enterrement de sa sœur, Sabine, sans doute le moment le plus dramatique de sa vie. Aurait-elle la force de mettre les pieds dans Saint-Ternoc sans que ces instants douloureux ressurgissent et l'assaillent ?

— Il aura besoin de toi aussi, insista Rose.

— Je viendrai, décida Cathie en se confiant à la grâce d'un Dieu de l'existence duquel elle doutait depuis ses quinze ans.

39

Retour à Kerbrat

Encore une soirée où le restaurant n'avait pas désempli ! Aux nombreux touristes s'ajoutaient les Bretons curieux de découvrir cet établissement dont on se transmettait l'adresse de bouche à oreille. Quel plaisir de découper la tarte flambée, puis de la rouler et de la manger avec les doigts pour respecter la façon alsacienne de la consommer ! Madeleine faisait des progrès rapides et s'était épanouie en présence de Cathie et Julie.

Minuit. La salle et la cuisine étaient rangées. Julie dresserait les tables demain dans l'après-midi et Madeleine les rejoindrait à dix-huit heures. *Bretzel et beurre salé* avait trouvé un nouveau rythme de croisière, mais Cathie se souciait d'Erwan. Non seulement il souffrait encore de ses blessures, mais si Rose avait eu vent de l'existence du sachet d'ecstasy trouvé dans les poches de son blouson, tout le village n'allait pas tarder à l'apprendre. Dieu seul savait comment allait réagir la population ! Yann s'était renseigné auprès de la gendarmerie et du commissariat de police de Quimper, sans résultat probant. On lui avait confirmé du bout des lèvres la présence de Bertrand Sposito dans la région, mais rien de plus. Le journaliste était persuadé que les autorités n'avaient pas avancé sur une enquête qui était loin d'être leur priorité.

Cathie ferma la porte du restaurant et regarda son vélo. Elle avait troqué ses chaussures de service contre une paire de baskets plus légères. Et si elle rentrait à pied pour prendre le temps de se changer les idées ? Le quartier de lune croissante éclairait peu, mais elle ne progressait pas non plus en pleine jungle amazonienne. Elle suivrait la route départementale plutôt que le sentier des douaniers. Inutile de risquer une chute ! Elle emplit ses poumons d'une grande goulée d'air. Le bruit ténu des haubans qui cliquetaient sur les mâts des voiliers l'apaisait. Plus besoin de se dépêcher, la douceur de la nuit l'invitait à la détente. Au bord de l'eau, un couple s'embrassait langoureusement. Quelques pipistrelles en chasse voletaient autour des rares lampadaires encore allumés sur le port et se gavaient de moucherons.

Les vingt minutes de marche avaient délassé Cathie. Se promener dans la nature libérait ses sens de la pression de la journée. Comme elle approchait du sentier d'accès empierré, elle activa la torche de son téléphone. Au loin, il lui sembla deviner un mouvement. Un chevreuil ? Un sanglier ? La région en regorgeait, et la perspective de croiser un de ces bestiaux ne l'enchantait pas. Sans doute n'était-ce que le fruit de la fatigue. Elle avança prudemment dans le noir. Soudain un nouveau craquement couvrit le murmure du vent dans les feuilles. Cathie s'arrêta, légèrement inquiète. Encore un virage et elle serait chez elle. Un bruit sec à une vingtaine de mètres. Un début de panique la saisit… si elle ne craignait pas la nuit, l'agression d'Erwan et les menaces portées contre ses proches étaient bien présentes dans sa tête. Elle se pencha, à la recherche d'un bâton, mais ne trouva rien. Elle se ressaisit et respira profondément pour calmer ses tremblements. « Tu es ridicule, ma pauvre fille ! » se lança-t-elle à voix haute pour chasser sa peur. Comme pour la contredire, une ombre se matérialisa, quelques mètres devant elle. Cathie s'arrêta net, tel un lapin hypnotisé par les feux d'une voiture. Non, ce n'était pas possible, ça ne pouvait pas lui arriver !

— Vous avez besoin d'aide ? s'enquit-elle pour se persuader qu'un randonneur perdu venait d'apparaître… à plus de minuit.

Pas de réponse. L'individu s'approchait lentement, sans un mot. Inutile de jouer les héroïnes. Une seule chose à faire : opérer un demi-tour et courir vers le village. Avec l'entraînement qu'elle s'imposait, elle distancerait l'inconnu. Comme elle s'apprêtait à sprinter, une seconde silhouette surgit à l'entrée du chemin. Elle était coincée. Les bruits de la forêt lui parurent soudain inhospitaliers. Puisque la fuite n'était plus une option, restait la négociation, une négociation avec deux types visiblement hostiles.

Elle tenta de les dévisager. Tout comme l'avant-veille, ils portaient une cagoule. S'agissait-il des hommes qui avaient agressé Erwan ? Elle les avait vus à l'œuvre et n'osa pas imaginer ce qui l'attendait. Le plus grand, celui qui s'était manifesté le premier, lui attrapa le bras. Dans un réflexe, elle se débattit et se libéra :

— Lâchez-moi ! Vous vous croyez où ?

— Oh, mais c'est que madame Wald est une forte

femme ! se moqua l'inconnu. On souhaitait faire un petit bout de chemin avec toi.

— Inutile, je connais la route jusqu'à la maison. Messieurs, je vous salue bien, ajouta-t-elle en tentant de les contourner.

— Tsss, tsss, mais c'est qu'elle a le sens de l'humour aussi, répliqua le truand en lui bloquant le passage.

— Bon, qu'est-ce que vous voulez ? s'énerva Cathie d'une voix qui laissa percevoir sa peur malgré elle.

— T'expliquer la vie, ma belle !

— Parlez-moi autrement ! On n'a pas gardé les cochons ensemble !

Le second homme lui asséna une violente claque.

— Ça suffit !

Cathie perdit l'équilibre et s'effondra, s'écorchant le genou. Elle ne ressentit rien, tant la terreur lui nouait maintenant les entrailles.

— JP, ne parle pas comme ça à Mme Wald, ironisa le plus grand d'un ton faussement protecteur. Elle a le droit de comprendre pourquoi elle va passer un moment avec nous. Tu vois, on n'a rien contre toi. Tu n'es finalement qu'une victime collatérale dans tout ça. C'est ça qui est désolant, insista-t-il, narquois.

Son adversaire s'amusait à jouer au chat et à la souris avec elle, mais elle garda le silence. Déçu, l'homme continua :

— Ce qui va t'arriver, tu le dois à Erwan Lagadec. Tu t'en doutais un peu, non ? C'est à cause du bavardage de ton cuisinier que tu vas nous offrir un bon moment.

— Alors on y va ? grogna le plus petit en glissant sa main sous la jupe de Cathie.

Comme piquée par un taon, elle se releva d'un bond.

C'était pire que ce qu'elle avait imaginé. Elle n'avait plus qu'un choix : hurler jusqu'à s'en faire claquer les cordes vocales. Son cri se perdit dans l'obscurité de la nuit et fut interrompu par une deuxième gifle.

— Tu penses que quelqu'un va venir te sauver au milieu des bois ? s'esclaffa le plus grand, qui lui avait brutalement immobilisé les bras. On est entre nous… et on est bien, non ?

Cathie ne prit pas la peine de lui répondre, mais hurla de nouveau. Rien, pas une voix, pas un bruit. Son sort était-il scellé ? Allait-elle être abusée dans cette forêt qu'elle aimait tant ? Le contact des doigts qui tentèrent de lui arracher sa jupe lui injecta une nouvelle dose d'adrénaline. Elle rugit, plus fort encore, lançant des coups de pied dans le vide. Elle ignora la troisième claque et l'image de son agresseur, qui s'acharnait sur la ceinture de son pantalon.

— Tu veux crier ? Je vais t'en donner des raisons.

L'homme n'eut jamais l'occasion de lui préciser ce qu'il avait exactement en tête. Un éclair silencieux jaillit du bois et se précipita sur l'entrejambe du dénommé JP. Son hurlement surpassa largement en décibels celui de Cathie. Les mains en coquille sur son bas-ventre, il ne s'intéressa plus à la situation ni au chien, qui s'attaquait maintenant au mollet de son complice. Schlappe, comme enragé, venait de découper un morceau de viande dans la patte ennemie. Un coup de pied dans les côtes le força à lâcher prise.

— Putain, on se casse ! ordonna le plus grand à JP, qui peinait à se relever.

Fidèle garde du corps, Schlappe s'assit près de sa maîtresse, grognant et surveillant la fuite lamentable des malfaiteurs. Cathie se hâta vers sa propriété. Une fois dans la maison, elle ferma toutes les portes à clé, baissa les volets et s'effondra sur le canapé. Exceptionnellement, elle avait autorisé Schlappe à rester avec elle à l'intérieur.

— Tu es un bon chien, lui répéta-t-elle plusieurs fois en se serrant frénétiquement contre lui, tu es le meilleur.

Sécurisée par la présence de la crème des animaux transformée en monstre pour la sauver, Cathie attendit que ses tremblements s'atténuent, puis décrocha son téléphone. Plusieurs sonneries s'égrenèrent. Pourvu qu'il réponde !

— Oui, allô... qui est-ce ?

— Yann ! cria-t-elle, soulagée. C'est moi, Cathie. Je te réveille ?

— Non... j'allais juste me coucher, assura une voix dont le ton endormi prouvait le contraire. Qu'est-ce qui t'arrive ?

— Je viens de me faire agresser, lâcha Cathie sans réussir à refouler ses larmes.

— Tu es où ? s'inquiéta le journaliste définitivement tiré de son sommeil.

— Chez moi, à Kerbrat.

— Tu es blessée ?

— Ça va, hoqueta-t-elle, Schlappe m'a sauvée du pire.

— Je suis chez toi dans vingt minutes.

En sautant dans son pantalon, Yann se demanda comment ce chien inoffensif pouvait sauver qui que ce soit. Il aurait le temps de poser la question une fois sur place.

40

Dernier adieu

Cathie regarda le porche de l'église Saint-Ternoc avec anxiété. La disparition de Loïg, le traumatisme encore trop vivace de la mort de sa sœur et l'agression de la nuit tournaient en rond dans sa tête. L'arrivée nocturne de Yann lui avait fait un bien fou. Ils avaient discuté pendant plus d'une heure avant qu'elle lui fasse son lit dans la pièce qu'elle appelait déjà « la chambre de Xavier ». Inutile de préciser que son sommeil avait été agité. L'odeur du café et du pain grillé qui l'avait réveillée le matin avait contribué à apaiser son angoisse. Depuis combien de temps un homme ne s'était-il pas occupé d'elle dans le simple but de la réconforter ?

Le soleil jouait sur les statues qui ornaient le portail gothique. Saints en pierre et figures chimériques accueillaient les fidèles depuis des siècles. Cathie pénétra dans l'édifice, accompagnée de Yann et de toute une partie de Locmaria. Natacha Prigent, vêtue d'une robe qui descendait sous les genoux, salua Cathie d'un geste de la main dénué d'agressivité. Cathie le lui rendit, regrettant un instant l'amitié qu'elles n'avaient pas réussi à construire. Un quart d'heure avant la cérémonie, l'église était déjà pratiquement pleine. Les habitants de Locmaria avaient tenu à rendre un dernier hommage au jeune garçon en se mettant sur leur trente et un. Certains costumes noirs ressortis des placards sentaient encore la naphtaline. Quand six hommes apportèrent le cercueil sur leurs épaules, plus aucun siège n'était disponible. Les derniers arrivés se serraient debout, sur les bas-côtés ou au fond de l'église. Cathie détourna son regard, repoussant les souvenirs douloureux. Le silence religieux céda la place au son de la cornemuse d'Alex Nicol. La mélodie poignante et familière d'*Amazing Grace* emplit la nef.

Quand le recteur Loïc Troasgou prononça son homélie, l'émotion avait depuis longtemps gagné l'assemblée. Le visage du prêtre, d'habitude ouvert et enjoué, reflétait la gravité du moment. Il chassa son trouble en se raclant la gorge.

— Mes sœurs et mes frères… aujourd'hui, nous préférerions tous être en train de vaquer à nos occupations. Sans doute nos petits soucis quotidiens nous manquent-ils quand nous voyons ce cercueil si fleuri face à l'autel ? Qui aurait pu imaginer, il y a moins d'une semaine, que nous serions réunis pour accompagner Loïg vers sa dernière demeure ? Moi-même, dimanche, j'invitais Émeline et Paulot à offrir un moment de liberté à Loïg et à lui faire confiance. Leur confiance envers ce garçon a-t-elle été mal placée ? Évidemment non ! Nous avons tous côtoyé Loïg. Nous l'avons vu apprendre et travailler à la boucherie. Il nous a salués avec son bon sourire, toujours heureux d'aider. Mais voilà, Loïg a croisé une tentation qu'il ne connaissait pas, celle de la drogue.

Il a trouvé sur son chemin une personne qui, pour une dizaine d'euros, lui a vendu la mort.

Loïc Troasgou s'arrêta quelques instants, ému, malgré les années passées à accompagner et à essayer d'apaiser la douleur de ceux dont il avait la charge.

— La révolte nous emplit tous ce matin. Un destin tragique a frappé l'un des nôtres. Devons-nous cacher cette révolte parce que nous sommes dans une église ? Non, la colère est juste quand on perd un être cher, qui plus est dans de telles conditions ! Le manque de l'être aimé, le regret de ce qu'on n'a pas su lui dire ou pas eu le temps de lui dire : oui, cette colère est légitime ! Alors Loïg, je te promets en mon nom, et au nom de nous tous, que nous ferons tout pour que ce qui t'est arrivé ne se reproduise pas. Nous nous engageons à aider la justice des hommes à stopper ce funeste trafic. Mais devons-nous nous contenter de cette colère, à l'égard de ceux qui t'ont vendu ce cachet d'ecstasy ou à l'égard d'un Dieu qui n'aurait pas su te protéger ? Si nous sommes tous réunis, côte à côte, quelles que soient nos convictions religieuses et philosophiques, c'est parce que nous croyons ou pressentons qu'il y a quelque chose après la mort. Nous accompagnons Loïg, car il n'a pas disparu. Il vivra bien évidemment dans nos esprits, mais il vivra bientôt auprès de Dieu. Je sais que certains doutent de cette affirmation, et je respecte cela. Mais Loïg, où qu'il se trouve aujourd'hui, ne vient-il pas de réaliser un extraordinaire miracle ?

Le recteur marqua une nouvelle pause et prit le temps d'observer la foule. Les villageois buvaient ses paroles, pendus à ses lèvres, intrigués.

— Jamais, mes sœurs et mes frères, jamais durant

mes sept années de ministère je n'ai vu autant de monde dans l'église Saint-Ternoc. Vous n'êtes pas venus pour vous montrer. Vous êtes venus par amour : oui, le mot est fort et il est si souvent galvaudé ! Vous êtes venus par amour d'un apprenti qui n'avait aucune position sociale à Locmaria mais qui nous a montré que la beauté de la vie ne réside pas dans la richesse ou le pouvoir. Vous vous êtes préparés et habillés avec plus de soin que si vous aviez assisté aux funérailles d'un personnage que notre société juge important. Vous êtes là, et vous avez abandonné vos querelles pour vivre cet instant de fraternité, de communion. C'est pour ce jeune homme qui découpait vos biftecks et qui vous les livrait sur la Vespa dont il était si fier que vous avez tous mis vos activités entre parenthèses. C'est pour rendre hommage à ce jeune homme, pour lui dire combien vous aimiez sa simplicité et sa gentillesse ! Alors oui, Loïg a réalisé un miracle, un miracle qui l'aurait fait éclater de rire si on lui avait dit un jour que tout Locmaria se réunirait grâce à lui ! Mes sœurs et mes frères, mes amis, remercions Loïg pour tous les infimes moments de bonheur qu'il nous a apportés au cours de son passage dans nos vies. Soyez certains que de là où il est il veillera sur Locmaria. Et enfin, ouvrons les yeux… et nous découvrirons d'autres Loïg au milieu de nous.

Comme le prêtre s'écartait, Julie Fouesnant s'approcha de l'autel, une guitare à la main. La jeune femme avait choisi une robe à fleurs pour accompagner le garçon. Deux semaines plus tôt, il avait osé, non sans embarras, la complimenter sur cette tenue. Elle s'installa sur une chaise puis, les yeux fermés, accorda sa guitare. Le son des premières notes de *Blowin' in the wind* s'éleva vers la voûte, rejoint par la voix cristalline de Julie.

Cathie, blottie contre l'épaule de Yann, ne retenait plus ses larmes. Sabine, sa petite sœur adorée, n'avait pas disparu elle non plus. Elle était ailleurs… elle veillait sur elle et continuait à vivre à travers tout ce qu'elle avait semé chez ses proches. Elle leva la tête et adressa un large sourire au ciel. Quand Julie termina l'interprétation de sa chanson, les reniflements de l'assemblée apparurent à Cathie comme un étrange et humoristique remerciement au jeune garçon pour la leçon de vie qu'il leur avait offerte.

41

Sur le parvis

L'ambiance qui régnait sur le parvis semblait irréelle. Des habitants qui se parlaient à peine au cours de l'année échangeaient quelques amabilités. Des visages habituellement fermés devenaient amicaux. Cela ne durerait que le temps de l'émotion. Mais peut-être que quelques graines de concorde et de bienveillance avaient été semées ?

Cathie avait quitté l'église au bras de Yann. Elle se moquait des ragots qui ne manqueraient pas de fleurir quand l'heure serait revenue à la normalité. La force tranquille du journaliste l'avait rassérénée. Elle avait besoin de sa présence chaleureuse et rassurante. Ils avaient embrassé Émeline et Paulot Guillou et leur avaient glissé quelques mots de réconfort. Voir ces deux forces de la nature en larmes devant le portail de Saint-Ternoc avait bouleversé Cathie. Loïg était un enfant de l'Assistance, dont la jeunesse avait été un chemin plus souvent pavé d'épines que de roses. Elle était touchée par l'image qu'offraient les deux tuteurs malheureux.

— C'était une belle messe, n'est-ce pas ?

Une voix féminine tira Cathie de ses pensées. Alexia Le Corre s'approcha et l'étreignit.

— Tu as vu ce qu'a réussi à faire notre Joan Baez locale ? tenta-t-elle pour détendre l'atmosphère en montrant ses yeux encore rougis. Je ne connaissais pas ce don à Julie.

— Elle chante magnifiquement bien, confirma Marine Le Duhévat qui s'était hâtée vers eux. J'ai épuisé mon stock de mouchoirs.

Elle embrassa à son tour Yann et les deux femmes.

— Et vous savez quoi ? demanda Cathie d'un air mystérieux. Natacha m'a saluée en entrant dans l'église !

— C'est pas vrai ! s'exclama Alexia. Si ce n'est pas un miracle, il faudra me dire ce que c'est !

— Ça durera ce que ça durera, mais ça prouve qu'à Dieu rien d'impossible, s'enthousiasma Marine. Vous allez au cimetière ?

— Loïg n'était pas originaire d'ici, intervint Yann. Où va-t-il être enterré ?

— Les Guillou l'accueillent dans leur caveau familial, expliqua Marine.

— C'est généreux de leur part… apprécia Yann. Je dois retourner à Quimper. Je déjeune avec Alana : elle assurait une garde ce matin et n'a pas pu se libérer pour la cérémonie. Je vous souhaite une bonne journée… et à ce soir, Cathie. Je passerai te prendre vers vingt-trois heures.

— Merci, Yann. À ce soir.

Marine et Alexia attendirent que le journaliste se soit éloigné avant de poser les questions qui leur brûlaient les lèvres.

— Ça y est, ma belle ? s'enthousiasma Marine dès qu'elle estima que Yann ne pourrait plus l'entendre. Tu as enfin conclu avec lui.

— Moins fort, la calma Alexia tout aussi excitée. Tu as envie que tout le monde l'apprenne ?

— Alors ? insista Marine dans un chuchotement. Ça n'a pas l'air de te réjouir plus que ça de sortir avec lui.

Cathie attira ses amies loin des oreilles indiscrètes.

— Yann a accepté de veiller sur moi.

— De veiller sur toi ? s'étonna Marine. Qu'est-ce que ça veut dire ?

— J'ai failli me faire violer cette nuit en rentrant chez moi.

La nouvelle atterra les deux femmes qui se rapprochèrent, formant inconsciemment un rempart de leurs corps. Cathie leur raconta son agression, sa panique et l'intervention providentielle de Schlappe. Elle termina, les larmes aux yeux, sur la proposition de Yann de dormir chez elle pour la protéger.

Marine et Alexia mirent de longues secondes à digérer le récit.

— Tu as prévenu la gendarmerie ?

— Pas encore.

— J'ai aperçu pratiquement toute la brigade à la messe, les informa Alexia. Tu pourrais attraper le major Julienne avant qu'il parte.

— Je vais déposer plainte, mais je voudrais éviter d'évoquer le rapport entre ce qui m'est arrivé hier et la situation d'Erwan.

— Comment ça ?

— J'ai peur que ça conforte les gendarmes dans leur conviction qu'il participe à un trafic de drogue !

— Même si je l'aime bien, c'est peut-être le cas, rétorqua Alexia.

Cathie n'avait pas raconté à ses amies la confession

d'Erwan. Elle ne voulait pas risquer des représailles sur l'entourage proche du jeune homme. C'était d'ailleurs assez ironique, vu ce qui s'était passé cette nuit. Comment ces deux types avaient-ils su qu'Erwan avait parlé ?

— Et tu as une idée de leur identité ? relança Marine. Des mecs prêts à abuser d'une femme en pleine nuit, on n'en trouve pas à tous les coins de rue !

— Ils étaient masqués, et je n'ai pas reconnu les voix. Sûrement pas des gens d'ici en tout cas ! Il y avait un grand, sans doute le chef, et un petit. Le grand jouait les caïds et le petit maîtrisait moins la situation. Il s'appelait JP.

— Parce que ces abrutis ont utilisé leurs prénoms devant toi ? s'étonna Marine.

— Oui, et plusieurs fois. Au début, j'ai cru avoir affaire aux agresseurs d'Erwan. Mais ils avaient agi rapidement et sans un mot. Ceux d'hier n'étaient pas aussi… pros. Heureusement pour moi !

42

Appel téléphonique

Avant de composer le numéro, Xavier Kaiser fixa un moment son téléphone. Il aurait hésité à déranger Alana s'il n'avait pas dû échanger avec elle sur la soirée du *Magic Breizh*.

Cathie avait vécu des périodes difficiles, mais elle avait toujours veillé à les laisser, Anna et lui, à l'écart de ses problèmes. Sa mère était comme ça : protectrice. Elle l'avait pourtant appelé pour lui raconter son agression. L'idée qu'elle aurait été violée sans l'intervention quasi miraculeuse de Schlappe l'avait plongé dans une rage folle. Il méprisait ceux qui, incapables de maîtriser leurs pulsions, détruisaient l'existence de femmes en les considérant comme de la viande. La présence de Yann aux côtés de Cathie l'avait rassuré. Même s'il n'avait que vingt-cinq ans, Xavier estimait s'y connaître en hommes : l'aide offerte par l'ancien marin au caractère trempé était une excellente nouvelle.

— Allô ?

Xavier profita une seconde de la voix de son amie avant de répondre.

— Salut, Alana. C'est Xavier. Je ne te dérange pas ?

— Non, pas du tout, je viens de finir de déjeuner avec papa et j'ai un peu de temps avant de retourner au boulot. Comment vas-tu ?

— Bien, et toi ?

— Ça va, je te remercie. Si ce n'est la mort de Loïg. Tu es au courant ?

— Maman m'a envoyé un message pour m'en informer. C'est terrible !

— Oui, dramatique… j'espère que les gendarmes arriveront à démanteler ce réseau. Les gendarmes ou nos parents, ajouta-t-elle d'un ton innocent.

— Comment ça ?

— Ils considèrent que la gendarmerie est inefficace. Ils ont donc décidé de mener l'enquête eux-mêmes. Cathie ne t'en a pas parlé ?

Xavier soupira et leva les yeux au ciel. Il comprenait mieux la cause de l'agression de sa mère : elle ne lui avait pas tout raconté !

— Mais ils réalisent qui ils ont en face d'eux ?

— Je crois qu'ils commencent à en prendre conscience, confirma Alana. Mon père a dormi chez ta mère cette nuit et il y retourne ce soir parce qu'elle se sentait menacée…

— Menacée ? C'est un euphémisme ! Elle a failli se faire violer en rentrant chez elle ! explosa Xavier.

Un silence suivit cette révélation.

— Papa ne m'a pas dit ça…

— En tout cas, je lui suis reconnaissant de la protéger.

— Oh ! il a toujours eu un côté chevaleresque… d'autant plus si c'est sa Cathie qui a besoin de lui. Et si ça peut te rassurer, j'ai déjà vu mon père se bagarrer pour me défendre contre des zonards qui me cherchaient dans la rue. On a fini au poste, mais les autres ont terminé chez le toubib. Ta mère est entre de bonnes mains !

— Ça me rassure vraiment. En fait, je t'appelais aussi pour reparler de cette soirée au *Magic Breizh.*

— Tu ne t'es pas remis de la prestation de Patrick Hernandez ? le taquina Alana.

— Un grand moment, effectivement, sourit Xavier pour lui-même. Mais ce n'est pas ça !

— Je t'écoute.

— La gendarmerie de Concarneau est surchargée et considère la mort de Loïg comme la faute à pas de chance. Je me suis repassé plusieurs fois le film des événements pour tenter de comprendre qui aurait pu lui fournir l'ecstasy. Je sais que ça paraît fou. Mais tu m'avais dit que tu avais remarqué un truc bizarre vers trois heures du matin, non ?

— Je m'en souviens bien. C'était près des toilettes, au sous-sol. Dans un coin, j'ai noté un homme et deux femmes qui n'avaient pas l'air de s'éclater particulièrement. À un moment, une des filles a sorti de l'argent de son sac à main et l'a tendu au type. Sur le coup, ça m'a surprise. Le gars a récupéré les billets et lui a donné quelque chose en échange.

Xavier laissa à Alana le temps de faire resurgir ses souvenirs. Il connaissait la faculté du cerveau à se remémorer des événements qu'il croyait avoir effacés. Il imaginait la jeune femme, les yeux fermés, en train de se rejouer la scène en boucle.

— Je dirais que la somme était assez conséquente. L'homme a eu du mal à glisser la liasse dans la poche intérieure de sa veste.

— Et lui, qu'est-ce qu'il lui a donné ? demanda Xavier en prenant soin de ne pas la brusquer dans sa réflexion.

— Un sachet en plastique... du coup, ça pourrait être de l'ecstasy. Mais je n'en ai aucune preuve.

— Est-ce que tu saurais me décrire ces personnes ? continua le policier.

— OK. Les filles d'abord. Une brune et une blonde, entre vingt et vingt-cinq ans. La blonde était petite, avec un air sage... enfin pas le même style pétasse que la brune qui balançait ses seins sous les yeux de tous les mecs qu'elle croisait.

Xavier fut surpris d'entendre Alana s'exprimer de cette manière. Elle était donc une femme comme les autres, et pas une sorte de déesse perchée sur un nuage : c'était rassurant.

— Bon, on n'en fera pas grand-chose, remarqua Xavier. Des comme ça, on les comptait à la pelle. Et l'homme ?

— Un peu plus âgé, grand, un costume, mais pas de cravate, plutôt pas mal. Et maintenant que j'y pense...

Xavier accorda de nouveau à son amie le temps de la réflexion. Il sentait qu'elle allait mettre le doigt sur quelque chose.

— Il ressemble à un type qu'on a déjà vu, ajouta Alana.

— On ?

— Enfin... surtout toi ! Je suis quasiment certaine que c'était le gars que tu as à moitié assommé au fest-noz de Locmaria.

— Mathieu Lagadec ?

— Peut-être, je n'avais pas retenu son nom, avoua Alana.

— C'est le frère d'Erwan, celui qui travaille dans le resto de ma mère et que les flics ont arrêté pour trafic de drogue. Sur une échelle de un à dix, tu es sûre de toi à combien ?

— Neuf, affirma Alana sans hésitation. Maintenant, qu'est-ce qu'on va faire de cette info ?

Xavier réfléchit quelques instants.

— Aucune investigation n'a été lancée par la police, donc ton témoignage ne sera pas pris en compte. Je pense… que tu devrais en parler à ton père, proposa-t-il malgré lui.

— Tu sais, le conforta Alana, nos parents se sont bien débrouillés quand il a fallu prouver l'innocence de ta mère dans l'affaire Quéré. Ils devront être vigilants, mais est-ce que tu vois d'autres solutions pour faire avancer l'enquête et mettre définitivement ta mère hors de danger ?

— En tant que flic, je me méfie toujours des initiatives personnelles de mes concitoyens. Et là… je me méfie en plus de l'amour immodéré de ma mère pour la justice !

— Idem pour mon père. On peut dire qu'ils se sont trouvés. Rassure-toi, je l'inciterai à la prudence.

— J'espère qu'il écoute plus tes conseils que ma mère ne suit les miens, soupira Xavier.

— Depuis la mort de maman, je suis devenue la petite voix de sa conscience, s'amusa-t-elle. Et à part ça, quand est-ce que tu reviens profiter de l'inoubliable séjour que tu as gagné au *Relais de Saint-Yves* ? À moins que tu n'aies déjà invité quelqu'un, j'aurais très envie de passer de nouveau du temps avec toi.

Le cœur de Xavier rata plusieurs battements et sa bouche s'assécha d'un coup.

— Moi aussi, répondit-il, en se maudissant que rien de plus romantique ou enflammé ne lui vienne à l'esprit. « Moi aussi »… sans déconner, c'était vraiment nul.

— Un prochain week-end ? insista-t-elle.

— Ma mère m'a demandé de faire un saut en Alsace… au sujet de l'accusation portée dans le journal contre mon grand-père. Mais dès que je peux, promis, je suis ton homme. Et si tu veux découvrir les montagnes et le gratin dauphinois, tu es la bienvenue à Grenoble.

— Avec plaisir, même si ce n'est pas exactement ça qui me motivera pour traverser la France et pour affronter la fournaise grenobloise. Maintenant, je dois me préparer pour le bloc. À très bientôt… je t'embrasse.

— Je t'embrasse aussi, répondit Xavier, tel un adolescent qui vient de décrocher son premier rendez-vous amoureux.

43

Soirée intime

Après l'émotion de l'agression, Cathie avait accepté la proposition de Yann de s'installer chez elle pour quelques jours. Schlappe était même le bienvenu à l'intérieur depuis son comportement héroïque de la veille.

Yann était passé la chercher à la fermeture du restaurant, et ils venaient de se garer devant le domaine de Kerbrat. Il récupéra dans le coffre le sac contenant ses affaires pour quelques jours et suivit son hôtesse.

— J'ai pris quelques vêtements et un pistolet qui appartenait à mon grand-père : un Walther P38 qu'il avait piqué aux boches pendant la guerre. Je le nettoie régulièrement et je m'entraîne de temps en temps avec.

— J'espère que tu n'auras pas à t'en servir, même si j'avoue que c'est rassurant, soupira Cathie. Mais depuis tout à l'heure, il y a un truc qui me travaille… cette phrase qui me trotte dans la tête…

— De quelle phrase est-ce que tu parles ?

— Un de ces fumiers m'a dit : « Ce qui va t'arriver, tu le dois à Erwan Lagadec. » Sur le coup, je n'ai pas fait trop attention… Je cherchais surtout une idée pour m'en sortir, mais ça m'est revenu ce soir. Erwan n'a rien balancé aux gendarmes, il avait tròp peur que les trafiquants s'en prennent à ses proches. Certes, il s'est confié à moi et il a tout raconté à Julie. Mais comment pouvaient-ils être au courant ? Et pourquoi s'en sont-ils pris à moi ?

— Effectivement, ce n'est pas très logique. Ils ont sans doute voulu lui mettre un coup de pression, lui montrer qu'ils ne plaisantaient pas et qu'il avait tout intérêt à se taire. Mais c'était tout de même risqué, et ça pouvait avoir l'effet contraire en poussant Erwan à une confession complète.

— Ce serait peut-être une bonne chose… même si j'ai peur que le major Julienne soit trop enferré dans ses certitudes pour le croire.

— C'est bien pour ça, conclut Yann, qu'il va falloir qu'on aide le destin en trouvant qui se cache derrière tout ça ! Cela dit, je pense sincèrement que l'agression était un avertissement, et qu'ils n'y reviendront pas.

— Tu as raison, admit Cathie, mais ce qui me rassure surtout, c'est que tu sois là. Encore mille fois merci d'avoir proposé de veiller sur moi. Pour te remercier, je vais bien m'occuper de toi. Tu vas te sentir comme un coq en pâte !

Flatté d'être ainsi mis en valeur, Yann jugea que cette agression ratée l'arrangeait finalement bien. À lui de tirer parti de ce rapprochement pour toucher le cœur de cette femme dont il était un peu plus amoureux à chaque fois.

Tous les deux plongés dans leurs pensées, ils entrèrent dans la maison, accompagnés de Schlappe, qui gambadait derrière eux.

Contrairement à ses habitudes, Cathie ferma tous les accès. Même si le niveau de risque avait sans doute chuté, elle ne voulait pas tenter le diable.

Ils montèrent à l'étage et, pour clore la soirée déjà avancée, Cathie offrit à son invité une tisane et quelques biscuits. Ils s'installèrent sur le canapé du coin cosy de sa superbe suite, et profitèrent tous les deux de ce moment de calme. Yann, toujours sur son petit nuage, s'imaginait occupé à une activité beaucoup plus romantique que celle de boire une infusion. Il ne put s'empêcher de sourire.

— … Alors… qu'est-ce que tu en penses ? Yann ? Allô ? Tu m'entends ?

— Euh… Pardon ? Excuse-moi, j'étais ailleurs ! bafouilla-t-il.

— Effectivement. Et vu ton air réjoui, cet ailleurs semblait plutôt sympathique. C'était où ?

Gêné et légèrement rosissant, Yann préféra couper court :

— Tu disais, Cathie ?

— Que ça pourrait être utile d'avoir un peu d'aide. Pourquoi est-ce qu'on ne mettrait pas Cécile, Marine et Alexia au parfum ? Elles fréquentent beaucoup de monde à Locmaria. Elles pourraient, l'air de rien, glaner des informations intéressantes.

— Tu n'as pas peur qu'elles laissent échapper quelque chose et que ça attire l'attention ? Tu t'es déjà fait agresser une fois !

— Je leur fais entièrement confiance. Si on leur explique bien les enjeux, elles feront preuve de prudence. Que penses-tu d'une réunion avec elles demain ?

— Qu'en tant que seul homme il faudra que je tienne

la route, plaisanta Yann en terminant son mug de tisane. Bon, je ne vais pas m'imposer plus longtemps. Il est tard et tu dois être fatiguée après la nuit dernière. Si tu es inquiète, n'hésite pas à venir toquer. Je ne suis pas loin.

Cathie accompagna Yann jusqu'à la porte de la chambre. Elle le remercia une fois de plus très chaleureusement de sa présence. Après un petit moment d'embarras, Yann, bien malgré lui, déposa une chaste bise sur sa joue en lui souhaitant une bonne nuit.

Cathie se déshabilla et enfila une nuisette, tout en s'avouant qu'elle aurait été encore plus rassurée avec un homme dans son lit, la serrant dans des bras musclés et tendres à la fois. Par ailleurs, elle devait quand même reconnaître que Yann avait son charme, et que son côté chevaleresque était très mignon… surtout pour une femme en détresse…

Cathie en était là de ses réflexions quand elle entendit qu'on frappait légèrement à la porte. Surprise et sans penser à passer un vêtement sur une nuisette qui ne laissait pas beaucoup de place à l'imagination, elle alla ouvrir. Yann la détailla de la tête aux pieds, un peu embarrassé.

— Euh… Excuse-moi Cathie, j'ai oublié mon smartphone.

Schlappe choisit ce moment pour se faufiler à l'intérieur de la chambre et s'installer au beau milieu du lit de Cathie, comme s'il s'autodéclarait « protecteur officiel ».

Cela les amusa et dissipa le trouble qui s'installait.

Muni de son précieux appareil, Yann retourna se coucher, les yeux encore pleins des formes voluptueuses de Cathie et le cœur gonflé d'espoir pour l'avenir.

44

Réunion de travail

Afin d'assister à leur première session de travail, Alexia avait abandonné la garde de la librairie à son mari et Marine avait laissé ses trois filles avec des Cornetto dans le congélateur. Seule Cécile n'avait pas pu les rejoindre. Ses cochons avaient besoin d'elle pour être nourris. Pas question de mettre ces braves bêtes au régime ! Elle avait fait promettre à ses amies de lui faire un résumé circonstancié de leur réunion.

L'arrivée de Julie sonna l'heure du déjeuner. Cathie avait dressé la table sur la terrasse et préparé des salades, et Yann avait sorti une bouteille d'edelzwicker bien fraîche. Schlappe tourna autour de Cathie jusqu'à ce qu'elle lui lance une saucisse spécialement cuisinée pour lui. Heureux, il l'attrapa au vol et s'éloigna d'un pas guilleret pour la déguster tranquillement.

— Le héros va prendre du poids, s'amusa Marine devant l'allure satisfaite du chien.

— Ne t'inquiète pas pour lui, la rassura Cathie. Il ira ensuite fureter tout l'après-midi dans les bois. Il est incapable de tenir en place… et je lui serai éternellement redevable de son apparition en pleine nuit.

— Vous vous êtes mutuellement sauvés… c'est une magnifique histoire, reconnut Alexia en se servant de la salade tomate-avocat. De ton côté Julie, quelles sont les nouvelles de ton homme ?

— Erwan va mieux, les informa Julie en s'étalant de la crème haute protection sur le visage pour éviter les fameux coups de soleil bretons. Ses blessures guérissent plus rapidement que le médecin l'espérait. Franchement, il est costaud !

— Et le moral ? s'enquit Yann.

— Moyen, mais il a repris du poil de la bête. Par contre, il s'est fâché quand je lui ai annoncé qu'on allait enquêter.

— On travaille pour lui et il râle ? s'offusqua Alexia.

— Je comprends sa réaction, la calma Yann. Kalfon est mort, Erwan s'est fait tabasser et il a vécu l'enfer à Marseille. Il a peur pour nous.

— Qu'est-ce qui s'est passé à Marseille ? s'étonnèrent en chœur Marine et Alexia.

Cathie avait hésité à tout leur dire. D'un commun accord avec Yann et Julie, ils avaient finalement décidé de mettre leurs amies dans la confidence. Elles devaient disposer de toutes les pièces du puzzle.

— Julie va vous raconter quelque chose, mais vous devez d'abord promettre de garder le secret sur tout ce que vous allez entendre, les prévint Cathie.

— Tu es bien mystérieuse, s'amusa Alexia.

— Notre sécurité à tous est en jeu, insista Cathie le plus sérieusement du monde. Interdiction d'en parler à qui que ce soit, même à vos hommes.

Troublées, Marine et Alexia se regardèrent en hochant la tête.

— On vous le jure.

Julie leur fit alors l'exposé des malheurs marseillais d'Erwan Lagadec.

Émues, les deux femmes peinèrent à revenir dans le présent. Pourquoi Erwan ne s'était-il pas confié plus tôt ? Elles l'auraient aidé à reprendre pied à Locmaria. Mais le passé était derrière eux et c'est l'avenir du garçon qu'elles devaient à présent éclaircir. Yann Lemeur enchaîna avec le témoignage d'Alana qui avait reconnu Mathieu Lagadec devant les toilettes du *Magic Breizh.*

— Mathieu dirigerait le trafic de drogue de Locmaria ?! s'indigna Alexia.

— On n'en a pas la certitude, temporisa Yann, mais disons que les faits ne jouent pas en sa faveur.

— Si ça se trouve, c'est lui qui a roué de coups son petit frère ! s'horrifia Marine. Mais quelle famille !

— Mathieu Lagadec n'était pas là ce soir-là, intervint Cathie. Il est grand et plutôt mince, alors que les deux agresseurs étaient plus râblés. Maintenant, rien ne prouve qu'il n'en a pas donné l'ordre !

— Vous pensez donc que c'est lui qui mène la danse ? s'interrogea Marine. Pour moi, il n'en a pas la carrure. Et puis même si c'est un trou du cul, il y a un monde entre harceler son frère ou quelques filles trop naïves et faire assassiner un Jordan Kalfon froidement.

— Tu as raison, il n'est sans doute qu'un chaînon dans cette histoire, approuva Yann. Mais cette rencontre au *Magic Breizh* reste notre indice numéro un.

— Parce qu'il y a un indice numéro deux ? Ne nous fais pas attendre ! s'anima Alexia qui se sentait l'âme d'Alice Roy, la fameuse détective de ses lectures d'enfance.

— Le prénom d'un de mes agresseurs, intervint Cathie. Son complice l'a appelé « JP » à plusieurs reprises. Et enfin, indice numéro trois, les deux hommes ont été sérieusement blessés par Schlappe. Il a mordu le premier quelque part entre les cuisses, et le second au mollet.

— Pour le numéro trois, réagit Marine, l'idéal serait d'impliquer la gendarmerie. Ils pourront savoir si nos deux suspects se sont présentés aux urgences ou chez un toubib de la région.

— C'est effectivement une bonne idée, reconnut Yann, mais on a déjà notre agent dans la place.

— Qui ça ?

— Ma fille, Alana.

— Tu la mouilles là-dedans ? s'étonna Marine.

— Je ne mouille personne, se défendit Yann. C'est elle qui a commencé à mener ses recherches avant même que j'aie eu le temps de lui donner mon accord.

— Mais comment va-t-elle s'y prendre pour avoir des informations ?

— Alana a toujours fait preuve de ressources insoupçonnées, et je ne doute pas un instant qu'elle trouvera les moyens d'arriver à ses fins. Elle doit me rappeler ce soir.

— C'est un excellent début, se réjouit Marine. Et nous, du coup, comment on peut aider ?

— Avant qu'on évoque votre contribution, les interrompit Julie, je vais vous présenter la mienne.

La tablée la regarda avec étonnement.

— Mathieu Lagadec se situe au cœur de cette histoire, résuma Julie. Même s'il n'est pas le patron, il détient forcément de nombreux éléments. Je me charge de lui tirer les vers du nez. Dans les mois qui ont précédé la résurrection d'Erwan, Mathieu m'a fait une cour à la limite de l'indécence. Par la force des choses, il s'est calmé quand je me suis rapprochée d'Erwan. Mais avant-hier, alors que je sortais de la boulangerie, Mathieu m'a arrêtée pour m'expliquer que si je cherchais un homme, un vrai, il se libérerait pour prendre la place de son frère.

— Non, ce n'est pas possible ! s'affligea Marine, consternée. Je le savais mufle, mais à ce point !

— J'ai connu pire, lâcha Cathie. Mais Julie, où est-ce que tu veux en venir ?

— S'il y a bien une chose qui n'a jamais changé chez Mathieu Lagadec, c'est sa suffisance. Il est persuadé d'être un Apollon. Pour lui, si une femme lui résiste, c'est qu'elle n'a pas pris conscience de ses qualités uniques et son physique avantageux. Vu son comportement, il est convaincu de continuer à me plaire. Et quoi de plus fragile qu'une fille en détresse, n'est-ce pas ? Elle cherche tellement à se faire consoler qu'elle acceptera facilement de le rejoindre dans son lit ou sur la banquette en cuir de son nouveau 4 × 4 !

— Je pense que tu vas faire une bêtise, anticipa Yann.

— C'est le meilleur moyen pour progresser dans notre enquête. Je vais contacter Mathieu pour lui proposer un déjeuner demain midi. Pendant le repas, je jouerai les amoureuses déçues et éplorées.

— Et ensuite ?

— Il devra me rassurer sur le futur qu'il veut m'offrir. Je sais parfaitement qu'il n'a qu'une vision à très court terme qui se terminerait par quelques parties de jambes en l'air. Mais avant d'en arriver là, je compte sur son besoin de m'épater et sur son envie de m'ajouter à la liste de ses trophées pour lâcher quelques infos.

— N'oublie pas ce qui est arrivé à la pauvre fille du supermarché il y a quelques années, la mit en garde Yann. Sous prétexte qu'il était son chef, ce salaud a abusé d'elle.

— Je connais l'histoire, Yann, mais j'ai trente ans et j'ai appris à me défendre.

Un silence prolongea la proposition de Julie.

— Fais quand même attention. Dès qu'une jolie fille s'approche de lui, il pense uniquement avec sa queue, commenta prosaïquement Alexia.

— De toute façon, ce n'est pas comme si on croulait sous les solutions. Je ne vais pas attendre en me tournant les pouces qu'il m'arrive la même chose qu'à Cathie… et ce n'est pas mon chat qui ne rêve que de dormir au soleil qui me défendra. Passons à l'offensive ! L'effet de surprise jouera en notre faveur.

Des hochements de tête validèrent le projet de Julie sans enthousiasme excessif.

— Et du coup, nous, à quoi on sert dans cette enquête ? s'enquit Alexia. On n'est pas venues faire de la figuration… même si tes salades sont succulentes.

— Vous, mesdames, expliqua Yann, vous êtes au cœur de la vie du village. Marine, avec tes cours matinaux de longe-côte, tu as sous la main toutes les pipelettes des environs.

— C'est charmant, merci pour elles !

— C'est peut-être charmant, mais est-ce que c'est faux ?

— Non, pas vraiment, avoua Marine. Mais je préférerais qu'on parle d'« informatrices en puissance » ?

— Parfait, approuva Yann avec un sourire. Quant à toi, Alexia, tu vois passer chaque jour les habitués qui achètent leur journal. Certains sont des maniaques du chien écrasé et connaissent tous les ragots des six derniers mois. Alors à vous de les brancher avec tact sur le sujet pour essayer de récolter des tuyaux. Comportements étranges, signes d'enrichissement soudain, aventures extraconjugales, enfin bref, tout ce qui leur paraît anormal… avec les Lagadec en point de mire. Locmaria va nous livrer ses secrets !

45

Urgences

Dix-huit heures trente. Alana avait le temps d'accomplir la vérification qu'elle avait promise à son père avant de quitter l'hôpital. Elle se recoiffa rapidement. Les saluts amicaux des collègues croisés dans les couloirs lui mirent du baume au cœur. Même si Alana était dotée d'une nature optimiste, il arrivait qu'elle ressente des coups de spleen face aux drames qui se jouaient certains jours. Elle évacua sa tristesse en repensant à son appel téléphonique de la veille avec Xavier. Il était sensible à son charme, c'était évident. Et en ce qui la concernait… eh bien, elle kiffait ce grand gars à la fois dur et rêveur… et mal à l'aise quand il parlait de sentiments. Alana menait une vie assez agitée, mais c'était la première fois qu'elle avait envie de stabilité. « Bon, ne t'emballe quand même pas trop vite, ma jolie. Tu ne l'as vu que deux jours ! »

Elle se dirigea vers le bureau des urgences. Une interne, arrivée il y a quelques mois, attendait d'éventuels patients. Moment de tranquillité rare dont profita la jeune femme.

— Salut, Karine. Tout va bien ?

— Ah, bonjour, Alana. Ça tombe bien que tu passes, je voulais t'appeler. Tu es libre demain soir ? J'organise enfin ma pendaison de crémaillère !

— Avec plaisir. Tu me donneras l'adresse. Je préparerai des quiches si ça te convient.

— Génial ! En général, les gens apportent uniquement de quoi picoler et pensent qu'on tiendra la soirée avec quelques paquets de chips. À part ça, je peux faire quelque chose pour toi ?

— Oui, j'ai besoin d'un renseignement. Est-ce que, il y a deux nuits, tu aurais vu débouler deux hommes venus se faire soigner pour des morsures ?

Karine la fixa, les yeux écarquillés.

— Effectivement, j'ai eu affaire à ces cas soc'. J'étais de garde cette nuit-là. Qui t'en a parlé ?

Alana décida de jouer franc-jeu.

— Ils ont agressé une de mes amies à Locmaria. Son chien l'a sauvée d'un viol de justesse.

— Ah, les enfoirés ! Ils m'ont servi un gros mytho, auquel je n'ai pas cru d'ailleurs.

— Tu as le temps de me raconter ce qui s'est passé ? On aimerait leur mettre la main dessus.

— Évidemment, s'exécuta Karine sans chercher à savoir qui était ce « on ». Les deux types sont arrivés sur le coup de deux heures du mat. Ils étaient complètement stressés et plutôt hostiles.

— Tu peux me les décrire ? Ils portaient un masque quand ils s'en sont pris à ma copine.

— Le plus grand avait le crâne rasé, une vraie tête d'abruti et un tatouage dans le cou : une espèce de dessin maori gravé à l'encre rouge. Lui, il avait été mordu au mollet. Malgré son jean, le chien avait entamé un bon bout de bidoche. Le second ressemblait vaguement à Johnny Depp, mais dans sa phase « cure de désintoxication ». Il a été blessé en haut de la cuisse. À quelques centimètres près, le toutou emportait ses grelots en prime… Une infirmière est venue m'aider. On a nettoyé tout ça et recousu les plaies. On les a aussi bourrés d'antibios et vaccinés contre le tétanos.

— Et le mytho qu'ils t'ont sorti, c'est quoi ?

— Qu'ils étaient allés tranquillement admirer la mer ! Tu parles, c'est le genre de mecs qui s'émerveillent plus devant un pack de bière et un match de foot que devant un ciel étoilé ! Ensuite, une meute de chiens enragés les aurait attaqués. C'était quoi, d'ailleurs, comme race ? Un doberman ?

— Non, une gentille bête croisée épagneul et bâtard de ferme qui est devenue folle quand elle a entendu les appels au secours de sa maîtresse…

— Un épagneul ? Je ne sais pas à quoi il est nourri, mais j'aimerais voir ça.

— Et, question à cent balles. Tu as les noms de ces deux vedettes ?

— Tu imagines bien qu'ils ne m'ont présenté aucun papier. Quand je leur ai demandé leur identité et leur adresse, ils m'ont donné des informations bidon.

— Merde, donc on n'a rien pour les tracer, se désola Alana.

— Et si, car super Karine a frappé. Comme je les ai trouvés louches, je les ai discrètement photographiés avec mon portable pendant qu'ils attendaient leurs antibiotiques.

— Ouaouh, tu pourras m'envoyer ça ?

— C'est comme si c'était fait, acquiesça-t-elle en

composant dans le même temps un SMS sur son téléphone. Et cerise sur le gâteau, je peux aussi te dire quel véhicule ils avaient !

— Tu as raté ta vocation : tu es la Mary Lester quimpéroise !

— Bah, quand même pas, sourit Karine. J'avais proposé à celui mordu à la cuisse de passer la nuit en observation, mais il n'a rien voulu entendre. Même si c'était des pauvres types, je les ai raccompagnés jusqu'à leur voiture. Une Citroën C4 Picasso rouge Lucifer dont l'immatriculation se termine par 706 – NM.

Alana la dévisagea, interloquée.

— Mon père possède la même voiture, se justifia Karine. Et pour la plaque, la caisse était juste garée sous un lampadaire… et j'ai une bonne mémoire.

— Tu es fabuleuse. Une dernière question, ajouta-t-elle en voyant des patients arriver. Est-ce que les flics sont venus t'interroger ?

— Non, pourquoi ?

— Mon amie a déposé plainte à la gendarmerie de Locmaria, mais a priori, ils prennent l'enquête par-dessus la jambe. Allez, je te laisse, voilà du monde !

— À demain soir, la salua Karine d'un petit signe de la main.

— À demain, avec des quiches… et des pizzas en prime. Je te dois bien ça pour toutes les infos que tu m'as refilées.

46

Déjeuner romantique

Mathieu Lagadec n'avait pas fait de commentaire déplacé lorsque Julie Fouesnant lui avait proposé de le retrouver pour déjeuner. Il avait aussitôt parlé de l'inviter. Elle avait hésité juste ce qu'il fallait avant d'accepter. De toute façon, il n'était pas question qu'elle débourse le moindre centime pour manger avec cet hypocrite.

Julie avait longuement réfléchi avant de se décider sur sa tenue. Si elle voulait l'émoustiller, elle ne pouvait pas s'habiller trop sobrement. D'un autre côté, jouer les Natacha Prigent en lui jetant ses appâts à la figure rendrait impossible toute autre discussion que celle qui l'emmènerait directement dans un lit. Heureusement, la météo favorable prévue pour la journée lui permettait de se vêtir légèrement sans que cela soit perçu comme de la provocation. Une robe d'été un peu courte, des talons hauts et un discret maquillage qui rehaussait son regard profond feraient parfaitement l'affaire.

Aucun des deux n'avait évoqué le sujet de l'ecstasy avant le poisson. Mathieu l'aborda sur un mode faussement bienveillant qui surprit Julie.

— Comme ça, notre pauvre Erwan a replongé ? Ça a dû être terrible pour toi.

— Je ne comprends pas ce qui s'est passé. Tout allait bien, il avait repris confiance en lui et… d'un coup, tout s'effondre.

— Tu n'as rien vu venir ?

— Non, évidemment, même s'il semblait plus nerveux ces derniers temps. J'aurais dû me douter de quelque chose. Mais de là à l'imaginer s'impliquer dans un tel trafic !

— C'est le problème de la drogue. Une fois qu'on y a mis les pieds, c'est impossible de s'en sortir. Comment tu prends ça ? insista Mathieu.

Julie devait dévoiler son supposé revirement peu à peu, mais sans que cela attire de soupçons.

— Pour être très franche, Mathieu, je suis perdue. Je pensais que les choses pouvaient marcher entre nous, et là… je me sens vraiment trahie.

— Il ne t'a rien expliqué ?

— Il est muet comme une tombe, et c'est pire que tout. J'ai l'impression d'être projetée huit ans en arrière… J'en peux plus… avoua-t-elle en laissant glisser une larme sur sa joue.

Mathieu devinait la jolie rousse enfin prête à céder à son charme. Si le retour d'Erwan sur le devant de la scène l'avait prodigieusement agacé, la rechute de son frère tombait particulièrement à propos. Julie avait besoin de quelqu'un pour l'épauler. Justement, il se portait volontaire… et pas que pour ça, pensa-t-il en observant ostensiblement le haut de la robe déboutonnée qui laissait entrevoir une poitrine dont il imaginait déjà la douceur.

— Je comprends, compatit-il en lui posant la main sur le bras, sans tenter de refréner son érection cachée par la table. Tu mérites une personne digne de confiance et qui sache t'offrir une vie de luxe.

Elle le regarda dans les yeux, l'invitant à poursuivre avec l'air le plus innocent qu'elle arriva à se composer.

— Un homme avec un bon job, capable de t'apporter de la stabilité… et de faire vibrer la femme en toi, osa-t-il.

Ça y est, on y était. Julie pouvait commencer à le questionner sur sa situation financière sans que cela paraisse louche. Avant ça, elle devait anesthésier ses ultimes défenses.

— C'est ça… mais je suis affreuse avec ces larmes. Mon maquillage a dû couler.

— Bah, c'est pas grave.

— Accorde-moi une minute pour que je redevienne belle… pour toi.

Elle se leva, le bas de la robe remonté comme par hasard, dévoilant ses cuisses fuselées et bronzées. Comme elle se rendait aux toilettes avec un léger déhanchement, le cerveau de Mathieu Lagadec fondit définitivement.

Julie se rafraîchit le visage. Elle avait réussi à pleurer à la demande et à embobiner son prince charmant. La façon dont il s'était adressé uniquement à ses seins au cours des cinq dernières minutes le prouvait sans appel. Elle devait maintenant l'écouter, le relancer discrètement. Elle retourna à la table.

— Tu vas mieux ? s'enquit Mathieu en lui caressant l'avant-bras.

— Je suis désolée, s'excusa-t-elle tout en se forçant

à ne pas enlever son bras. Je pensais être plus forte que ça, mais je ne sais plus où j'habite.

— Justement, je peux te proposer une adresse beaucoup plus stable, profita-t-il en appuyant son genou contre le sien.

Julie le retira. Elle était censée être au troisième sous-sol, pas à la recherche d'un plan cul pour le soir. Mathieu n'insista pas, comprenant qu'il s'aventurait un tout petit peu trop vite dans ce merveilleux territoire sauvage.

— Ah bon ? Laquelle ? demanda-t-elle, faussement ingénue.

— La mienne, par exemple.

— Elle serait forcément meilleure que celle de ton frère. Mais, tu vois, Mathieu… un nouvel échec m'achèverait. J'ai besoin d'être rassurée, de palper des choses concrètes.

Attention, elle en faisait trop ! Mathieu, sans doute plongé dans des rêves érotiques, ne se rendit pourtant compte de rien.

— J'ai une remarquable réputation ici, commença-t-il sans vergogne. Tu pourrais en profiter. En plus, je dispose d'une excellente situation financière qui ne peut que plaire à une femme.

— Je sais, tu es devenu directeur adjoint de l'hypermarché. Je n'ai d'ailleurs pas encore eu l'occasion de te féliciter.

— Oui, mais… pas que, murmura-t-il pour piquer la curiosité de sa future conquête.

Elle se força à approcher son visage du sien pour recueillir ses révélations. Satisfait de cette nouvelle importance, Mathieu enchaîna :

— Je me suis lancé dans un commerce beaucoup plus lucratif.

Julie écarquilla les yeux, puis elle cilla pour l'inviter à continuer.

— Je peux te confier, Julie, que tu ne verras bientôt plus cette voiture, annonça-t-il avec fierté en montrant son ancienne BMW, mais le 4 × 4 dernier cri avec intérieur cuir du même constructeur.

— Tu as prévu d'ouvrir une concession automobile ? s'étonna-t-elle benoîtement.

Mathieu éclata de rire devant la surprise de la jeune femme.

— Non, je ne me sens pas l'âme d'un vendeur de bagnoles. Refourguer des caisses à des péquenots, c'est pas mon kif !

— Ce n'est pas dangereux, j'espère ? s'inquiéta Julie.

— Il faut savoir ce qu'on veut dans la vie. Soit on végète comme mon frère et on devient un loser, soit on prend des risques et on s'impose dans la société. Mon terrain de jeu s'étendra rapidement bien au-delà des limites de Locmaria…

Julie le dévisagea avec un regard fasciné, puis concerné.

— J'ai compris que tu faisais partie de ceux qui font bouger les choses, Mathieu. Tu l'as toujours montré et tu forces mon admiration.

Lagadec accepta le compliment avec délectation. Le moment où il pourrait déboutonner la robe qui le narguait à quelques dizaines de centimètres de ses yeux se rapprochait.

— Mais je préfère éviter un projet qui ne se réalisera pas. Je l'ai vécu avec mon ex-mari, avec Erwan… et pas question de replonger dans cet enfer. Je ne m'en remettrais pas, murmura-t-elle en lui prenant la main.

— Je ne peux pas t'en dire trop, mais…

Il hésita quelques secondes et se lança. Une telle occasion ne se représenterait pas.

— Promets de garder pour toi ce que je vais te dire.

— Je te le promets, lui affirma Julie avec une sincérité apparente dont Mathieu ne douta pas un instant.

— Regarde d'abord ça, lui intima-t-il en ouvrant discrètement sa veste.

Une épaisse liasse de billets de cinquante euros se matérialisa dans sa poche intérieure.

— Ce n'est qu'un aperçu de ce que je saurai te donner. On vient de conclure un accord avec un entrepreneur du sud de la France, un spécialiste dans son domaine.

— Waouh, tu m'impressionnes. Comment tu as fait ?

Il n'en fallait pas plus pour lancer Mathieu Lagadec.

— Il suffit d'avoir les bonnes relations et du culot. Je suis en affaires avec un partenaire local et je peux te dire que ça va dépoter.

— Ah, tu n'es pas seul à diriger ta société, murmura-t-elle avec un infime voile de déception.

— Pas pour le moment, réagit-il, parce que je ne dispose pas encore de toute la logistique nécessaire. La prudence veut que je m'associe pour commencer. Mais ça devrait vite évoluer, et j'espère obtenir mon indépendance rapidement.

Julie laissa s'écouler quelques instants, comme perdue dans ses pensées. La vantardise du garçon l'impressionnait.

— Tu me fascines, Mathieu. Je me rends compte… que c'est toi, le winner de la famille.

Le rictus de satisfaction de Mathieu Lagadec illumina le restaurant. Il avait gagné, il avait piqué la copine de son frère et il se la taperait bientôt. En la voyant, là, en admiration devant lui, il décida qu'elle méritait plus que d'être un simple plan cul. Il en ferait sa reine.

— Et si on passait l'après-midi ensemble ? demanda-t-il en glissant sa main sous la table.

Le sourire de Julie se crispa quand elle sentit les doigts remonter le long de sa cuisse.

— Pas maintenant, je suis prise. Mais pourquoi pas demain ?

Mathieu fronça les sourcils.

— Demain, ce ne sera pas possible. J'ai un rendez-vous… pour mon affaire. Quand ferme ton resto ?

— Le dimanche et le lundi.

— Alors je viendrai te chercher dimanche après-midi. Plage, cocktail et petite soirée intime ? Tu es partante ?

— Avec plaisir, mentit-elle en avalant son café avant de se lever.

47

À la gendarmerie

Cathie avait abandonné le restaurant à Julie et Madeleine. Tout était prêt et elle pouvait s'accorder une demi-heure pour passer à la gendarmerie. Elle voulait savoir comment progressait l'enquête sur son agression. Les autorités ne l'avaient pas recontactée depuis le dépôt officiel de sa plainte. Certes, elle ne s'attendait pas à ce que toutes les polices de France se lancent à la recherche de ses agresseurs, mais de là à ne rien faire du tout ! Cathie avait appelé le major Julienne, qui, après avoir cherché des échappatoires, avait finalement accepté de la voir à dix-sept heures.

Julie avait débriefé avec Yann et Cathie son tête-à-tête avec Mathieu Lagadec. Plus aucun doute, il était impliqué jusqu'au cou dans le trafic. Et les propos prétentieux du nouveau dealer ne laissaient plus de place au doute : il y avait bien un patron breton qui pilotait l'affaire. La nouvelle d'un déjeuner entre Mathieu et son boss avait réjoui Cathie et Yann. Ils allaient enfin connaître le nom de celui qui dirigeait cette organisation ! Ils disposeraient alors d'éléments plus solides à transmettre à la gendarmerie. Et si le major Julienne refusait toujours de les écouter, ils iraient frapper, un échelon plus haut, à la porte du capitaine Barnabé Grandsir. Peut-être l'officier quimpérois serait-il plus intéressé par ces informations que ses subalternes locmariaistes ?

Dix-sept heures. Éric Julienne s'était octroyé une pause cigarette avant de recevoir Catherine Wald. Cette rencontre le mettait très mal à l'aise. L'Alsacienne était tellement persuadée de l'innocence de son employé qu'elle niait l'évidence : l'implication d'Erwan Lagadec dans un trafic de drogue, prouvée par la présence des cachets d'ecstasy sur lui ! Elle avait été jusqu'à échafauder une théorie selon laquelle Jordan Kalfon avait été assassiné. Tout cela sous la houlette d'un mystérieux gang piloté à distance par un baron de la pègre nommé Sposito. Certes, la venue à Quimper du Marseillais avait été avérée, mais de là à en tirer un scénario à la *French Connection* ! Erwan Lagadec, même si c'était un garçon sympathique, avait été rattrapé par ses vieux démons. Ce genre de situation malheureuse se produisait tous les jours. Ce qui dérangeait plus le sous-officier, c'était l'agression dont aurait été victime Cathie Wald. La restauratrice n'était pas connue pour être une mythomane. Cependant, une petite voix lui susurrait qu'elle aurait bien pu inventer cette mise en scène pour disculper Erwan, donnant plus de crédibilité à l'existence du fameux gang qu'elle fantasmait.

Éric Julienne écrasa sa cigarette en voyant Cathie arriver. Par réflexe, il regarda sa montre : dix-sept heures et douze secondes. On ne plaisantait pas avec la ponctualité en Alsace.

— Bonjour, madame Wald, comment allez-vous ? entama-t-il aimablement.

— Bonjour, major, répondit Cathie d'un ton qu'il jugea agacé.

À lui de contrôler la situation. Il respectait cette femme, mais elle n'avait pas intérêt à lui chercher des poux dans la tête. Il l'invita à s'installer dans son bureau et lui proposa une boisson qu'elle refusa poliment.

— Alors major, lança Cathie, quand pensez-vous arrêter mes agresseurs ?

Julienne avait espéré commencer la discussion par quelques banalités. Son interlocutrice en avait décidé autrement et appliquait la technique du rentre-dedans.

— J'ai demandé à mon équipe d'enquêter, mentit-il. Mais ils n'ont rien trouvé pour le moment.

Ce n'était qu'un demi-mensonge. Il avait envoyé le maréchal des logis Colin se renseigner auprès des voisins les plus proches de Cathie. Évidemment, à plus de minuit et compte tenu de la distance qui séparait la première maison du lieu de l'attaque, personne n'avait rien vu ni entendu.

— Et comment compte s'organiser votre équipe pour obtenir de plus amples informations ? insista Cathie.

— Dans les jours à venir, ils concentreront leurs forces sur un autre sujet. On nous a annoncé l'arrivée probable d'une bande de spécialistes du vol à la roulotte. Cela nous préoccupe beaucoup plus.

— Parce que la tentative de viol d'une de vos concitoyennes sur un territoire sous votre responsabilité n'a rien d'inquiétant, major ? susurra Cathie d'un ton doucereux.

— Ce n'est pas ce que j'ai dit, madame Wald, se défendit le militaire, qui sentait les ennuis arriver à vitesse supersonique.

— Peut-être aurais-je dû demander à mon chien de n'intervenir que quelques minutes plus tard ? Le certificat d'un médecin constatant officiellement le viol vous aurait sans doute convaincu davantage, n'est-ce pas ? continua-t-elle d'une voix glaciale.

— Non, non, pas du tout, assura le gendarme totalement désorienté.

Il la vit sortir de son sac une enveloppe qu'elle jeta sur le bureau.

— Ouvrez ! ordonna-t-elle.

— Veuillez ne pas user de ce ton, madame Wald, tenta Julienne dans un sursaut d'autorité. Vous vous trouvez en présence d'un représentant de la République.

— Représentant qui ne daigne pas prendre le temps de s'occuper des citoyens qu'il est censé protéger ! Ouvrez, je vous dis.

Le major Julienne ouvrit donc l'enveloppe et en tira deux photos et une note. Qu'est-ce que c'était que cette histoire ? Cathie Wald lui fournit rapidement l'explication.

— Vous avez sous les yeux les portraits des agresseurs. Ils sont passés se faire soigner aux urgences de Quimper. Mais j'imagine que c'était trop risqué pour votre équipe de cracks de téléphoner aux hôpitaux de la région pour retrouver leur trace !

— Mais, mais, d'où sortez-vous ça ? s'étouffa le gendarme sans relever l'ironie des propos.

— Qu'est-ce que vous lisez sur le papier ? continua Cathie sans lui répondre.

Abattu, Julienne ne chercha même plus à se rebeller.

— 706 – NM.

— C'est une partie de l'immatriculation de leur véhicule, une C4 de couleur rouge. J'espère qu'avec ces quelques maigres indices, vos fins limiers mettront la main sur les deux hommes… même si ce ne sont pas des experts du vol à la roulotte.

Comme elle quittait le bureau, Cathie s'arrêta à la porte et se retourna une dernière fois, tel un lieutenant Columbo en robe d'été et sous amphétamines.

— Puisque je vous ai aidé dans votre enquête, ayez l'amabilité de reconsidérer vos théories avec l'hypothèse d'un Erwan innocent. Et s'il avait vraiment été manipulé par ceux qui l'ont tabassé à la sortie du restaurant ? Un paquet, ça se glisse facilement dans la poche d'une victime à terre, non ? Sur ce je vous souhaite une excellente fin de journée, major.

Assommé comme après un passage sur le ring, le militaire bafouilla ce qui ressembla à un au revoir. Il s'accorda de longues minutes pour se remettre de son K.-O. et réévaluer la situation. Même si Catherine Wald avait été dure avec lui, peut-être les choses n'étaient-elles pas aussi simples qu'il les avait imaginées.

48

Filature quimpéroise

Choisir le responsable de la filature de Mathieu Lagadec durant son déjeuner d'affaires n'avait pas été chose aisée. C'était finalement Yann qui avait été désigné par le petit groupe d'enquêtrices. Si jamais il se faisait repérer, la localisation de la rédaction de son journal le long des berges de l'Odet expliquerait facilement ses pérégrinations dans la ville.

En fin de matinée, Yann s'était donc garé non loin de chez Mathieu Lagadec. Sa cible s'était mise en route vers onze heures et demie. Il l'avait suivie à bonne distance, de Locmaria jusqu'au parking de la Tourbie.

Pas un seul instant Lagadec n'avait montré le moindre signe d'inquiétude. Pas d'accélération soudaine, de brusque détour par des chemins de traverse. Il était à mille lieues d'imaginer qu'on le filait. Deux pensées saturaient son esprit. D'abord le déjeuner qui confirmerait sa future fortune, mais surtout le souvenir de son repas avec Julie. Jamais il ne l'avait trouvée aussi séduisante. Il avait bien compris que sous sa gêne apparente l'ancienne compagne d'Erwan avait une folle envie de lui. Comme ça allait être excitant de coucher avec cette femme ! Cela enverrait une fois pour toutes son frère dans les profondeurs d'où il n'aurait jamais dû revenir. Après avoir perdu son emploi, sa fierté et sa liberté, Erwan perdrait définitivement son unique amour. Mathieu éclata de rire au volant : il n'avait jamais pu supporter cet avorton, qui lui collait aux basques depuis qu'ils étaient enfants, qui essayait de lui arracher une parcelle de sa gloire, parce qu'incapable de se mettre en avant tout seul. Son frère pourrirait bientôt au fond d'une cellule pendant que lui, le cerveau de la famille, baiserait « sa » Julie dans le lit king size d'un hôtel de luxe de la Côte d'Azur. Il allait lui sortir le grand jeu grâce aux milliers d'euros qui tomberaient bientôt dans ses poches.

Lagadec posa sur son nez une paire de lunettes Dolce & Gabbana à la monture dorée, un signe extérieur de richesse à plus de six cents euros qu'il affichait avec satisfaction. Comme les gens étaient petits avec leurs petites envies, leurs petits besoins et leurs petits moyens. Lui voulait plus, et la vie lui offrait enfin la possibilité de réaliser ses rêves de grandeur. Il se dirigea vers la cathédrale, insensible à la beauté du quartier. Son équipe et lui avaient décidé de commencer à arroser une parcelle de la côte finistérienne, mais Mathieu avait d'autres ambitions. S'il s'y prenait bien, il pourrait accéder en quelques années au poste de parrain de la drogue de tout le Finistère, voire de la Bretagne. Ensuite, tout deviendrait possible.

Yann s'était garé à bonne distance de Mathieu Lagadec puis l'avait suivi à travers les rues. À l'abri de la devanture d'un magasin de souvenirs, il observa sa cible qui s'était arrêtée et jouait avec son téléphone sur le parvis de la cathédrale Saint-Corentin. Il éprouvait une affection particulière pour cette église unique par sa nef qui partait de travers. Il vénérait la statue du mythique roi d'Armorique Gradlon, chevauchant entre les deux flèches qui s'élançaient vers les cieux. Mais Lagadec, lui, n'était sûrement pas là pour une visite culturelle, un pèlerinage ou un soudain besoin d'aller confesser ses fautes. Sous le regard insistant d'une vendeuse, Yann fit semblant de s'intéresser à des bols bretons à oreilles. Le journaliste quitta sa cachette dès qu'il nota que Lagadec s'était remis en mouvement. Il se dirigeait vers les quais de la rivière, l'Odet, qui remontait de Bénodet jusqu'au cœur de Quimper et vivait au rythme des marées. Lagadec tourna sur sa droite et s'arrêta devant le *Café de l'Épée*. Sans hésiter, il entra dans la brasserie historique et disparut de la circulation.

Yann continua son chemin et passa devant le restaurant. Des touristes étaient installés en terrasse, mais impossible de deviner ce qui se tramait à l'intérieur. Il réfléchit rapidement. Deux solutions s'offraient à lui : soit il attendait à l'extérieur jusqu'à ce que Lagadec sorte avec son boss, soit il y mangeait lui aussi. Le gargouillement de son estomac qui se languissait du petit déjeuner pris à six heures du matin décida pour lui. Yann s'assit en terrasse et commanda une bière et le plat du jour. Il allait pénétrer dans la brasserie sous prétexte d'aller satisfaire un besoin naturel. Il se concentra, vérifia qu'il avait bien son téléphone sur lui et se leva. Il cligna des yeux pour s'habituer à la faible luminosité intérieure et marcha d'un pas nonchalant vers le fond du restaurant. Aucune table de deux personnes. Il ralentit imperceptiblement jusqu'à découvrir une tablée de trois convives. Il reconnut tout de suite Lagadec, qui avait gardé ses lunettes sur le nez : sans commentaires. L'énorme problème, c'était que s'il avait localisé Mathieu Lagadec, les deux autres lui tournaient le dos : un homme et une femme. Allons donc, qu'est-ce qu'il se passait ? Est-ce que le fanfaron avait raconté n'importe quoi à Julie pour jouer les caïds ? Il poussa la porte des toilettes et y pénétra. Lagadec semblait trop pris dans sa discussion pour regarder autour de lui, mais inutile de se faire repérer.

Perturbé, Yann réfléchit à son prochain mouvement. Il ne pouvait pas s'éterniser ici. Il se remémora la disposition des lieux et esquissa un sourire. Il allait tenter sa chance. Il sortit et se dirigea vers le bar. Comme il l'espérait, un jeune serveur attendait l'arrivée d'un plat. Il le héla discrètement :

— Qu'est-ce que je peux faire pour vous ?

— J'aurais besoin que vous me rendiez un service… un peu particulier, chuchota presque Yann.

Intrigué, le serveur tendit une oreille curieuse.

— Il y a trois personnes à cette table, là-bas.

— Oui tout à fait, confirma le garçon, de plus en plus étonné.

— De dos, vous devinez un homme et une femme.

— En effet, à moins que la blonde soit un travelo, s'amusa le serveur.

— Ce n'en est pas un. L'épouse du monsieur m'a payé pour le prendre en flagrant délit d'adultère avec sa maîtresse, la dame blonde. Dans un restaurant, ce n'est pas encore un flag, mais ça me permettra d'étoffer mon dossier, inventa Yann. Est-ce que vous pourriez aller les voir et vous débrouiller pour qu'ils se retournent ? Comme ça, je pourrais les photographier discrètement, ajouta-t-il en glissant un billet de cinquante euros dans la main du serveur.

L'employé n'hésita pas plus d'une demi-seconde, heureux propriétaire d'un pourboire conséquent.

— Bien évidemment, monsieur. À votre service.

— Vous saurez comment détourner leur attention ?

— Ne vous inquiétez pas, le rassura le garçon, j'ai une imagination de feu : j'écris un thriller à mes heures perdues.

— Dans ce cas… acquiesça Yann en s'éloignant dans un coin sombre.

Le doigt crispé sur la touche de son portable, Yann observa le serveur s'approcher de la tablée. Il leur parla quelques secondes, et le groupe éclata de rire. Puis il leur montra quelque chose vers le fond de la salle. Le gamin était doué. Quand les deux inconnus se retournèrent, Yann, stupéfait, rata sa photo. Il s'accorda une longue inspiration et en prit deux autres, espérant que la qualité serait suffisante pour bien reconnaître les deux convives.

49

Colère

Mathieu Lagadec claqua la portière de sa voiture et se dirigea vers sa maison. Il avait espéré autre chose de cette escapade quimpéroise. Certes, les affaires continuaient, même s'il aurait aimé une montée en puissance plus rapide. De plus, on lui faisait toujours confiance : preuve en était la mission qu'il devait assurer ce samedi. Il allait piloter la mise en place de la distribution de produits stupéfiants dans la principale discothèque de Quimper.

En revanche, il avait moyennement apprécié les commentaires sur la manière dont il avait géré les événements récents. D'accord, l'agression de Cathie Wald avait plus ou moins échoué. Les deux hommes qu'il avait choisis n'étaient pas des génies mais avaient un bon pedigree. Tout aurait dû bien se passer, jusqu'à l'intervention de ce clébard venu de nulle part ! Mathieu avait d'ailleurs lui-même exprimé à ses deux acolytes sa façon de penser, menaçant de ne pas leur régler la somme restante. Menace qu'il avait vite retirée face à l'hostilité des deux malfrats. Inutile de les braquer et de se créer des ennemis dès le début de son entreprise.

Mais malgré ce raté, la menace était prise au sérieux : depuis cette fameuse soirée, Yann Lemeur dormait chez Cathie. L'Alsacienne ne l'avait sûrement pas accueilli pour des parties de jambes en l'air : si telle avait été sa volonté, elle aurait mené sa barque de façon beaucoup plus discrète.

Mais ce qu'il n'avait vraiment pas aimé, et c'était peu de le dire, c'était l'intrusion dans sa vie privée que s'était permis le patron. Il ne demandait pas les félicitations du jury ou un *hot* d'or, mais séduire la copine de son frère méritait quand même au moins un clin d'œil d'encouragement. Tu parles ! Il s'était pris une engueulade qu'il n'avait pas digérée. Se faire traiter d'inconscient notoire lui restait en travers de la gorge. On lui avait tout simplement intimé de mettre fin à cette amourette, de peur qu'Erwan Lagadec, humilié, décide de déballer tout ce qu'il savait. « Ne pas pousser à bout une bête blessée ! » La bête n'était pas blessée, elle était à l'agonie. Personne ne considérerait sérieusement les dires de son frère. Le passé d'Erwan plaidait contre lui, et la découverte du sachet d'ecstasy avait effacé le peu de crédibilité dont il disposait encore. Cependant, les arguments de Mathieu n'avaient pas convaincu. Dépité, il avait accepté la sentence… pour le moment.

La mort dans l'âme, il attrapa une bouteille de bière dans son frigo, s'installa dans un transat de la terrasse et téléphona à Julie. Il espérait juste qu'elle ne serait pas trop déçue.

50

Un dimanche de confidences

À travers la porte vitrée, Cathie voyait avec plaisir ses invités s'amuser sur la terrasse. Elle aimait ces déjeuners du dimanche, organisés au dernier moment, où chacun venait avec un des plats du repas. Une fois de plus, Malo Micolou et sa sœur, Cécile, avaient apporté un carton rempli de succulentes escalopes de porc. Cathie avait presque dû se battre avec eux pour les payer. Elle savait qu'ils avaient récemment fait face à de gros frais avec leur ferme et ne voulait pas abuser de leur générosité.

Alexia et Alain Le Corre s'étaient joints à eux, ainsi que Marine et Hervé Le Duhévat avec leurs trois filles. Yann, quant à lui, s'était naturellement posté derrière le barbecue, alimenté en bière et en côtes-du-rhône par Malo. Les deux hommes avaient lié une amitié profonde, un terrien et un marin qui partageaient le même amour pour leur pays et pour la justice.

Enfin, Julie était arrivée après avoir rendu visite à Erwan. Il quitterait bientôt l'hôpital pour le centre pénitentiaire de Lorient. Heureusement, maître Larher avait promis de s'occuper de l'affaire. Cathie regagna la terrasse, un plateau de cafés à la main. Les enfants de Marine étaient allés se baigner dans la petite crique alors que les adultes terminaient la salade de fruits préparée par Alexia.

— Bon, mesdames, lança Hervé Le Duhévat, une fois son expresso dégusté, il va falloir que nous partions pour vous laisser à vos conciliabules, c'est bien ça ?

— C'est exactement ça, mon chou, acquiesça Marine. Tu gardes les filles cet après-midi ?

— Ne t'inquiète pas, j'ai tout prévu. Elles seront à la plage. Viviane a un tournoi de volley... et j'ai cru comprendre qu'il y aurait aussi quelques garçons dans l'histoire.

— Hervé, notre fille a quatorze ans, c'est normal que les garçons l'intéressent.

— Oui, oui, je suis un peu papa poule, j'avoue. Morgane sera également de la partie. Quant à Gwendoline, elle participe à un concours de châteaux de sable avec ses copines du club. Et c'est la voisine qui les récupérera toutes à dix-huit heures.

— Mais quelle chance tu as ! s'écria Alexia. Avoir un mari tellement organisé ! Quand je laissais Alain s'occuper des garçons plus d'une heure, je devais ensuite courir dans tout le quartier pour les retrouver.

— On ne les a jamais perdus, remarqua son époux, flegmatique.

— Tu as raison, mais ce n'est pas faute d'avoir essayé. Bon, maintenant, il est temps que vous leviez le camp, les amis. Nos obligations nous attendent.

— Et pourquoi Yann est-il admis dans ce club féminin ? Franchement, c'est injuste, estima Malo.

— C'est notre secret, répondit Cathie à Malo avec un clin d'œil.

Une fois la table rangée, les quatre femmes se jetèrent sur Yann. Seule Cathie continua tranquillement à plier la nappe.

— Alors, cette filature, ça a donné quoi ? D'ailleurs, tu es gonflé, tu aurais déjà pu tout nous raconter !

— Je ne voulais rien dire par téléphone. Installez-vous, je vais chercher mon dossier.

Comme le journaliste montait dans sa chambre récupérer ses affaires, Marine s'adressa à Cathie.

— Tu es au courant, toi ?

— Tu imagines un instant qu'il aurait pu rester ici une nuit et une matinée sans m'en parler ? Ce serait bien mal me connaître, s'amusa Cathie.

— Tu as raison, on aurait toutes réussi à lui faire cracher le morceau.

Yann réapparut, une pochette cartonnée à la main.

— Avant de vous montrer ce qu'il y a là-dedans, laissez-moi d'abord vous expliquer comment ça s'est passé.

Ayant capté l'attention de ses interlocutrices, il entreprit un récit détaillé de sa filature. La séquence avec le serveur divertit son auditoire.

— Bref, conclut-il, une fois les photos prises, j'ai terminé mon repas et j'ai quitté le restaurant avant qu'ils finissent le leur.

— Alors, s'impatienta Alexia, ça va bien les énigmes, mais c'était qui, ce couple mystère ?

Sans un mot, Yann sortit un cliché en format A3 et le posa sur la table. Des cris de surprise s'élevèrent dans la seconde.

— C'est pas possible ! lâcha Marine, éberluée. Gaël Delpiero et Rose Dentremont !

Le feuillet circula de main en main, comme pour s'assurer que les visages étaient bien ceux du propriétaire du *Relais de Saint-Yves* et de la patronne de *Cheveux en folie*. La qualité de l'image était suffisamment bonne pour ne laisser planer aucun doute.

— J'avais entendu des ragots sur les affaires immobilières de Delpiero ! s'exclama Alexia, abasourdie. Mais sincèrement, de là à le voir tremper dans la drogue ! Vous avez remarqué comme il a serré Paulot Guillou dans ses bras à l'enterrement de Loïg ? Quel hypocrite !

— C'est hallucinant, confirma Marine. Et qu'est-ce que Rose vient faire dans cette histoire ? Je veux bien croire que Delpiero trempe dans des affaires immobilières louches depuis des années, mais Rose ? J'imagine mal les mamies qui passent chez elle consommer de l'herbe ou de la poudre.

— On a peut-être quelques soixante-huitardes sur le retour, plaisanta Cécile. Mais blague à part, je ne vois qu'une solution.

— Tu penses que c'est la maîtresse de Delpiero ? proposa Cathie.

— Quelque chose comme ça, reconnut Cécile.

— Mais Delpiero et Lagadec n'auraient pas parlé de leur trafic devant elle ! objecta Alexia.

— Tu as raison, lui répondit Yann, mais je suis parti avant eux. Delpiero et Lagadec ont très bien pu quitter Rose après le repas et discuter affaires ensuite. En ce qui concerne Delpiero, j'avance sur mon enquête. Il fricote avec quelques politiciens locaux et j'ai découvert qu'il possédait des parts dans des boîtes de nuit… notamment dans le *Magic Breizh*. Ça ne prouve rien pour le moment, mais un copain à Brest va me tuyauter sur ses entreprises.

Un grand silence suivit sa déclaration. Tout le monde était sous le choc.

— Un type aussi charmant ! C'est dingue ! Et Rose en maîtresse de Delpiero, ça vous paraît crédible ? les interrogea Cathie.

— Complètement, intervint Marine sans hésitation.

— Et qu'est-ce qui te permet d'affirmer ça ?

— Comme l'avait suggéré Yann avec tact, j'ai lancé hier matin mon club de pipelettes du longe-côte sur la vie de Gaël Delpiero. Inutile de mettre une seconde pièce dans le bastringue pour que les ragots fusent aussitôt ! Je vous ferai grâce de tous les fantasmes qui courent à son sujet : il y en avait même une qui pensait que je couchais avec lui. Par contre, j'ai récupéré une information plus fiable. La mère Lepic a vu Rose, à deux reprises, sortir au petit matin de la maison de Delpiero. D'après elle, aucun doute, c'est sa maîtresse.

— Très instructif, nota Yann. Mais pourquoi le cacher ? Après tout, Gaël Delpiero a du bien et il est divorcé. C'est un bon parti. Elle aurait tout intérêt à officialiser la chose.

— Ça, c'est tout Rose, lâcha Cécile.

Les regards se tournèrent vers elle.

— Pourquoi tu dis ça ? s'étonna Cathie.

— Pendant un temps, on se fréquentait avec Rose.

— Tu nous racontes ? l'encouragea Marine.

— D'accord, mais devant un second café. Ma chérie, tes ristrettos feraient pâlir de jalousie un Italien.

— Demandé comme ça, je ne peux pas refuser. C'est parti, café pour tout le monde !

51

Rose et Cécile

Les visages se tournèrent vers Cécile, qui termina tranquillement son expresso et se cala dans sa chaise.

— Il fut un temps, entama-t-elle, où j'ai été proche de Rose. Nous avons même vécu des moments assez intimes.

— Assez intimes ? rebondit Alexia, émoustillée. Intimes comment ?

— Pas comme tu sembles l'imaginer, ma petite cochonne, mais nous nous racontions des choses… privées. C'était il y a six ans. Je sortais d'une aventure déprimante avec un Rennais qui m'avait abandonnée comme un vieux kleenex après avoir réussi à me mettre dans son lit. J'avais le moral dans les chaussettes, et du coup je suis allée me faire couper les cheveux.

— C'est vrai qu'un passage chez le coiffeur, c'est salutaire, confirma Julie. On change de tête et on se sent beaucoup mieux.

— Excusez-moi, mesdames, recentra Yann, mais j'aimerais entendre la suite de l'histoire de Cécile.

— Tu es la voix de la sagesse, mon bon Yann. Pas facile de se trouver au milieu de cinq femmes !

Le journaliste n'aurait laissé sa place pour rien au monde, mais il ne voulait pas se risquer à le dire.

— Bref, j'ai pris rendez-vous chez Rose et je lui ai raconté mes malheurs. D'habitude, je garde ça pour moi.

— Tu n'en avais pas parlé à Malo ? l'interrompit à nouveau Marine.

— À Malo ? Mon frère aurait pris un couteau à désosser et on aurait retrouvé des morceaux du Rennais aux quatre coins de la Bretagne ! J'ai préféré me confier à Rose. On a sympathisé et le soir même on est allées dîner ensemble à Concarneau et on est sorties en boîte. Pour évacuer nos démons et guérir le mal par le mâle, selon Rose.

— Ben, ma vieille, s'étonna Marine, je ne t'aurais pas imaginée comme ça. C'est chaud.

— Moi, je comprends, la défendit Cathie. On a parfois besoin de se prouver qu'on peut continuer à plaire.

— Tout doux, les filles, j'ai juste dansé. Par contre, j'ai dû attendre Rose, qui s'était éclipsée avec un type dans un fourré. Elle est revenue, avec le gars qui bavait derrière elle. Elle l'a jeté avec un immense éclat de rire quand il l'a suppliée de la revoir. Ça m'a fait du bien : je me sentais un peu vengée par procuration. Dans les semaines qui ont suivi, on a passé beaucoup de temps ensemble… notamment dans un lieu où je ne pensais pas mettre les pieds un jour.

— Où ça ? demandèrent-ils tous en chœur.

— Cet été-là, nous avons passé nos lundis après-midi sur une plage de nudistes.

— Celle de la baie de Pors-Kelec ? s'étouffa Yann.

L'installation d'une plage naturiste et de quelques

bungalows avait fait grand bruit à Locmaria vingt-sept ans plus tôt. Située en limite de la commune, elle avait alimenté, quelques mois durant, des discussions plus délirantes les unes que les autres. Puis les habitants s'étaient aperçus que les naturistes, une fois vêtus, étaient des personnes tout à fait charmantes qui faisaient tourner les commerces du village. Les anathèmes et les fantasmes s'étaient éteints et la vie avait repris son cours.

— Oui, à Pors-Kelec. Je n'avais jamais osé bronzer nue, mais Rose m'a poussée à franchir le pas.

— Je n'ai jamais tenté l'expérience, reconnut Marine. Je n'aurais rien contre, mais Hervé est plutôt pudique. Et toi Cathie ? Tu as déjà fait ça ?

— Ce qui est sulfureux, Marine, ce n'est pas la nudité, mais le regard qu'on porte sur la nudité. Quand j'habitais encore à Strasbourg, je fréquentais régulièrement la station thermale de Baden-Baden, de l'autre côté de la frontière. Tu peux te rendre aux thermes modernes de Caracalla pour « touristes » où la tenue de bain est obligatoire. Et puis à côté s'élève le Friedrichsbad, construit au XIXe siècle. Là-bas, les bains se pratiquent nus. Le maillot gêne l'évaporation de la sueur.

— Sérieux ? remarqua Alexia. Je ne savais pas, mais ce n'est pas bête. Et toi ? Tu avais choisi lesquels ?

— Les plus anciens. Ça fait un bien fou et c'est super relaxant.

— Hey, les filles, s'enthousiasma Marine, et si on allait se faire une petite partie de bronzette intégrale ensemble début septembre ?

— Tope là, renchérit Alexia. Yann, tu viendras avec nous ?

Ça y était, la question qu'il redoutait parmi toutes était arrivée. Le pêcheur avait affronté des tempêtes dans sa jeunesse, sans jamais perdre la maîtrise de soi. Mais lui qui n'avait jamais vu son père se promener en caleçon, ni même entraperçu sa mère en chemise de nuit, sentit avec angoisse son visage s'empourprer et sa bouche s'assécher.

— Mais fichez donc la paix à ce pauvre Yann, le soutint Julie. Cécile, raconte-nous la suite de ton histoire s'il te plaît.

— Tu as raison, Julie. On rediscutera de ça plus tard. Pour revenir à Rose, elle est beaucoup plus délurée que ce qui se dit d'elle dans le village. Certains se demandent si elle n'aurait pas eu quelques amants. Tu parles ! Elle aime le sexe ! J'ajouterais d'ailleurs qu'elle aime plus le sexe que les hommes. Elle sort beaucoup, mais peu dans la région de Locmaria pour ne pas attirer les ragots. Et elle ne s'attache jamais à ses amants. D'après ce que j'ai deviné, elle aurait aussi eu quelques relations tarifées, toujours sélectionnées avec soin.

— Tu veux dire qu'elle fait la pute ?

— Tout de suite les grands mots, Alexia ! Pour elle, c'est du commerce. Gâterie contre petit cadeau : je crois qu'elle pratiquait ce genre de troc avec le père Quéré.

— Ça ne m'étonne pas, cracha Julie, c'était un gros porc.

— Je te le confirme, appuya Cécile avec un bref éclair noir dans les yeux. Enfin, pour conclure, vous comprenez pourquoi Rose n'a aucune envie de devenir une Mme Delpiero officielle. Elle profite de Gaël, qui est d'ailleurs un bel homme, et de son fric. Mais pour elle garder sa liberté est primordial !

Un long silence suivit les derniers mots de Cécile. La personnalité de la coiffeuse qui s'occupait de leurs cheveux depuis plus de quinze ans n'était pas telle qu'ils l'avaient imaginée.

52

Interrogatoire

Assis à son bureau, le capitaine Barnabé Grandsir relut une nouvelle fois le dossier. Pourquoi diable le major Julienne ne lui avait-il pas transmis la plainte de Mme Wald plus tôt ? Grandsir avait rencontré Catherine Wald au cours d'une précédente enquête. C'était une femme de caractère, ce qui pouvait s'avérer crispant. Cependant, ce n'était sûrement pas une mythomane et elle avait sans aucun doute des raisons valables pour relier son agression au trafic de drogue qui prenait de l'ampleur.

L'avant-veille, il avait reçu l'ordre de s'occuper de ce trafic et de résoudre l'affaire le plus rapidement possible. Le préfet, sans doute secoué par le conseiller d'un ministre stressé, s'était défoulé sur lui et sur la prétendue inefficacité de la gendarmerie de Quimper. Grandsir était resté de marbre. Avant d'arriver en Bretagne, il servait à Paris et était habitué à ce numéro de fonctionnaire dépassé à la recherche d'un bouc émissaire. Dans ces cas, il faisait sienne la maxime de Jacques Chirac : « Ça m'en touche une sans faire bouger l'autre. »

— Legarec, notre témoin est mûr ? lança-t-il au major qui l'assistait au quotidien.

— Je le laisserais bien mariner une petite demi-heure supplémentaire, capitaine. Le gars commence à ressentir les effets du manque et devient nerveux.

— Tu me préviendras ?

— T'inquiète, capitaine, tu vas l'avoir aux petits oignons. On l'a chopé à l'aube avant qu'il se fasse son fix. D'ailleurs, on a trouvé de la poudre et de l'herbe chez lui.

— Conso personnelle ?

— Trop pour lui tout seul, mais pas non plus de quoi fournir tout son quartier. En tout cas, il y en a assez pour le retenir encore quelques heures au mitard si besoin.

— Il a demandé à parler à son baveux ?

— Non, le rassura Legarec, et tu te doutes bien qu'on s'est gardés de lui proposer un avocat.

— Merci, Jean. Fais-moi signe quand ce sera bon.

Barnabé Grandsir se replongea dans son affaire. Comment Catherine Wald avait-elle récupéré les photos des deux agresseurs et l'immatriculation de leur véhicule ? Ils avaient réussi à identifier les deux hommes, connus des services de police pour des infractions régulières. Pas des pointures, mais des nuisibles qui savaient pourrir la vie de leurs concitoyens. Les deux gendarmes partis chercher Benjamin Garnier, dit « Charlemagne », s'étaient fait rouler comme des bleus. Garnier en avait à moitié assommé un avant de s'enfuir avec sa C4. Certes, ils l'attraperaient dans quelques jours, mais le temps leur était compté. Heureusement, l'interpellation de Jean-Philibert Glénou s'était mieux déroulée.

L'officier voulait connaître le nom du commanditaire.

L'histoire des deux gars attaqués par des chiens errants alors qu'ils se promenaient sous la lune aurait mérité une place d'honneur dans le top des alibis bidon. Jamais Garnier et Glénou ne seraient allés d'eux-mêmes attendre une cible à minuit dans la campagne de Locmaria. Qui les avait payés ? Le donneur d'ordre et le réseau qu'il avait pour mission d'éliminer étaient forcément liés.

— Il est à point, capitaine, lui signifia Legarec en entrant dans son bureau. Je lui fournirai une dose dès qu'il aura balancé ses infos…

Les deux hommes savaient pertinemment que leur mode opératoire n'était pas très légal, mais ils avaient décidé de sauter quelques étapes de la procédure officielle.

Quand Grandsir pénétra seul dans la pièce, le prévenu tenta de se précipiter sur lui. Menotté à son banc, il ne réussit qu'à pousser un cri de bête.

— Ça va ? demanda l'officier en s'installant à califourchon sur une chaise.

— Tu te fous de ma gueule, le flicard ?

— J'appartiens à la gendarmerie, pas à la police nationale, répondit tranquillement Grandsir.

— Je m'en branle. Et pourquoi je suis là, d'abord ? J'étais bien peinard chez moi !

— Tu ne t'en doutes pas ?

— J'ai rien à me reprocher ! hurla Glénou en tremblant.

— On a quand même retrouvé chez toi de quoi s'envoyer en l'air.

— C'est ma conso perso, j'ai besoin de ça pour supporter les raclures comme toi !

— Un peu plus que ta propre conso, non ? Mais c'est pas ce qui m'intéresse aujourd'hui.

Le toxico s'arrêta net, surpris par la volte-face du militaire.

— Qu'est-ce que tu faisais dans la nuit du 4 au 5 août ?

— Qu'est-ce que tu veux que j'en sache ? Je sais même pas quel jour on est.

— Je vais t'aider… deux fois. Un, on est le 9 août. Et deux, mon petit doigt m'a soufflé que ce soir-là tu t'étais baladé avec ton pote Charlemagne, enfin Benjamin Garnier, et que vous aviez fait des rencontres.

— Il est là, Charlot ? aboya Glénou.

— Non, il nous a dit qu'on n'avait pas besoin de lui et que tu te démerderais très bien tout seul.

— Charlot m'a sûrement pas laissé tomber !

— Regarde autour de toi. Tu le vois ? Du coup, ça va être à toi de te mettre à table. Alors… qu'est-ce que vous faisiez dans la nuit du 4 au 5 ?

Glénou réfléchit le plus rapidement possible. Le manque le gagnait, et son état irait en empirant.

— File-moi une dose et je te réponds, tenta-t-il.

— Tu sais bien que ça ne marche pas comme ça, JP. Au fait, je peux t'appeler JP, puisque c'est le surnom que Charlemagne t'a donné pendant que tu essayais de violer Mme Wald. Si tu me racontes tout, je te procurerai ce dont tu as besoin. Promis !

Glénou paniqua. Ce flic était un malin. Comment était-il au courant de ça ? Et si c'était Charlot qui l'avait balancé pour acheter sa tranquillité ? C'est vrai que Charlot le traitait toujours comme son larbin.

— Je… je vois pas de quoi vous parlez, bafouilla-t-il en passant au vouvoiement.

— C'est pas grave, on a tout notre temps. Je te laisse retrouver la mémoire, et tu me feras signe quand elle sera revenue, proposa Grandsir en faisant mine de se lever.

— Non ! s'écria le toxico. Partez pas !

Grandsir se rassit sans un mot, observant Glénou en plein effort de réflexion.

— C'est Charlot qui a trouvé l'affaire. On devait effrayer une bourgeoise. On avait repéré le parcours. Ça devait être facile. Sauf qu'il y a eu ce putain de clebs qui a failli me bouffer les burnes !

— L'idée de la violer, elle venait de qui ? insista Grandsir. De Charlot ou de toi ?

— Ni l'un ni l'autre, je vous le jure. C'était l'idée du mec qui nous a payés.

— Bien, et ce mec, c'était qui ?

— Moi, je l'ai jamais rencontré, c'est Charlot qui était en contact.

— On va pas y passer la journée, JP. Une dernière fois : ce mec, c'était qui ?

— Un dénommé Mathieu Lagadec.

Barnabé Grandsir manqua de tomber de sa chaise. Mathieu Lagadec ? Il connaissait le bonhomme : un faible qui avait profité des relations de papa pour s'affirmer. Mais de là à ordonner le viol de Catherine Wald ! Cependant, Mathieu Lagadec ne devait être qu'un second couteau. Il l'avait croisé lors de l'affaire Quéré. Le type était un beau parleur, mais il n'avait pas le cran nécessaire pour monter un réseau à partir de rien.

— Il s'appelle Lagadec, je vous le jure ! Je veux pas aller en taule à cause de cette ordure.

— Je vais t'offrir une seconde chance de te racheter

— Non, il me faut ma dose. J'ai fait ma part !

— Une dernière petite question, JP. J'ai déjà rencontré Lagadec. Payer des fumiers pour agresser une femme, c'est bien dans ses cordes. Mais il n'a pas les épaules d'un patron. Donne-moi le nom de celui qui est au-dessus, et on n'aura jamais trouvé de drogue chez toi.

— Je veux ma dose, répéta JP en pâlissant.

— Tu l'auras, mais avec juste un autre nom, tu peux avoir beaucoup plus.

— Peut-être, mais t'es Jésus-Christ, mon pote ? reprit JP dans un ultime élan de révolte.

— Je n'ai pas cette prétention.

— Alors si t'es pas Jésus-Christ, tu pourras pas me ressusciter quand on retrouvera mon corps dans l'Odet !

Comme Grandsir le fixait sans un mot, JP rajouta :

— Y a que les Schmitts pour croire que Jordan Kalfon s'est noyé tout seul ! Dans la bande, on sait tous qu'il a essayé de la faire à l'envers au boss. Donc compte pas sur moi !

L'officier comprit que la peur ferait taire le voyou. De quelle mafia sortaient les nouveaux arrivants ? Il devait rapidement parler au major Julienne, mais aussi à Catherine Wald. Il quitta la pièce et demanda à Legarec :

— Prends sa déposition et donne-lui sa dose.

— Et ensuite ?

— Ensuite, je vais faire le point avec le proc. Et j'irai faire un tour à Locmaria cet après-midi.

53

Dossier marseillais

Une théière posée sur le bureau, Cathie s'installa face à son ordinateur. Yann s'était rendu à Quimper après le petit déjeuner. Le journaliste avait décidé de consacrer sa journée à Gaël Delpiero. Il comptait bien trouver des indices qui lieraient l'hôtelier au monde des stupéfiants.

Cathie appréciait de plus en plus son caractère à la fois entier et prévenant, et leur proximité forcée l'avait détendu. Il avait pris de l'assurance et n'hésitait pas à manier un humour qui la faisait sincèrement rire. Cependant, si elle aimait la présence de son ami à ses côtés, elle goûtait aussi ces moments où elle se retrouvait seule. Pour fêter cette liberté passagère, elle avait largement ouvert la fenêtre de son bureau et s'était mise en sous-vêtements pour travailler. Sentir la douceur de l'air jouer sur sa peau sans risquer de perturber Yann : quel bonheur de profiter à nouveau de ce plaisir simple !

À huit heures, Florian Peillard, le correspondant marseillais de Yann, leur avait transmis l'intégralité de son dossier sur Bertrand Sposito. Cathie cliqua sur le lien qui donnait accès à tous les fichiers joints. La liste qui s'afficha l'impressionna : des centaines de photos et des dizaines d'articles. Les plus anciens remontaient à près de trente ans et le plus récent datait de moins de deux mois. Peillard avait réalisé un fantastique travail de compilation.

Elle avait décidé de profiter de son jour de repos pour éplucher tous ces documents. Peut-être mettrait-elle le doigt sur le chaînon manquant entre Delpiero et le mafieux ?

Cathie saisit la théière, remplit lentement sa tasse en porcelaine et huma l'odeur raffinée de son thé au jasmin. Elle, qui n'avait juré que par le café au lait pendant des années, se délectait maintenant de ces infusions si subtiles. Effet de l'évolution de ses goûts, de l'âge ou de ce que sa fille appelait la « boboïtude » ? Elle reposa sa tasse et se concentra sur son écran. Plusieurs heures de lecture l'attendaient.

Plongée dans le dossier, Cathie n'avait pas vu passer l'heure du repas. Elle avait étudié les articles et les photos en partant des plus récents. Le personnage de Bertrand Sposito la fascinait. S'il était de notoriété publique qu'il avait des liens avec le milieu, le parrain n'en était pas moins une des stars de Marseille. Pas un homme politique ou acteur économique local qui n'ait paradé à ses côtés. Il avait fait parler de lui dernièrement en évoquant le rachat de l'Olympique de Marseille. Il n'irait sans doute jamais risquer son argent dans une entreprise aussi périlleuse, mais il s'était attiré la sympathie du peuple marseillais, encore sous le charme de l'époque Tapie.

Guidée par les notes ajoutées par Peillard, Cathie venait de passer au crible quinze années de vie de

Sposito. Alors qu'elle allait s'accorder une pause, elle s'arrêta brusquement sur une photo. Le cliché avait été pris sur une plage. Torse nu et en pantalon de toile blanc, le mafieux était entouré de trois personnes.

Ce n'était pas possible ! Cathie ouvrit un second fichier daté du même jour. Le doute n'était plus permis ! Il fallait qu'elle en ait le cœur net. Elle enfila une robe, fit une escale dans la cuisine pour attraper un morceau de tourte à la viande et saisit les clés de sa voiture. Elle hésita un instant et les reposa. Non, elle irait à pied. Une marche au grand air l'aiderait à s'éclaircir les idées.

54

Gaël Delpiero

Treize heures trente ! Yann Lemeur n'avait pas chômé et disposait d'un dossier conséquent sur la vie et les œuvres de Gaël Delpiero. Il s'étira et mordit avec appétit dans le sandwich qu'une stagiaire – une Brestoise aux yeux rieurs qui l'avait trouvé « resplendissant » – avait eu la gentillesse d'aller lui chercher. C'était bien la première fois depuis qu'il travaillait pour le journal qu'on lui faisait un tel compliment. Était-ce l'effet de sa cohabitation avec Cathie ? Jamais il ne s'était senti aussi à l'aise avec une femme depuis la mort brutale de son épouse, Laurence, seize ans plus tôt. Sa colocataire provisoire le subjuguait et l'impressionnait en même temps. Quand il avait oublié son smartphone dans sa chambre, il avait sans doute raté une occasion qui ne s'était pas représentée. Mais tant pis ! Yann ne forcerait pas le destin, même s'il ne rechignait pas à lui donner un petit coup de pouce.

Il termina son casse-croûte, se servit un café et se plongea dans ses notes.

Gaël Delpiero, quarante-cinq ans, fils de Benito Delpiero et Soizic Hoëdic, était né à Locmaria. Son père était mort et sa mère de soixante-dix ans avait choisi de vivre avec de fidèles amies dans une maison de Concarneau : une colocation en mode senior. Gaël était le fruit d'un amour sincère et improbable entre un maçon calabrais et la fille unique du propriétaire du principal hôtel de Locmaria. Les deux jeunes gens s'étaient rencontrés un soir à un fest-noz, et Soizic était tombée sous le charme des yeux de braise de Benito. Benito, lui, avait été enchanté par le sourire de la jolie rousse.

Quand Marcel Hoëdic, le père de Soizic, avait eu vent de la relation de son héritière avec son ouvrier italien, il était entré dans une colère homérique. Mais si la nature avait donné à la ravissante Bretonne un sourire envoûtant, elle l'avait aussi dotée d'un caractère de fer. Après plusieurs mois sans qu'elle lui adresse la parole, Marcel Hoëdic avait finalement craqué et avait accordé sa fille adorée en mariage à Benito, qui était alors passé du statut de « métèque rital » à celui d'architecte et artiste italien.

Marcel Hoëdic avait enseigné à Benito Delpiero les subtilités de l'entrepreneuriat. Le Calabrais avait les affaires dans le sang et participait activement au développement de la société familiale. Cinq ans après les noces et l'arrivée de ses deux petits-fils, Gaël et Briac, le patriarche manquait de mots assez flatteurs pour encenser son gendre et louer le couple idéal qu'il formait avec sa fille.

À la mort de Marcel, c'est tout naturellement Benito qui avait repris les rênes, aidé par Soizic, qui s'occupait de la comptabilité. Il avait agrandi l'hôtel et ouvert une crêperie sur le port. Il n'avait pas non plus abandonné ses premières amours, créant également une entreprise de maçonnerie. Gaël adorait suivre son père sur les chantiers, manier la truelle et discuter avec les ouvriers. Son jeune frère, Briac, était plus introverti. Tourné vers la religion, il accompagnait tous les matins sa mère à la messe. Dès l'âge de dix ans, Briac avait décidé d'entrer dans les ordres, ce qu'il réalisa plus tard en devenant moine chartreux dans les montagnes grenobloises.

Drame pour Gaël à l'âge de quinze ans, alors qu'il venait d'entrer en seconde dans un lycée rennais : son père, Benito, mourut en chutant d'un échafaudage. Son modèle et mentor disparaissait. Pendant les trois ans qui avaient suivi, Gaël avait fait les quatre cents coups, fréquentant des bandes de voyous qui l'avaient accueilli comme l'un des leurs. Son teint mat et son origine calabraise lui conféraient une aura de vrai dur. Pour parfaire sa réputation, le jeune homme s'était inventé des relations avec les Concello, une des principales familles de la 'Ndrangheta, la mafia calabraise cousine de la Camorra napolitaine. Gaël Delpiero avait découvert le monde troublant des trafics et l'engouement des filles pour les mauvais garçons. Malgré toutes ses activités parallèles et nocturnes, il avait réussi à décrocher son baccalauréat puis était revenu à Locmaria. L'intérêt de la police rennaise à son égard était devenu gênant.

Il était alors rentré dans le rang en travaillant sur les chantiers, deux années durant, pour apprendre le métier. Il ne profitait jamais de sa position de « fils de la patronne ». Il voulait comprendre comment fonctionnaient les affaires et les jeux de pouvoir inhérents. Il avait ensuite repris des études de comptabilité et d'architecture à Paris. Il naviguait entre Brest et la capitale, au rythme des horaires de TGV. Une fois ses diplômes en poche, sa mère, Soizic, lui avait cédé la tête de la société familiale. Son frère, qui avait fait sa valise pour « le désert de Chartreuse », lui accordait toute sa confiance.

Delpiero, dévoré par l'ambition, avait alors décidé d'agrandir son entreprise pour la transformer en empire immobilier. Locmaria était une terre vierge qui s'offrait à lui. Dès que le mot « directeur » avait été imprimé sur sa carte de visite, il avait pris rendez-vous avec Jean-Claude Quéré, le maire tout-puissant de l'époque. Sa mère le détestait, mais le jeune patron avait bien compris que les connexions du maire lui étaient indispensables. Il avait également compris, depuis ses trafics rennais, l'importance des cadeaux et des services rendus. La mafia ne fonctionnait-elle pas sur ce principe ?

Les permis de construire avaient été soudain plus faciles à obtenir. L'homme d'affaires avait érigé coup sur coup une nouvelle crêperie et un restaurant près de la baie de Pors-Kelec, proche de la base naturiste. Il avait ensuite transformé l'hôtel familial en un établissement de standing. *Le Relais de Saint-Yves* y avait gagné une quatrième étoile. Et plus récemment Gaël Delpiero avait pris des parts dans la boîte de nuit le *Magic Breizh*. Il s'apprêtait aussi à acheter une brasserie de Quimper qui avait connu son heure de gloire. Avec de judicieux investissements, il prévoyait de lui redonner sa splendeur d'antan.

Le portrait aurait été incomplet sans ses aventures sentimentales. Gaël Delpiero avait un physique avantageux. Ses années rennaises lui avaient dévoilé son potentiel de séduction et les femmes avaient défilé entre ses bras. Il avait même convolé en justes noces avec un mannequin parisien tenté par l'expérience de la province. Étaient-ce les infidélités répétées de son mari ou la quasi-impossibilité de trouver une crème de nuit digne de ce nom dans un rayon de dix kilomètres ? L'épouse lassée et délaissée était rapidement retournée dans la capitale avec un chèque substantiel en poche. On ne pouvait pas reprocher à Gaël Delpiero d'être avare.

55

Et si ?

Yann feuilleta à nouveau les pages à la recherche d'indices qui pourraient incriminer l'hôtelier. Certes, le personnage semblait plutôt sympathique, mais il ne fallait pas s'arrêter aux apparences.

Il nota sur son carnet les éléments suivants :

1. Ado, Delpiero a opéré dans le milieu du banditisme.
2. Association avec Jean-Claude Quéré.

L'appétence du défunt maire pour l'argent, les femmes et les coups tordus était de notoriété publique. En s'associant avec lui, Delpiero avait été à bonne école.

3. Acquisition de parts dans le Magic Breizh. *Personne au courant à Locmaria.*

Yann pouvait comprendre cette discrétion : aujourd'hui encore, les boîtes de nuit revêtaient un voile sulfureux pour certains. Delpiero avait sans doute cherché à protéger sa réputation dans l'optique d'une future carrière politique. Cependant, les clubs s'avéraient très commodes pour fournir en produits illicites des fêtards désinhibés.

4. Récent rachat de la brasserie.

Yann connaissait bien les anciens propriétaires et il devait admettre que le restaurant perdait un peu plus de son lustre chaque année. Un nouvel investisseur pourrait y réaliser les travaux trop longtemps reportés. Cependant, le rachat des parts de la boîte de nuit et de cet établissement nécessitait des fonds importants. La piste du financement était à creuser.

Yann posa son crayon et s'étira. Il disposait d'un faisceau de présomptions, mais aucune preuve tangible. Restait à trouver l'élément manquant, l'argument irréfutable. Peut-être découvrirait-il des indices supplémentaires dans la documentation de Florian Peillard ? Après tout, l'après-midi ne faisait que commencer.

Son téléphone sonna. Un petit frisson d'adolescent le parcourut lorsque le nom de Cathie apparut sur l'écran. Il se sentit aussi ridicule qu'émoustillé.

— Salut, Yann. Je ne te dérange pas ? Je crois que je tiens quelque chose.

— De quoi s'agit-il ?

— Je te le dirai dès que j'aurai vérifié deux ou trois trucs. Je vais m'absenter quelques heures.

— Sois prudente, la prévint Yann, qui se méfiait de cet enthousiasme soudain.

— Ne t'inquiète pas, le coup de l'agression, ça m'a vaccinée. On en discutera ce soir. D'ailleurs, tu dors toujours à la maison ?

Le ventre de Yann se noua. L'avait-il dérangée en s'installant chez elle ? Ce n'était nullement son intention.

— Si tu préfères, je peux rentrer, proposa-t-il en déglutissant.

— Ne le prends pas comme ça, dit-elle en riant. Je pensais juste que tu avais peut-être envie de retrouver ton appart.

— J'aime autant rester avec toi jusqu'à la résolution de cette affaire, affirma-t-il, rassuré.

— Alors à plus tard !

— Et fais attention à toi, hein ! répéta Yann une nouvelle fois.

— *Oh yééé*, conclut-elle dans un réflexe atavique.

Qu'avait-elle bien pu découvrir ? Il la connaissait maintenant suffisamment pour savoir que lui poser plus de questions n'aurait fait que la braquer. Une chose était sûre, elle n'avait pas chômé ce matin. Peut-être s'était-elle attelée à l'étude du dossier de Florian Peillard ? Son téléphone sonna à nouveau.

— Yann Lemeur, j'écoute.

— Salut, ça va ?

Surpris, le journaliste reconnut la voix de Cécile Micolou.

— Bonjour, Cécile, je peux faire quelque chose pour toi ?

— J'essaye de joindre Cathie, mais sans succès. Est-ce qu'elle est avec toi ?

— Non, je suis dans les locaux de *Ouest-France*, à Quimper. Par contre, c'est étonnant parce qu'elle m'a appelé il y a moins de dix minutes. Elle quittait Kerbrat.

— Eh bien, elle a dû oublier son portable chez elle, conclut Cécile. Du coup, tu as quelques secondes à m'accorder ?

— J'ai tout le temps nécessaire.

— Je repensais à notre conversation d'hier au sujet de Rose. Et…

Cécile sembla hésiter un instant, mais Yann l'invita à poursuivre.

— Elle n'a jamais parlé de sa vie avant son installation à Locmaria, il y a une quinzaine d'années. Mais un jour, elle m'a confié que, plus jeune, elle adorait aller dans les calanques de Cassis le dimanche. C'est dans le coin de Marseille, non ?

— Tout à fait, c'est à côté, répondit-il en prenant soudain conscience de l'impact de la révélation de Cécile. Est-ce qu'elle t'avait donné d'autres détails ?

— Oui, mais à mon avis, ils te gêneraient.

Yann n'insista pas pour savoir avec qui la coiffeuse passait ses dimanches ni comment elle les occupait. Mais l'annonce de la présence régulière de Rose dans la région marseillaise pouvait totalement modifier l'approche du dossier.

— Tu penses aussi qu'elle pourrait être impliquée dans le trafic avec Delpiero ? interrogea Cécile, confortée dans son idée par le silence de son interlocuteur.

— Qu'est-ce que tu en dis ? C'est toi qui la connais le mieux.

— Le nom de Rose ne me serait jamais venu spontanément à l'esprit, mais sous ses allures débonnaires elle a une volonté de fer. Jamais personne ne lui a rien imposé ici. On a été très proches, et je lui ai raconté par le menu mes aventures et mes rencontres. Elle, elle a toujours refusé d'aborder sa période pré-Locmaria. Trop de mauvais souvenirs, disait-elle !

— Alors elle se serait retrouvée coincée, et entraînée malgré elle dans cette histoire, comme Erwan ? suggéra Yann.

— C'est possible… Sincèrement, je n'en sais rien.

— Est-ce que je peux te rappeler d'ici une demi-heure ? J'ai peut-être une piste.

— OK, j'attends ton coup de fil.

56

Gendarmes et moralité

Le major Julienne ne sut quelle posture adopter lorsqu'il vit Cathie Wald pénétrer dans les locaux de la gendarmerie. D'un côté, il n'avait toujours pas digéré la façon dont cette femme l'avait traité au cours de leur dernière entrevue. D'un autre, il avait pris conscience de l'indélicatesse de ses propos. Venait-elle lui présenter des excuses ou de nouveau passer ses nerfs sur lui ? Dans tous les cas, il disposait maintenant d'informations à lui transmettre. Le capitaine Grandsir l'avait appelé à la suite de l'interrogatoire de Jean-Philibert Glénou, dit JP. Le voyou avait reconnu l'agression. Mais quand l'officier avait livré à Julienne l'identité du commanditaire, celui-ci, incrédule, avait dû la lui faire répéter. Le ton de Grandsir ne laissait planer aucun doute et son supérieur se déplaçait lui-même pour appréhender Mathieu Lagadec. Le tonnerre allait frapper la communauté locmariaiste ! En attendant, le major Julienne espérait juste que l'orage ne venait pas aussi de s'inviter dans son bureau.

— Bonjour, major, j'ai besoin de vos lumières.

Son interlocutrice semblait avoir quitté le sentier de la guerre. Julienne, curieux, décida de coopérer.

— Bonjour, madame Wald. Que puis-je faire pour vous ?

— J'ai une question, et elle va être cash, prévint-elle.

— Je finirai peut-être par m'y habituer un jour, lâcha-t-il, fataliste.

— Connaissez-vous la vie privée des membres de votre brigade ?

Le sous-officier déglutit, l'air perdu.

— Sont-ils mariés, ont-ils des maîtresses ? insista Cathie.

Julienne la fixa avec méfiance. Tentait-elle encore de le provoquer ? Cependant, il ne lut aucune trace d'agressivité ni de moquerie sur son visage.

— Je vous avais dit que ma question était directe. Répondez juste par oui ou non !

— Mais pourquoi vous intéressez-vous aux aventures amoureuses de mes gars ? s'étonna Julienne en retrouvant la parole.

— Je ne peux pas vous le dire. Pas tout de suite en tout cas. Mais je vous raconterai tout très bientôt, promis. Répondez-moi, je vous en supplie.

Hilare, l'adjudant Ronan Salaün pénétra dans le bureau de son supérieur. Sans l'avouer, Julienne éprouva un soulagement et se sentit moins seul, face à cette femme dont il ne comprenait définitivement pas le comportement.

— Vous enquêtez sur la moralité dans les rangs des représentants de l'État ? s'amusa le nouvel arrivant.

— Bonjour, adjudant ! C'est… c'est très important pour moi. Je vous jure que rien ne sortira de ce bureau.

— Nous n'avons rien à cacher de ce côté-là, décida finalement Julienne. Je suis marié depuis vingt ans avec

Marie et je peux vous assurer que pour rien au monde je ne lui serais infidèle.

— De mon côté, enchaîna Ronan Salaün, j'ai vécu trop d'aventures avec ma Véronique en trente-deux ans pour aller voir ailleurs. Et puis si jamais l'un de nous avait des envies, il aurait intérêt à quitter la région pour mener ses petites affaires tranquillement. Tout se sait à Locmaria.

— Détrompez-vous, Ronan, un couple illégitime est capable de prodiges de discrétion quand il ne veut vraiment pas être repéré. Et concernant les autres membres de votre équipe ? ajouta-t-elle en remarquant avec satisfaction qu'ils étaient tous en mission hors de la gendarmerie.

— Le maréchal des logis Patrick Colin s'est marié il y a moins de deux ans et il file le parfait amour, précisa Julienne. Par ailleurs, sa femme, même si elle lui fait une entière confiance, garde toujours un œil sur lui… et sur son portable. Il n'est donc pas candidat à une vie sentimentale clandestine.

— Enfin, enchaîna Salaün, le brigadier Christophe Riou est plus attiré par ces messieurs que par ces dames. Il habite du côté de Quimper, et je connais bien son compagnon ! Ils sont en couple depuis près de trois ans et parlent de se pacser. Je ne peux jurer de rien sur leur fidélité, mais les signaux sont au vert.

— Voilà, conclut le major, avons-nous répondu à vos pressantes interrogations ?

Cathie adressa à Julienne un sourire chaleureux qui lui fit oublier tous ses griefs.

— Je vous remercie pour votre sincérité.

— Vous ne voulez vraiment pas nous expliquer en quoi ces informations vous sont utiles ? insista Salaün.

— Je vous le dirai demain au plus tard, c'est promis.

— Vous n'allez pas faire de bêtise, n'est-ce pas ? s'entêta-t-il.

— Décidément, vous vous êtes donné le mot avec Yann, s'agaça-t-elle.

— Vous avez quand même été agressée, la coupa le major Julienne, et le coupable a reconnu les faits.

Cathie se tut et attendit la suite.

— Nous avons appréhendé le fameux JP dont vous m'aviez transmis le signalement. Il est sous les verrous et nous sommes à la recherche de son complice. Mais, rassurez-vous, vous ne risquez rien ! Traqué comme il l'est, sa préoccupation principale va être d'essayer d'échapper à nos services.

— C'est une excellente nouvelle, major, et je vous remercie d'avoir déployé l'énergie nécessaire à leur arrestation.

Julienne ne sut dire si Cathie se moquait de lui ou pas. Non, elle semblait réellement soulagée.

— Nous avons une autre information. L'identité du commanditaire. Votre agression était préméditée… par quelqu'un que vous connaissez.

Cathie se contracta, attendant le nom qui allait tomber.

— Mathieu Lagadec, lâcha le gendarme.

— Quoi ? explosa Cathie. Non content de harceler son frère, il s'en prend aussi à moi ! C'est parce qu'il a peur que je le balance pour sa complicité dans le trafic de drogue local, c'est ça ?

— Mais… mais, bégaya Éric Julienne, comment êtes-vous au courant ? JP Glénou n'a parlé que ce matin.

— Je le sais, c'est tout, coupa Cathie. Cet *arschloch* va le sentir passer.

— Ne vous inquiétez pas, confirma Julienne. Nous allons procéder sans tarder à l'arrestation de Lagadec : le capitaine Grandsir va arriver d'un moment à l'autre. Il aimerait d'ailleurs s'entretenir avec vous… et je comprends maintenant pourquoi.

— Je suis occupée dans les heures qui viennent, mais je le rencontrerai avec plaisir dès mon retour. Saluez-le de ma part, ajouta Cathie en quittant promptement le bureau.

57

Confrontation

Cathie regretta de ne pas avoir pris sa bicyclette. Certes, la marche lui permettait d'ordonner ses pensées, mais le soleil de l'après-midi frappait plus fort qu'elle ne l'avait anticipé. Un filet de sueur coulait dans son dos, heureusement rapidement absorbé par le tissu léger de sa robe. Était-ce l'effet de son pas de chasseur ou celui de la confrontation à venir ? Quarante-huit heures plus tôt, elle n'aurait jamais imaginé accomplir une telle action. Il existait forcément une explication et elle la découvrirait avant les autres.

La maisonnette était éloignée du centre du village, à la limite d'un bois de hêtres. Une vieille bâtisse en granit au toit bas et aux ouvertures quasi inexistantes. Très typique, cette petite longère dégageait un charme indéniable. Cathie aurait préféré ne pas arriver à l'improviste. Mais comme une andouille, elle avait oublié son téléphone sur la table de la cuisine. Tant pis, elle ferait à l'ancienne : en toquant et en croisant les doigts pour qu'il y ait quelqu'un. La voiture, un cabriolet BMW acheté d'occasion, scintillait sous le soleil. Sa propriétaire venait de la nettoyer. Rose Dentremont n'avait jamais caché son attirance pour un peu de luxe ostentatoire. Sa «bagnole de pétasse», comme elle l'appelait elle-même, alimentait régulièrement les discussions de Locmaria.

La coiffeuse apparut soudain et fit de grands signes.

— Cathie ? C'est sympa de passer me voir. Entre boire un verre !

Cathie inspira un bon coup et poussa le portail en bois. Vêtue d'un minishort noir et d'un haut fuchsia à bretelles, Rose l'accueillit, une binette et un seau rempli de mauvaises herbes à la main.

— Je profite du lundi pour travailler dans le jardin, expliqua-t-elle en désignant un massif d'hortensias pourpres. On pense que ces trucs sont increvables, mais dès qu'il faut s'en occuper on s'aperçoit qu'il n'en est rien. Et toi, comment tu t'en sors avec tes plantes ?

— Tu sais, je n'ai pas trop le temps. Alors je fais appel à un professionnel.

— Eh ben dis-moi, la restauration rapporte plus que la coiffure ! Bon, je pose tout ça et on va se boire une bière. Je me suis installé un petit coin de l'autre côté. On sera à l'ombre et à l'abri des regards.

— À l'abri des regards ?

— J'ai un voisin qui doit me trouver à son goût. Un retraité qui s'est pris d'amour pour l'aéronautique et qui a acheté un drone, à la grande surprise de sa femme. De temps en temps, j'entends le vrombissement d'une abeille géante qui survole la propriété.

— Porte plainte. Se faire mater quand on est en public, passe encore, mais par un drone dans son jardin !

— Tu as raison, il faudra que je m'en occupe, acquiesça Rose sans avoir l'air préoccupée par la situation.

Elle entra dans la maison et ressortit avec deux bouteilles recouvertes d'une fine pellicule de condensation.

— Ça va nous faire du bien, annonça-t-elle en en tendant une à Cathie. Allez, à la vie, aux mâles et à leur naïveté !

Les deux femmes portèrent le goulot à leurs lèvres et apprécièrent ces fameuses premières gorgées de bière à l'amertume subtilement marquée.

— Alors, qu'est-ce qui me vaut le plaisir de ta visite ? C'est la première fois que tu viens me voir.

— Un truc qui m'a perturbée… et dont j'aimerais te parler.

— Si tu savais le nombre d'hommes qui m'ont confié leurs soucis, dans mes bras… ou entre mes jambes, commenta Rose avec un clin d'œil égrillard. Mais je pense que nous ne serons pas obligées d'en arriver là.

Cathie eut un sourire gêné. En temps normal, la plaisanterie l'aurait amusée, mais là…

— Je suis sérieuse… Je voudrais qu'on discute des affaires de drogue qui sévissent en ce moment dans la région.

Rose eut une moue étonnée. Soit elle ne comprenait pas, soit c'était une excellente comédienne.

— Je t'écoute.

Cathie avait décidé de ne pas y aller par quatre chemins. Après tout, que risquait-elle dans la chaumière d'une coiffeuse bretonne armée d'une simple binette ? Elle devait découvrir comment Rose s'était trouvée impliquée dans ces malversations, car elle était persuadée qu'elle y prenait part.

Cathie lui résuma son enquête, lui parla des soupçons

sur Sposito et termina par le déjeuner surpris par Yann au *Café de l'Épée* à Quimper. Rose éclata de rire.

— Gaël est mon jules depuis près de six mois. Pour une fois que je tire le gros lot. Beau mec, plutôt bon au lit et généreux. Je sais qu'il me fait des infidélités, mais je m'en fous. On n'a jamais eu l'intention de se mettre la bague au doigt. Sinon, il aime l'argent, mais de là à ce qu'il se soit lancé dans le trafic de stups, il y a un monde.

— Je pense quand même que tu es impliquée malgré toi dans ce trafic et j'ai envie de t'aider.

— C'est tout à ton honneur, mais d'où te vient cette idée ? répliqua Rose, plus sérieuse.

— Ça ne va peut-être pas te plaire, mais je voudrais partager avec toi plusieurs éléments.

— Waouh ! Vas-y ! Je suis tout ouïe, Miss Marple.

58

Sylvia Tramonti

Ça pouvait n'être qu'une coïncidence... mais ça commençait à faire beaucoup.

Yann observa de nouveau la photo d'une petite brune en bikini blanc aux cheveux courts et aux courbes généreuses qui posait à côté de Bertrand Sposito. Le parrain l'enserrait par la taille et elle le mangeait du regard. Deux autres femmes, apparemment moins intimes, mais tout aussi dévêtues, les accompagnaient.

Il attrapa son téléphone.

— Cécile ! Je t'envoie une photo dans la seconde. Dis-moi ce que tu en penses.

Surprise, Cécile Micolou attendit le fichier, puis laissa échapper une exclamation en l'ouvrant.

— Où est-ce que tu as trouvé ça ?

— Dans le dossier de mon correspondant marseillais. Alors, est-ce que tu reconnais la fille en maillot blanc ?

— C'est Rose, évidemment. Elle avait quelques kilos en moins, comme nous toutes, mais il n'y a aucun doute. C'est amusant de la voir avec un carré brun alors qu'elle a maintenant une tignasse blonde. Qui c'est, le mec au look de maquereau qui la serre contre lui ?

— Sposito.

— Le mafioso dont on parlait hier ?

— Lui-même, confirma Yann.

— Mais, mais… Rose serait donc vraiment impliquée dans ce trafic !

— D'une manière ou d'une autre. Tu n'as toujours pas de nouvelles de Cathie ?

— Non. Tu penses qu'elle est tombée sur cette photo ce matin ?

— Je n'en sais rien. C'est possible. Elle tient tellement à élucider cette affaire pour innocenter Erwan et se venger de son agression que je crains ses initiatives.

— Tu veux que j'essaie de la retrouver ? s'alarma Cécile.

— Non, ne t'affole pas. Mais j'aimerais que tu restes joignable… au cas où.

— Compte sur moi.

Yann raccrocha et lut l'article une nouvelle fois. La jolie brune n'était pas citée sous le nom de Rose Dentremont, mais sous celui de Sylvia Tramonti. Le papier datait d'il y a seize ans, soit un an avant l'arrivée de Rose/Sylvia en Bretagne. Le journaliste passait une généreuse couche de cirage à Bertrand Sposito en louant son implication dans la réhabilitation d'un vieux hameau. Il rendait aussi hommage à Sylvia Tramonti, propriétaire d'une chaîne de salons de beauté et grande défenseuse de la propreté des calanques bucco-rhodaniennes.

La photo ne laissait aucune ambiguïté quant à la relation qu'entretenaient Rose et Sposito. Yann devait en savoir plus, et un seul homme pouvait l'aider. Il fut soulagé en entendant son interlocuteur décrocher.

— Peillard à l'appareil, annonça une voix que Pagnol n'aurait pas reniée.

— Salut, Florian. C'est Yann Lemeur.

— Hé, collègue, comment ça va ? Tu as trouvé ton bonheur dans ce que je t'ai envoyé ?

— Justement, c'est de ça que je veux te parler. Tu le maîtrises bien ce dossier ?

— Sposito, c'est une ordure, mais c'est un type fascinant.

— Qu'est-ce que tu peux me raconter sur Sylvia Tramonti ?

— Sylvia ? Elle t'a fait tourner la tête ? s'amusa Peillard. Tu ne serais pas le seul. Et puis, sous son allure de cagole, c'était une sacrée femme d'affaires… enfin, pas forcément des affaires très recommandables. Mais c'est de l'histoire ancienne.

— Elle vit depuis quinze ans à Locmaria sous le nom de Rose Dentremont et tient un salon de coiffure, asséna Yann.

La nouvelle laissa le journaliste marseillais sans voix.

— On pense qu'elle pourrait être impliquée d'une façon ou d'une autre dans le trafic de stups. Mais j'ai besoin de tes lumières.

— Ça alors… Sylvia Tramonti est de retour… Tu vois, j'étais persuadé qu'elle avait été victime d'un règlement de comptes et que son corps avait nourri les sardines et les gobies.

— À ce point ? s'inquiéta Yann. Mon amie Cathie m'a annoncé être sur une piste, et je crains que ça concerne Rose.

— Dis-lui d'être prudente. Sylvia, c'est pas une tendre.

— Pourtant, tout le monde l'aime bien ici, s'étonna Yann.

— Elle sait y faire et être charmante. Allez, je vais te raconter ça.

Yann Lemeur attrapa un crayon, prêt à noter ce que son collègue allait lui dévoiler.

— Sylvia, c'est pas une Marseillaise. J'ai eu l'occasion de la croiser plusieurs fois, et si elle avait un accent, c'était plutôt le pointu de la capitale. Elle avait une vingtaine d'années quand elle a débarqué à Marseille. Elle s'est installée dans le quartier du Panier, où elle a débuté comme employée dans un petit salon de coiffure. La pitchounette se débrouillait bien et la rumeur disait qu'elle accordait quelques faveurs à son patron. Trois ans après son arrivée, voilà que le merlan casse sa pipe…

— Tu penses qu'elle y était pour quelque chose ?

— Non, il a loupé un virage en montagne avec une dose d'alcool dans le sang à faire tilter un éthylotest. Et là, surprise, après l'avoir couchée dans son lit, le gars avait couché Sylvia dans son testament ! La jeunette a accepté l'héritage et a modernisé son commerce. Elle l'a transformé en institut de beauté. Sa boutique marchait gentiment, jusqu'à ce que deux femmes de stars de l'OM intègrent sa clientèle. Le petit institut est alors devenu un lieu à la mode. C'est à ce moment qu'est intervenu Bertrand Sposito.

— Sans doute pas pour se faire épiler ?

— Si tu regardes Sposito, il est bronzé trois cent soixante-cinq jours par an et il n'a pas un poil qui dépasse de ses sourcils. Il a son esthéticienne personnelle. Non, il s'est impliqué parce qu'il a gardé un lien avec le quartier de son enfance et que la réussite de cette fille lui plaisait.

— Du coup, il lui a offert sa protection ?

— Plutôt une coopération. Sylvia était douée pour les affaires, se débrouillait parfaitement dans le domaine de la beauté, savait s'entourer et n'avait pas froid aux yeux. Bertrand avait de l'argent, cherchait à se développer, n'avait pas froid aux yeux non plus et se montrait sensible aux charmes de la jeune femme. Bingo, ils ont conclu un marché. Deux ans plus tard, Sylvia gérait trois instituts, dont deux qui accueillaient régulièrement des hommes. Comme le paillasson sur le torse restait à la mode, on peut imaginer que les séances prodiguées dans les salles d'épilation dépassaient ce que permettaient la moralité et surtout la loi. En tout cas, un jour, un voisin excédé a déposé une plainte. Sposito a plaidé son cas au magistrat chargé du traitement du dossier. « Vous comprenez, monsieur le juge, une petite, amoureuse d'un client, a malencontreusement abusé de sa beauté pour le séduire. La fougue de la jeunesse ! Ledit client, d'ailleurs, ne lui en a pas tenu rigueur et lui a pardonné son inconduite. Vous n'allez pas perdre votre temps précieux avec ce genre de peccadilles. » Bref, les relations de Sposito ont évité la fermeture et les affaires ont continué. La photo sur la plage date de cette époque. Sposito était marié, mais il sortait plus souvent avec Sylvia qu'avec sa femme.

— Alors pourquoi a-t-elle quitté Marseille sans laisser aucune trace ?

— Une sale histoire dans un de ses salons. J'ai enquêté sur ce dossier qui avait fait du bruit. Un jour, une de ses employées a été retrouvée assassinée du côté des calanques de Sormiou. Son mac, parce qu'elle était un peu pute, a accusé Sylvia de l'avoir trucidée. Bon, un maquereau qui se plaint, ça fait pas très sérieux, mais il connaissait du beau monde. D'après lui, sa protégée avait emprunté de l'argent dans la caisse et s'était fait prendre en flag par la patronne.

— Les hommes de Sposito ont buté la gamine ?

— Vu la méthode, les flics en ont douté, expliqua Peillard. Un truc trop raffiné pour les *pistoleros* locaux. Ensuite, à force de gueuler, le proxo est lui aussi passé à la trappe. Assaisonné au plomb par un motard alors qu'il attendait dans sa voiture à un feu rouge.

— Encore Sylvia ?

— Non, du plus classique. Sans doute Sposito, mais ça n'a jamais été prouvé. Après tout, le macchabée travaillait dans le milieu de la prostitution. La concurrence est rude sur le trottoir.

— Donc la situation s'était éclaircie pour Sylvia, conclut Yann. Plus d'empêcheurs d'épiler en rond !

— En théorie, sauf qu'une autre employée a fini par oser témoigner. Elle accusait Sylvia d'avoir poignardé la victime. Un magistrat a dû discrètement prévenir Sposito. Quand les flics sont arrivés chez Sylvia Tramonti pour l'arrêter, il n'y avait plus personne. Disparue pour ne jamais réapparaître… jusqu'à aujourd'hui.

— Et pourquoi pensais-tu qu'elle avait été tuée ?

— Le frère de la victime s'était vanté de l'avoir égorgée et jetée à la mer. Mais il a pas été malin, parce que la police l'a cru, et qu'il a terminé aux Baumettes pour rien.

Yann mit quelques instants pour digérer l'histoire. Si Cathie était allée discuter avec Rose, elle courait un grave danger !

59

Accusation

Cathie se demanda un instant si sa démarche n'était pas totalement stupide. Elle était en train de boire une bière avec une copine et allait l'accuser de participer à un trafic de stupéfiants. « En même temps », comme l'aurait dit un célèbre personnage public, elle lui cherchait des circonstances atténuantes et se positionnait en amie bienveillante. Il ne restait plus qu'à espérer que Rose l'interpréterait ainsi. De toute façon, il était trop tard pour reculer.

— Je suis passée voir les gendarmes tout à l'heure.

Surprise, Rose l'invita à poursuivre.

— Je me suis renseignée sur leur vie privée. Ils ont dû me prendre pour une folle, mais j'avais besoin de savoir. La dernière fois que tu m'as coiffée, tu m'as parlé du sachet d'ecstasy découvert dans la poche du blouson d'Erwan. Or, à ce moment, seuls les gendarmes, Julie et moi *étions au courant*. Tu m'as avoué avoir récupéré ces confidences sur l'oreiller, mais d'après ce que m'ont raconté Salaün et Julienne, ils ont tous une existence bien rangée. D'où la question : comment avais-tu eu l'info ?

— Tu cherches à m'accuser ? s'étonna Rose.

— Non, simplement à comprendre. Je suis certaine que tu as été embringuée malgré toi dans cette histoire. J'aimerais t'aider.

— Eh bien, je vais te donner ma version des faits. Tu en feras ce que tu voudras. Un gendarme ne pourra jamais admettre qu'il s'offre du bon temps hors des liens du mariage, surtout dans un village comme Locmaria. Et encore moins qu'il balance des infos sur les affaires en cours à sa maîtresse. Sa réputation serait cuite

— Mais… tu sors avec Gaël !

— Je t'ai dit qu'on se faisait plaisir, mais sans les contraintes du mariage.

— Alors, tu t'amuses avec lequel de nos cruchots ?

— Permets-moi de conserver cette relation secrète, répondit Rose avec un sourire. Ce n'est pas dans mes habitudes d'étaler mes amours au grand jour. Et toi, tu leur as parlé de moi ?

— Je n'ai pas cité ton nom, tu penses bien.

— C'est sans doute mieux comme ça. Sinon, avons-nous autre chose à élucider ensemble, Agatha ?

Perturbée par l'assurance de Rose, Cathie hésita sur la conduite à tenir. Devait-elle s'arrêter là et faire le point avec Yann ? Non ! Elle devait en profiter et crever l'abcès.

— Marseille, annonça simplement Cathie.

— Quoi, Marseille ?

— Tu as vécu à Marseille ?

— J'y ai passé quelques week-ends dans ma jeunesse, mais c'est tout. Pourquoi tu me poses cette question ? s'enquit Rose d'une voix qui se tendait perceptiblement.

— Juste des week-ends ?

— Oui, juste des week-ends.

— Alors je devais te confondre avec Sylvia Tramonti.

Cathie devina que Rose pâlissait sous son bronzage impeccable. Les doigts de la coiffeuse se crispèrent sur la bouteille de bière vide.

— Parce que tu m'espionnes, maintenant ! hurla Rose à la stupéfaction de Cathie. On n'a pas le droit à l'oubli ? Je me suis installée ici pour refaire ma vie, et tu viens m'agresser avec les souvenirs de Sylvia Tramonti ! Qu'est-ce que ça peut te foutre ce que j'ai vécu à Marseille ? Et quel rapport avec le trafic dont tu m'accuses ?

Cathie ne pouvait plus faire marche arrière. Si la rage de Rose la mettait terriblement mal à l'aise, elle tenait tout de même l'occasion de faire la lumière sur son rôle.

— Une photo, Rose, juste une photo. Où tu es amoureusement enlacée par Bertrand Sposito...

Rose se tut et considéra Cathie. Cette femme pouvait, d'une minute à l'autre, lui procurer de graves ennuis. Elle devait décider très vite du comportement à adopter.

— Tu m'impressionnes, Miss Marple. Je ne sais pas comment ton journaliste ou toi avez trouvé cette photo, mais j'étais effectivement cette Sylvia, même si Rose est mon vrai prénom. J'ai eu une aventure avec Bertrand, une belle aventure d'ailleurs. Cette histoire s'est mal terminée. J'espérais la laisser derrière moi en quittant Marseille, mais je constate que le temps ne l'a pas effacée.

— Sposito, tu le vois toujours ?

— Je ne l'avais plus jamais revu... jusqu'à ce qu'il

réapparaisse dans ma vie il y a quelques mois. Et qu'il la fasse exploser, ajouta-t-elle dans un sanglot naissant.

Cathie passa son bras autour de l'épaule de Rose.

— Je vais t'aider à t'en sortir, promit Cathie.

— Quelqu'un sait que tu es venue me parler ? s'enquit Rose d'une voix presque timide.

— Non, personne. Je n'ai pas voulu porter de fausses accusations avant d'échanger avec toi.

— Alors je peux encore m'en sortir. Tu vas m'aider ! se rassura Rose en rentrant dans la maison.

Lorsqu'elle revint, la gorge de Cathie se serra.

— Tu vas m'aider, reprit Rose dans un rictus et un pistolet automatique à la main, mais pas comme tu l'imaginais.

60

La cavalerie

Cécile Micolou projeta son vélo contre le mur de la gendarmerie et se précipita dans le bâtiment.

Quand le major Julienne la vit entrer, rouge d'excitation, il craignit un instant que toutes les femmes de Locmaria se soient donné le mot pour perturber sa journée.

— C'est Cathie ! lâcha Cécile en reprenant son souffle.

Effectivement, l'Alsacienne était encore au cœur de cet imbroglio, mais il devina immédiatement que la situation devait être sérieuse.

— Bonjour, madame Micolou, quel est le problème ?

— Major, est-ce que vous avez aperçu Cathie aujourd'hui ?

— Elle est passée en début d'après-midi… elle semblait assez agitée d'ailleurs.

— Il faut à tout prix que je la trouve. De quoi vous a-t-elle parlé ?

Comme le gendarme hésitait, Cécile insista.

— Dites-le-moi. Il en va peut-être de sa vie !

Julienne se remémorait parfaitement l'effervescence

de Catherine Wald, son exaltation, même. Il connaissait Cécile Micolou et la considérait comme une personne posée et raisonnable. Il allait peut-être enfin faire la lumière sur ce qui se passait.

— Elle nous a demandé si certains des membres de la brigade n'auraient pas des relations extraconjugales.

— Rose ! s'écria Cécile. Rose Dentremont !

— Mais qu'est-ce que notre coiffeuse vient faire dans cette histoire ? s'énerva-t-il. Je ne comprends rien !

— Cathie voulait savoir si l'un d'entre vous couchait avec Rose, n'est-ce pas ?

Julienne s'assit, débordé par la situation. Remarquant son regard perdu, Cécile décida de l'informer en partie. Plus elle avançait dans son récit, plus le visage du gendarme se décomposait. Ce groupe de femmes et ce journaliste avaient progressé bien plus vite que lui dans leur enquête.

— Ce que nous pensons, conclut Cécile en parlant aussi rapidement que possible, c'est que Rose tient un rôle actif dans les événements récents. Et maintenant, son passé marseillais me fait craindre le pire.

Éric Julienne n'hésita pas un instant. Il se leva, attrapa son arme de service et les clés de son véhicule.

— Savez-vous où habite Rose Dentremont ?

— Oui, près du bois du Pendu.

— Suivez-moi. On va aller tirer ça au clair.

61

Aveux

Cathie ne savait plus comment appréhender la situation.

— Rentre avec moi à l'intérieur.

La voix sèche et le canon de l'arme qui suivait ses mouvements la poussèrent à obéir. Rose l'emmena jusqu'à la pièce du fond, surveillant ses moindres gestes.

— Mais enfin, Rose, qu'est-ce qui se passe ? s'alarma Cathie une fois dans la chambre à coucher.

— Tu prends la valise bleue en bas de l'armoire, et tu la remplis de vêtements, ordonna la coiffeuse en se dirigeant vers un tableau.

Elle le décrocha, libérant l'accès à un coffre-fort encastré dans le mur.

— Mes bagages, ils vont se faire tout seuls ? aboya-t-elle à sa prisonnière, qui l'observait discrètement.

— Bon, ça suffit ta petite crise, maintenant ! se rebiffa Cathie.

Le fracas de la détonation la stupéfia. Tremblante, elle se tourna et vit l'impact de la balle, qui avait brisé le miroir de l'armoire. Le projectile était passé à moins de cinquante centimètres de sa tête.

— Au boulot !

Cathie remarqua à peine les liasses de billets et les bijoux que Rose sortait de son coffre. Elle se força à respirer régulièrement et commença à choisir des vêtements.

Un cauchemar ! Elle vivait un cauchemar ! Comment imaginer la duplicité de la gentille Rose, un peu coquine et si agréable ? Elle se souvint de la façon dont elle avait raillé Yann quand il lui avait demandé d'être vigilante. Quelle imbécile !

— Prends le tailleur crème ! ordonna Rose.

Cathie s'exécuta et ajouta l'ensemble dans la valise déjà pleine.

— Merci, ça ira comme ça.

Si la voix de Rose s'était adoucie, la même flamme brûlait encore au fond de ses yeux.

— Je me suis toujours préparée à un départ, reconnut-elle en glissant sa fortune dans son bagage. Avec des euros, des dollars, quelques bijoux et un beau cul, tu peux refaire ta vie n'importe où, ma chérie.

— Tu sais, Rose, tenta Cathie avec prudence, tu n'es pas obligée de t'enfuir. Tu peux expliquer que Sposito et Delpiero t'ont forcée à intégrer ce réseau. Tout le monde témoignera pour toi, ici.

La coiffeuse la fixa, surprise, puis éclata d'un grand rire moqueur.

— Mais t'as pas compris ?

— Compris quoi ?

— Gaël n'est pas du tout impliqué dans cette histoire ! Si je suis sortie avec lui, c'est un peu parce que c'est un bon coup, mais c'est surtout pour utiliser ses restaurants, ses hôtels et sa boîte de nuit pour blanchir l'argent.

— Mais il ne se doute de rien?

— Pour lui, la gentille Rose est une jolie chose avec laquelle passer d'agréables moments. Pas un instant il n'a imaginé que je me suis introduite dans les comptes de ses sociétés.

— C'est toi qui es à la tête de tout ça?

— Eh oui, Rose Dentremont, future marraine de la côte sud de la Bretagne! Je suis l'associée de Bertrand Sposito. Ça a de la gueule, tu ne trouves pas?

— Et… Jordan Kalfon?

— Il a essayé de m'arnaquer. Alors je l'ai invité à une petite fête sur un yacht, mais ce pauvre Jordan a quitté le bateau en pleine mer, s'amusa-t-elle en racontant la fin tragique du jeune dealer. Une bonne leçon pour tous ceux qui auraient voulu tenter de me doubler. Bref, un idiot utile, tout comme Lagadec, qui s'occupe d'une partie de la logistique. Maintenant, il est temps d'y aller. Tu vas m'accompagner.

— Qu'est-ce que tu veux faire de moi? s'alarma Cathie.

— J'ai pensé un instant t'abattre pour te faire taire, mais j'ai jugé plus sage de me défouler sur mon armoire. De toute façon, je n'aimais plus cette glace.

Cathie espéra que Rose plaisantait, mais chaque seconde qui passait la convainquait du contraire.

— Et puis, continua Rose, si tu as réussi à me trouver, j'imagine que ton journaliste va débarquer sans tarder. Du coup, tu vas venir avec moi et me servir d'otage pour le cas où les choses tourneraient mal. Allez, avance! Et ne cherche pas à jouer à la plus fine ou je te pulvérise un genou. Ça risquerait de te gêner pour tes footings.

Cathie tenta de chasser la panique qui la gagnait.

Elle avait plus de valeur vivante que morte ! Alors elle ne devait surtout pas contrarier Rose. Avec un peu de chance, elle la libérerait une fois loin de Locmaria…

Comme elles approchaient de la sortie, une ombre s'incrusta dans l'encadrement de la porte.

— Ah, Cathie, tu es…

Cécile perdit ses mots en découvrant le pistolet noir acier qui menaçait son amie, et qui la menaçait maintenant elle aussi.

Rose esquissa une moue en voyant celle avec qui elle avait partagé une partie de ses souvenirs et de ses secrets.

— Fous le camp d'ici, Cécile, et laisse-nous passer !

Comme Cécile ne réagissait pas, Rose visa le chambranle de la porte et appuya sur la détente. Des éclats de bois giclèrent et Cécile s'écarta aussitôt. Cathie quitta la longère, suivie de Rose, qui tirait sa valise, gage de sa vie future. Comme elles s'approchaient de la voiture, une voix claire les arrêta :

— Lâchez votre arme, tout de suite !

Sig Sauer réglementaire au poing, jambes fléchies, Éric Julienne tenait la coiffeuse en joue.

Rose ne paniqua pas et pointa son pistolet tour à tour vers les deux femmes.

— Vous ne voudriez pas être responsable de la mort d'une de ces charmantes dames, major.

Désemparé, le militaire conserva tout de même la position.

— Rendez-vous et n'aggravez pas votre cas !

— Sinon, vous faites quoi ? Je suis certaine que je sais mieux me servir de ce genre de joujou que vous. Posez donc votre arme et laissez-moi passer. Autant éviter les effusions de sang, n'est-ce pas ?

Indécis, le gendarme baissa lentement les bras.

À la lueur qu'elle devina dans le regard de Rose, Cathie comprit qu'elle allait faire feu. Sans hésiter, et surtout sans réfléchir, elle se projeta sur la forcenée. Une détonation, un cri, et Cécile la rejoignit aussitôt pour maîtriser la coiffeuse qui se débattait avec rage.

62

Arrestations

À moitié assommée, Rose gisait à terre sous la garde de Cathie.

Cécile s'empressa de récupérer les menottes à la ceinture du gendarme pour éviter toute tentative d'évasion. Une fois Rose attachée, les deux femmes s'occupèrent de Julienne. La balle l'avait touché mais, comme dans tout bon film, elle n'avait qu'effleuré le bras.

— Vous avez eu de la chance, Éric, diagnostiqua Cécile en observant la blessure. Deux centimètres de plus, et vous la preniez dans la viande.

— Et si elle était passée deux centimètres de l'autre côté, je m'en sortais indemne, rétorqua le militaire avec un rictus crispé.

— Jamais contents, ces hommes ! Est-ce que vous avez une trousse de secours réglementaire dans votre véhicule ?

— Oui, bien sûr. Dans le coffre. Mais vous ne pensez pas qu'il vaudrait mieux que j'aille me faire soigner par un médecin ?

— Tsss, pour un si petit bobo ! À la maison, je soigne les cochons, mes filles et Malo. Je peux bien m'occuper d'un gendarme. C'est costaud un gendarme, non ?

Résigné, Éric Julienne haussa les épaules et tendit son téléphone à Cathie.

— Pourriez-vous prévenir Salaün pour qu'il vienne nous récupérer et embarquer notre prisonnière ? Et je vous présente mes excuses : vous aviez raison sur toute la ligne. J'ai été nul.

— Vous avez peut-être été nul, mais vous m'avez sauvé la vie, major. Et ça, je ne l'oublierai pas, lui glissa-t-elle en l'embrassant sur la joue.

Décidément, Éric Julienne ne comprenait pas les femmes aujourd'hui. Mais dans ce cas précis il s'en réjouissait.

Rose Dentremont était en route pour Quimper. Un juge l'y attendait afin de l'inculper pour tentative de meurtre. L'accusation de trafic de stupéfiants ne tarderait pas à suivre. Elle n'avait pas ouvert la bouche durant l'entretien préliminaire avec les gendarmes, réclamant un avocat que lui paierait sans doute Gaël Delpiero. La fouille de sa valise avait permis de trouver plus de cent vingt mille euros en argent liquide et des bijoux de valeur. Les économies de quinze ans de travail dans son salon et les cadeaux de quelques admirateurs, avait plaidé la coiffeuse.

Les deux gendarmes descendirent de leur véhicule. Il était temps de s'occuper de Mathieu Lagadec. Le regard du capitaine Barnabé Grandsir s'attarda sur l'enseigne de la grande surface. À cette heure avancée de l'après-midi, le parking était plein. De nombreux vacanciers, de retour de la plage, achetaient de quoi dîner et préparer quelques apéritifs. Aux côtés de l'officier se tenait le major Julienne. Satisfait des soins prodigués par l'éleveuse, il avait changé de chemise et insisté pour accompagner son supérieur. Grandsir avait accepté, conscient que cette arrestation redonnerait un peu de lustre à la brigade de Locmaria. Ils pénétrèrent dans le supermarché.

— Nous souhaitons rencontrer M. Lagadec, expliqua Julienne à une employée affairée à remettre de l'ordre dans le gigantesque stock de charbon de bois prévu pour les amateurs de saucisses grillées.

— Bien sûr, messieurs. Son bureau est au premier étage. C'est celui dont vous voyez la fenêtre d'ici. Désirez-vous que je vous y amène ?

— Nous devrions y arriver seuls, merci beaucoup.

Ils empruntèrent l'escalier sous le regard curieux de la collaboratrice, qui se demandait quelles frasques le directeur adjoint avait encore pu commettre. Elle sourit en reprenant son travail : elle ne pouvait pas sentir ce type arrogant et souvent trop pressant.

Grandsir frappa à la porte et pénétra directement dans la pièce.

— Je vous ai dit d'entrer ? Alors vous ressortez et vous attendez que je vous en donne l'autorisation ! aboya Lagadec sans lever les yeux de son écran.

— J'ai bien peur de ne pas être sensible à ce genre d'argument, que je trouve d'ailleurs particulièrement déplacé, commenta calmement Grandsir.

Lagadec sursauta, perturbé par la présence inopinée des gendarmes.

— Désolé messieurs, je pensais que c'était mon assistante.

— Si un jour elle porte plainte pour harcèlement moral, on comprendra pourquoi.

— Bon, bon, ça va, je me suis juste un peu emballé. Ces périodes de vacances sont assez stressantes et sollicitent les nerfs.

— Ça tombe bien, nous allons vous offrir l'occasion de les mettre au repos, enchaîna Julienne. Je vous demande de bien vouloir nous suivre.

— Laissez-moi vérifier dans mon agenda quand je pourrai passer à la brigade, répondit Lagadec avec morgue.

Les deux gendarmes se regardèrent, ébahis par une telle impudence.

— Je crois que vous n'avez pas bien saisi notre requête, monsieur Lagadec. On va le faire à l'ancienne : « Au nom de la loi, je vous arrête. »

Les doigts du commerçant se figèrent sur le clavier. Il secoua impatiemment la tête, et tenta de crâner.

— Je vais aussi vous le faire à l'ancienne : « Je ne parlerai qu'en présence de mon avocat. » Et si vous souhaitez m'arrêter, auriez-vous l'obligeance de m'en fournir la raison ?

— Les raisons, monsieur Lagadec.

— Parce qu'il y en a plusieurs ? La gendarmerie bretonne se déchaîne. Je vous écoute.

— La première est liée à des voies de fait à l'encontre de Catherine Wald.

— Parce que vous imaginez que je m'intéresse à cette meuf ? s'écria Lagadec dans un rire mauvais. Qu'elle fasse fantasmer les vieux du village ou le scribouillard de *Ouest-France*, c'est une chose, mais permettez-moi de viser un autre calibre !

— Vos préférences sexuelles ne nous concernent pas, intervint Grandsir. Ce matin même, le dénommé Jean-Philibert Glénou vous a désigné comme le commanditaire de l'agression commise sur Mme Wald le soir du 4 août.

— Glénou ? C'est qui, ce mec ? Sans déconner, vous croyez des types comme lui plutôt qu'un notable comme moi ?

— Vous participerez bientôt à une confrontation avec lui. Vous en discuterez ensemble, annonça Grandsir.

— Là, vous me prenez pour un jambon. Ce genre de motif est largement insuffisant pour que je daigne vous suivre, ironisa Lagadec.

— Le second sera peut-être plus convaincant. Vous êtes mis en garde à vue pour trafic de drogue.

Lagadec s'affaissa un court instant sur son siège. Son mouvement n'échappa pas aux gendarmes. La stratégie de Grandsir semblait porter ses fruits. Si Rose Dentremont s'était tue après son arrestation, elle avait dévoilé à Cathie l'implication de Mathieu Lagadec. Ils avaient donc décidé de bluffer.

— Vous êtes en plein délire ! Pourquoi est-ce que je m'amuserais à ça, alors que je suis un personnage à Locmaria ?

— Pour l'argent, peut-être ? se moqua Julienne. Enfin, c'est ce que nous a dit Mme Dentremont.

Cette révélation ébranla Lagadec. Non, Rose ne pouvait pas l'avoir trahi, ce n'était pas son style.

— Rose ? C'est facile d'attaquer une innocente coiffeuse !

— Une innocente coiffeuse qui m'a quand même

mis une balle de 9 mm dans le bras, le moucha Julienne en soulevant la manche de sa chemise.

Le pansement blanc sur lequel un peu de sang avait suinté impressionna Lagadec. Putain… cette garce l'avait balancé ! Elle qui ne jurait que par la fidélité et la solidarité dans un clan.

— Soit Mme Dentremont s'est servie de vous comme bouc émissaire, soit vous aviez un rôle dans cette organisation, appuya Grandsir.

Une profonde colère s'empara du prévenu :

— C'est cette salope qui est à la tête de ce réseau. Moi, je ne faisais qu'un peu de logistique pour elle, des bricoles, quoi ! Et si vous promettez de me protéger, je vous aiderai à la faire tomber.

— L'affranchi qui devient un repenti en quelques secondes… commenta Grandsir. Tentez une carrière politique quand vous sortirez de prison.

Le major Julienne attrapa une paire de menottes et s'approcha de Lagadec.

— Pas question de me balader avec ça ! s'insurgea celui-ci. Je suis le patron de ce magasin, j'ai une image à tenir !

— Patron adjoint, précisa Julienne. Et puis… ce n'est pas comme si vous aviez le choix.

— Par ailleurs, ajouta Grandsir, il risque de se passer quelques années avant que vous ne retravailliez ici.

— Et ça mettra sans doute du baume au cœur de votre assistante de vous voir partir avec les bracelets aux poignets, l'acheva Julienne.

63

Bilan

Trois jours s'étaient écoulés depuis la double arrestation et l'émotion était toujours vive à Locmaria. Si Erwan Lagadec n'était pas encore rentré, il avait été lavé des accusations portées contre lui. Son frère, Mathieu, cherchant tous les moyens possibles pour alléger sa peine, avait ouvert les vannes de la confession. Il avait raconté tout ce qu'il savait du réseau breton, enfonçant Rose Dentremont aussi profondément qu'il le pouvait. En revanche, il n'avait pas osé s'attaquer à Bertrand Sposito. Il connaissait le manque d'empathie du parrain marseillais et ne tenait pas à se faire exécuter dès sa sortie de prison.

Rose, elle, était restée silencieuse, réfutant tout en bloc. Cependant, le témoignage de Mathieu Lagadec, celui de Cathie et la tentative de meurtre sur un gendarme préfiguraient un long séjour derrière les barreaux… sans oublier la présomption d'assassinat qui planait depuis quinze ans sur Sylvia Tramonti.

Sur la recommandation de Cathie, Gaël Delpiero était allé vérifier ses comptes : il avait vite découvert les malversations de Rose et s'était empressé d'y remettre de l'ordre. L'hôtelier n'était pas encore totalement innocenté, mais ni Mathieu ni Rose ne l'avaient impliqué dans l'affaire. Le matin même, Cathie avait trouvé devant sa porte un immense bouquet de fleurs et une caisse des meilleurs grands crus bordelais provenant de la cave du *Relais de Saint-Yves*. Rose avait eu raison sur un point : Gaël Delpiero n'était pas radin.

La violence de la réaction d'Émeline Guillou avait surpris la population. La bouchère, plongée dans le deuil de la disparition de Loïg, s'était sentie trahie : une semaine plus tôt, à la sortie de la messe d'enterrement, Rose l'avait serrée dans ses bras en lui prodiguant de magnifiques paroles de réconfort. Le lendemain de l'arrestation, la boutique de la coiffeuse avait subi de lourdes dégradations : vitres brisées, matériel saccagé. Émeline n'avait pas revendiqué cet acte de vengeance, mais les éclairs dans ses yeux lorsqu'un client lui parlait de l'état du salon valaient tous les aveux. Julienne et Salaün avaient rapidement deviné qui était la coupable, mais, sans preuve officielle, ils ne pouvaient pas l'incriminer… ce qui les arrangeait bien. Ils n'auraient pas eu le cœur de la mettre en garde à vue pour ce qu'ils considéraient comme une réaction, certes un peu excessive, mais compréhensible. Paulot, lui, ne disait rien, mais la boulangère arrivée à l'aube ce matin-là avait aperçu non pas une mais deux silhouettes s'acharner sur la vitrine de *Cheveux en folie*. Elle ne l'avait raconté qu'à une personne à la fois, s'abstenant toutefois de s'épancher auprès de tout ce qui portait un uniforme.

Quant à Cathie, l'aventure l'avait secouée. La violence soudaine de Rose l'avait bien sûr choquée, mais c'était surtout sa duplicité qui l'avait ébranlée. Elle qui, malgré l'hypocrisie côtoyée au cours de sa vie, s'évertuait à trouver de bonnes raisons de faire confiance à ses semblables ! Elle savait qu'elle ne changerait pas : elle ne voulait plus vivre dans la méfiance et dans le doute. Elle s'efforcerait quand même d'être plus vigilante à l'avenir.

Le lendemain de l'arrestation, Yann et Cathie avaient été convoqués à la gendarmerie de Locmaria. Le capitaine Grandsir s'était déplacé en personne, les félicitant pour leur participation au démantèlement de ce réseau. C'était finalement une dizaine de complices qui avaient été appréhendés, essentiellement grâce aux informations de Mathieu Lagadec. Le major Julienne en avait rajouté une couche, s'excusant officiellement devant son supérieur de ne pas avoir pris suffisamment au sérieux les témoignages de Mme Wald. Cathie avait apprécié le geste, et leur réunion s'était terminée avec force effusions.

Cathie avait ensuite invité en urgence ses amies pour un pique-nique dans la petite crique de sa propriété. En un temps record, celles-ci avaient réussi à réagencer leur emploi du temps afin d'avoir le fin mot de l'histoire. Si l'innocence reconnue d'Erwan et la fin de ce trafic les réjouissaient, le rôle de Rose leur laissait un goût amer. Cécile ne pouvait oublier les moments de complicité qu'elles avaient partagés. Pendant un instant, une insondable tristesse l'avait envahie.

Mais en mettant Rose hors d'état de nuire, Cécile avait sans doute sauvé des vies. Et, plus important que tous ses états d'âme, elle avait sauvé celle de Cathie. Si elle avait perdu une amie, elle en avait gagné une autre, ô combien plus précieuse !

64

La vérité sur l'affaire Joseph Wald

Pour tromper son attente, Cathie vérifia une nouvelle fois le sol de sa cuisine. Un troisième lavage à l'eau de Javel ne serait pas superfétatoire. Chacun a son truc pour patienter. Elle avait découvert le sien depuis des années : nettoyer. Rien n'est jamais trop propre.

Cependant, elle ne pouvait s'empêcher de regarder son téléphone, comme si la seule force de sa volonté était suffisante pour le faire sonner. À sa demande, Xavier, arrivé à Strasbourg la veille au soir, s'était rendu dès l'aube dans l'ancien appartement de Sabine. Cathie n'avait pas pu se résoudre à vendre le trois pièces de sa sœur et s'en était servie pour entreposer une partie de son propre mobilier avant son départ à Locmaria. Au milieu de tout ce bazar se trouvait une vieille malle qui appartenait à la famille Wald depuis des générations. Elle y avait conservé tous les papiers de son père et, plus particulièrement, un document qui l'innocenterait : une lettre écrite par Owen J. Roberts lui-même, félicitant Joseph Wald pour sa participation à la sauvegarde du patrimoine artistique français. Owen Roberts était en effet le responsable de la commission américaine pour la protection des monuments artistiques et historiques en zone de guerre, autrement dit, la commission des fameux *Monument Men*. Peu avant sa mort, Joseph avait montré ce courrier à ses filles. Malgré leur insistance, il n'avait pas souhaité en raconter davantage : la guerre était une abomination et il ne voulait plus l'évoquer.

L'appel tardant à venir, Cathie douta. Et si, par erreur, elle avait jeté cette preuve de l'innocence de son père ? Ce serait terrible ! La sonnerie de son téléphone la tira de son angoisse. Elle se précipita sur son portable.

— Alors, tu l'as trouvée ! lâcha-t-elle en guise de salutation.

— Bonjour, maman. Je l'ai entre les mains.

— Bonjour, mon chéri. Quel soulagement ! C'est bien la lettre d'Owen Roberts ?

— Oui, t'inquiète. Avec ça, Joseph sera définitivement lavé de tout soupçon. Mais tu ne m'avais pas parlé du témoignage de Marguerite Steinbach…

— Qui est-ce ?

— Une femme qui a bossé avec lui. J'ai découvert l'enveloppe à moitié cachée dans la vieille doublure de la malle. Ça ne te dit rien ?

— Non, je n'ai jamais entendu ce nom.

Xavier laissa planer un silence que Cathie rompit rapidement.

— Il y a quelque chose de grave ? s'alarma-t-elle.

— Bien au contraire, la rassura Xavier. C'est juste que… la modestie de mon grand-père force l'admiration. C'est la copie d'un courrier envoyé par une certaine Marguerite Steinbach au commandement militaire français en 1946. D'après la petite note qui l'accompagne, il s'agit d'une résistante de la première heure. Tu veux que je te la lise ?

— Évidemment, quelle question !

— Alors, assieds-toi et ne m'interromps pas.

Je m'appelle Marguerite Steinbach, et durant cette année 1944 je fus l'assistante de Joseph Wald. Nous avons travaillé tous les deux sous les ordres d'Otto Dietrich, le responsable des activités de l'ERR. Le 18 août 1944, leur tout dernier convoi en provenance de Paris venait d'arriver à Strasbourg. Le 20 août, malgré les risques élevés de bombardement, le train était toujours en gare. L'administration allemande était sous haute tension et la gestion des œuvres d'art volées n'était plus la priorité des décideurs nazis. Ces trains étaient en général redirigés vers le sud de la Bavière, mais aucun ordre de mouvement n'était parvenu à nos bureaux. Au petit matin du 20 août, je me suis rendue au poste de briefing de l'ERR pour vérifier que tout était prêt pour les réunions de la journée. Otto Dietrich s'y trouvait déjà, avec ses deux principaux collaborateurs. J'ai discrètement écouté leur conversation : ils projetaient de s'emparer du contenu du convoi pour leur propre compte. Une telle opération était irréalisable dans une gare aussi animée que celle de Strasbourg. Ils planifiaient donc de déplacer le train vers un village de Bade-Wurtemberg, de l'autre côté du Rhin, et de le piller là-bas.

Même si je ne connaissais pas bien Joseph Wald, je l'ai informé de ma découverte. Il m'a fait confiance. D'habitude, c'était lui qui choisissait la locomotive mais ce jour-là les Allemands s'étaient eux-mêmes attribué cette tâche. Je devais savoir quelle machine serait utilisée. Dans un second temps, Joseph s'occuperait de son sabotage.

J'avais décidé de profiter d'une absence de notre responsable pour fouiller son bureau. Il est, hélas, revenu plus tôt que prévu et m'a surprise au moment où je trouvais la référence de la motrice. Il m'a hurlé dessus et a sorti son arme. Joseph s'est précipité dans la pièce. Dietrich a essayé de l'abattre, mais il l'a manqué et Joseph a eu le temps de le supprimer avec un coupe-papier attrapé sur la table de travail. Malheureusement, le coup de feu n'était pas passé inaperçu. Joseph a rapidement noté le numéro de la locomotive et m'a ordonné de retourner à ma place, de prendre l'air paniqué et de le laisser faire. Je n'avais pas d'autre choix que de lui obéir. Il a réussi à s'enfuir. Son sabotage a fonctionné, mais les Allemands l'ont arrêté... ce n'est que fin septembre que je l'ai retrouvé pour le faire évader. Il était resté plus d'un mois entre les mains de la Gestapo.
Grâce à Joseph Wald, le train n'a pas été dérouté dans le Bade-Wurtemberg. Trois jours plus tard, il a été expédié dans le sud de la Bavière. En septembre 1945, la brigade chargée de traquer les œuvres d'art volées a récupéré tout son contenu.
Je tiens aussi à répondre à une interrogation soulevée à cette même date. Des enquêteurs ont relevé la disparition d'un wagon entre le départ du convoi de Paris et son arrivée en Bavière. J'avais eu accès au dossier à l'époque. Si ce wagon fantôme s'était volatilisé à Strasbourg, c'est juste parce qu'il n'avait jamais quitté Paris. Il n'existait pas. Les administrateurs de l'ERR avaient simplement mal compté.
J'espère, général, que ce courrier vous éclairera définitivement sur les événements qui se sont déroulés à Strasbourg en ce mois d'août 1944.

Marguerite Steinbach. Le 26 juin 1946

Des larmes perlèrent sur le visage de Cathie. Elle découvrait le rôle actif de son père et son séjour de quatre semaines dans les geôles nazies. Elle le revit avec son verre de bière en train de regarder à la télévision cette musique folklorique qui agaçait tant l'adolescente qu'elle était. Elle l'imaginait pantouflard, alors que c'était un héros. Un héros discret, qui avait fait son travail et ne souhaitait pas s'en vanter.

— Merci, mon chéri, lâcha-t-elle à son fils sans chercher à cacher ses sanglots.

— Si tu veux, je t'en scanne une copie dans la journée. Je te donnerai les originaux quand je repasserai à Locmaria.

— Oui, fais comme ça. Je ferai suivre les lettres à Yann.

65

Un départ et un retour

La fenêtre ouverte laissait pénétrer dans la chambre les effluves délicats du grand pin. Yann terminait ses bagages. Cathie sourit en le regardant refermer sa trousse de toilette. Ce qui tenait dans un unique sac de voyage aurait nécessité pour elle deux ou trois valises de bonne taille. La myriade de crèmes de jour, de nuit, après-soleil et anti-âge sélectionnées avec soin par Cathie dans des boutiques de cosmétiques était remplacée, pour Yann, par un simple tube de lait pour le visage acheté à la supérette de *L'Aven*.

Yann était resté dormir au domaine de Kerbrat jusqu'à l'inculpation de Rose, l'arrestation de ses complices et la fin de la rédaction de son papier sur Joseph Wald. Ils en avaient beaucoup parlé ensemble et Cathie avait découvert l'érudition du journaliste. Ils formaient une équipe efficace d'enquêteurs, alliant l'enthousiasme parfois débordant de Cathie à la méthodologie de Yann.

La sortie de l'article la veille avait fait grand bruit, et certains de ses détracteurs étaient même venus s'excuser auprès de Cathie. Inutile de préciser que la réputation de Masselier était à jamais ruinée dans la région de Locmaria.

Locmaria allait retrouver une existence paisible. À cette bonne nouvelle s'ajoutait celle du retour d'Erwan Lagadec en début de semaine prochaine. *Bretzel et beurre salé* reprendrait son rythme de croisière. Cathie avait d'ailleurs décidé de garder sa serveuse intérimaire, Madeleine, en plus de Julie. En se libérant certaines soirées, elle aurait tout le loisir de s'occuper de ses activités parallèles, négligées depuis bien trop longtemps.

— Eh bien, je vais réintégrer mon appartement quimpérois. Je dois t'avouer que la vue sur la mer au réveil me manquera.

Comme Cathie le regardait bizarrement, il se hâta de préciser :

— Et ta présence aussi, bien évidemment ! Nos petites discussions autour du café matinal, nos trajets nocturnes après la fermeture du resto suivis de confidences face à une tisane ou un lambig… tu m'as vraiment bien accueilli, et ç'a été une très belle parenthèse dans ma vie.

Cathie sentit une vague d'émotion s'insinuer doucement en elle. Comme elle était loin, la première impression qu'elle avait eue de Yann : un personnage certes sympathique, mais à peine dégrossi. Ces quinze jours passés ensemble lui avaient dévoilé un autre homme, un homme toujours soucieux de ne pas la froisser.

— C'est moi qui te remercie, Yann. Non seulement tu es venu me protéger, mais grâce à toi on a réussi à mettre un terme à cette histoire de trafic et à sauver l'honneur de papa.

— Je peux t'assurer, Cathie, que Masselier n'est pas

près de reproposer un article à *Ouest-France*. Après l'engueulade qu'il a prise, c'est pas demain la veille qu'on le reverra en Bretagne.

— J'aurais été capable de l'écorcher vif quand j'ai lu son torchon. Et puis, finalement, ça m'a permis de découvrir le secret de mon père. La vie emprunte parfois d'étranges détours pour te révéler ce qu'elle a à te dire…

Le silence s'établit dans la chambre, à peine troublé par le jacassement d'une pie. Cathie regarda son compagnon, hésita un instant puis se lança :

— Moi aussi, j'ai été heureuse que tu habites ici. Et pas seulement pour me protéger. J'ai beaucoup apprécié les moments d'intimité que nous avons partagés.

Comme Yann ne répondait rien ou ne savait que répondre, Cathie comprit qu'en ce moment même elle tenait entre ses mains la suite de leur relation. Elle se sentait bien avec lui, vraiment bien, et leurs enfants respectifs avaient sympathisé dès les premières secondes…

— Il faudra qu'on continue à se voir, conclut-elle, qu'on s'organise des petits dîners avec nos amis… et en tête-à-tête.

Yann cacha sa déception d'un sourire. Mais c'était peut-être mieux comme ça. Il ne se remettrait pas d'un fiasco amoureux avec une femme telle que Cathie.

— T'inquiète. J'ai prévu d'aller pêcher cet après-midi, et je te cuisinerai des filets de poisson grillé avec une sauce dont tu me diras des nouvelles. Tu es libre demain midi ?

— Ça marche pour demain midi, confirma Cathie avec enthousiasme en caressant Schlappe, venu vérifier ce qui se tramait dans la chambre.

Yann saisit son sac et ils descendirent dans le salon.

Comme il allait sortir, il regarda Cathie dans les yeux et se lança :

— J'ai une demande à te faire.

— Je t'écoute.

— On a vécu beaucoup de choses ensemble ces derniers jours, et on s'est fait confiance.

— Une totale confiance, en effet.

— Alors, je sais que ma sollicitation va peut-être te déranger, mais tant pis. Envoie-moi balader si tu trouves qu'elle est indécente.

— Vas-y, continua Cathie, légèrement gênée par la tournure que prenaient ces adieux.

— Tes revenus, d'où proviennent-ils ?

Ce n'était pas la question à laquelle s'attendait Cathie, mais la requête avait le mérite d'être claire. Pensive, elle se passa longuement la main dans les cheveux.

— L'argent que je gagne n'a rien d'illégal, commença-t-elle. Si je n'en ai jamais parlé, c'est parce que je veux me construire une vie tranquille. Mais... après tout ce que tu as fait pour moi, je crois que je te dois la vérité. Promets-moi juste de ne répéter à personne ce que je vais te raconter. Cela détruirait notre relation !

— Et à Alana ?

— Si tu te portes garant de sa discrétion, je t'autorise à partager mon fameux secret avec ta fille.

Après tout, si la jeune infirmière sortait un jour avec Xavier, elle finirait bien par l'apprendre. Cathie alla lancer deux expressos et découper des tranches de *kougelhof* qu'elle déposa sur la table de la terrasse. Puis elle s'assit en face de Yann et lui dévoila l'origine des fonds qui lui avaient permis de s'installer en Bretagne...

— Waouh, commenta sommairement le journaliste une fois le récit terminé. Jamais je n'aurais imaginé ça. C'est incroyable ! Alors ça veut dire que…

Le téléphone de Cathie sonna. Elle s'excusa d'un geste et attrapa l'appareil. Le numéro affiché lui était inconnu.

— Allô ?

— Cathie, c'est Patrick.

Le sang se retira de son visage en entendant la voix de son ex-mari.

— Je pense que tu as fait une erreur, répondit-elle, glaciale.

— Allez, joue pas à ça avec moi ! gloussa-t-il avec sa fameuse autosatisfaction, qu'elle trouva insupportable. Ne me dis pas qu'il ne te reste rien des années qu'on a passées ensemble.

— Si ça peut te rassurer, il me reste une quantité astronomique de souvenirs exécrables. Heureusement, j'ai réussi à les évacuer. Donc, en un mot comme en cent, ça ne m'a pas fait plaisir de te parler et je vais raccrocher.

— Mais non, tu ne vas pas le faire. D'ailleurs, je n'ai pas encore pris le temps de te féliciter pour le succès de ton restaurant et pour ta nouvelle silhouette. J'ai vu des photos de toi sur le Net : dommage que tu n'aies pas fait ces efforts pendant notre mariage. Il n'aurait pas fini comme ça.

Cathie se demanda un instant si son ex-mari s'essayait à l'humour, mais près de vingt-cinq ans de vie commune lui avaient appris qu'il n'avait pas le sens du second degré. De toute façon, premier ou second degré, ce type avait réactivé en quelques secondes l'envie de le mettre en charpie qui l'avait habitée les mois précédant leur divorce.

— Tu ne veux pas savoir pourquoi je t'appelle ? insista-t-il.

— Pour me faire chier ? répondit-elle vulgairement.

— Mais non, pas du tout. Mon patron m'a promu responsable d'un fabuleux projet immobilier, un truc de fou pour la société. Et devine où il va se dérouler ?

— Je m'en fous.

Patrick Kaiser continua, comme si de rien n'était.

— À Locmaria ! J'arrive dans quinze jours. Je t'enverrai l'heure de mon vol et tu viendras me récupérer à l'aéroport de Brest. Ça sera sympa de se retrouver, ajouta-t-il avant de raccrocher.

Cathie, sous le choc, n'entendit pas Yann qui s'adressait à elle. Elle réagit quand il lui secoua le bras.

— C'était qui ? s'alarma-t-il en la voyant trembler d'énervement.

— Un gros con et des ennuis en perspective.

La fin de l'été ne s'annonçait pas de tout repos.

REMERCIEMENTS

Arrivés au terme de cette nouvelle aventure de Cathie, nous tenons à remercier tous ceux qui nous ont aidés dans l'écriture de ce livre.

Les bêta-lecteurs d'abord, qui nous ont relus et portés grâce à leurs conseils, à leurs commentaires, encourageants et enthousiastes tout au long de notre parcours dans l'édition et dans l'autoédition : Chantal Guyonvarch, Sophie de la Roche, Karine Mesinele, Véronique Perdu, Alex Nicol, Nicolas Eschrich, Loïc Esturillo, Bernadette Bordet.

Nos enfants, qui après avoir trouvé que nous parlions vraiment trop de nos histoires, ont fini par les apprécier, au point de connaître nos interactions avec un certain nombre de nos amis Facebook.

Les membres de notre famille et nos amis, toujours intéressés par nos romans et qui ne manquent pas de se faire nos ambassadeurs.

Les nombreuses personnes qui nous suivent sur les réseaux sociaux, soit discrètement, soit en échangeant régulièrement avec nous, directement sur nos pages ou dans les multiples groupes de lecteurs.

Les lecteurs qui, vaillamment, prennent la plume, ou plutôt

le clavier, pour nous envoyer un petit (ou un long) mot de remerciement ou de soutien. Cela nous fait immensément plaisir à chaque fois.

Et vous tous qui avez lu ce livre, car c'est grâce à vous que les personnages sont vivants.

Évidemment, nous tenons à exprimer notre gratitude à Caroline Lépée et à Camille Lucet, des éditions Calmann-Lévy, qui nous ont fait confiance et croient dans les tribulations de Cathie Wald et de tous ses amis… et détracteurs.

Merci également à toute l'équipe de Calmann-Lévy qui a œuvré à la sortie de cette enquête de Cathie. À l'heure où nous écrivons ces lignes, nous ne connaissons pas encore tout le monde, mais ils (enfin… plutôt elles) se reconnaîtront. Merci à Mélanie T., Camille, Virginie, Lisa, Mélanie R., Valérie, Adeline… et sans doute d'autres.

En espérant que ce roman vous a plu, car les aventures de Cathie en Bretagne ne sont pas terminées !

À PROPOS DES AUTEURS

C'est une discussion sur une route finistérienne qui a décidé Margot et Jean Le Moal à se lancer dans l'écriture des péripéties de Cathie Wald. Mariés dans la vie depuis quelques années et amateurs des livres d'Exbrayat dans leur jeunesse, ils ont eu envie de tenter l'aventure du cosy mystery.

Si la Bretagne leur a tout de suite paru être le décor idéal pour le type de roman qu'ils avaient en tête, encore fallait-il donner naissance à des personnages attachants. Jean ayant des origines bretonnes et Margot étant une Alsacienne pure souche, il n'a pas fallu longtemps pour les trouver. Quel plaisir de faire cohabiter les caractères entiers de ces deux régions françaises !

La construction du scénario à quatre mains s'est faite tout naturellement au cours de leurs multiples randonnées en pays breton, dans la joie et la bonne humeur… Le scénario de la première enquête de Cathie a vu le jour entre Saint-Cado et Carnac, en passant par les îles de Houat et d'Hoëdic, quant à celui de l'histoire que vous venez de lire, ce sont les splendides falaises de la côte du Goëlo qui furent sa source d'inspiration.

Forts de cette première expérience concluante, Margot et Jean ont prévu de poursuivre l'aventure grâce à de futurs épisodes de la vie de Cathie.

Si le genre cosy mystery est une première pour eux, Margot et Jean ne débutent pas dans l'écriture. Sous le nom de Jacques Vandroux, ils ont déjà publié plusieurs thrillers et fidélisé de très nombreux lecteurs. Jean/Jacques en tant qu'auteur et Margot/Jacqueline en tant que relectrice et éditrice.

Leur nouveau pseudonyme est choisi afin de marquer une rupture avec les thrillers de Jacques Vandroux.

Leur deuxième prénom, le nom de famille d'une grand-mère, et voilà Margot et Jean Le Moal !

Tous les deux ingénieurs dans le civil, cette activité littéraire leur ouvre d'autres perspectives, pleines de surprises et de belles rencontres.

Pour contacter les auteurs : margot.et.jean@gmail.com

Des mêmes auteurs :

Bretzel et beurre salé. Une enquête à Locmaria
(Enquête 1), Calmann-Lévy, 2021
Bretzel et beurre salé. L'habit ne fait pas le moine
(Enquête 3), Calmann-Lévy, 2022

PAPIER À BASE DE FIBRES CERTIFIÉES

Le Livre de Poche s'engage pour l'environnement en réduisant l'empreinte carbone de ses livres. Celle de cet exemplaire est de :
400 g éq. CO_2
Rendez-vous sur
www.livredepoche-durable.fr

Composition réalisée par Soft Office

Achevé d'imprimer en septembre 2022 en France par
Maury Imprimeur – 45330 Malesherbes
N° d'imprimeur : 265136
Dépôt légal 1re publication : octobre 2022
LIBRAIRIE GÉNÉRALE FRANÇAISE
21, rue du Montparnasse – 75298 Paris Cedex 06

84/0758/3